KB245576

論文作成法

理論과 實際

論文作成法
理論과 實際

文熙周

KSI 한국학술정보㈜

머리글

쓰 는 것 이 남 는 것 이 다

인간이 발명한 문화 중 말을 하게 된 것과 그 말들을 기록하게 된 것만큼 귀하고 중한 일은 없다고 본다. 그중에 이 지구상에서 쓰이는 말은 수천에 이르지만 그 말들이 모두 문자를 가지고 있는 경우는 많지 않아서 불과 수백에 지나지 않는다. 전하는 바에 따르면 커뮤니케이션이 날로 발전해 나감으로 인해서 차후 백 년 안에 수백의 말과 글자가 사라져서 불과 50개 언어 정도가 남을 것이라고 한다.

학문을 함에 있어서 말과 글은 가장 귀중한 도구이다. 우리의 사상의 발전과 전달이 모두 언어를 통해서 이루어지기 때문이다. 역사적으로 보면 한글은 그 창제과정이 유네스코 세계기록유산 중에 등재된 유일한 글자이며, 기록을 통한 세계유산에 등재된 건수는 한국이 6위로 아시아에서는 가장 많이 등재되어 있다.

그중에는 「팔만대장경」과 같은 불교경전을 만들기 위한 목판도 있고, 「승정원일기」와 같은 조선왕조의 기록도 있고, 「동의보감」 같은 의학서도 있고, 세계 최초의 동판인쇄술도 가지고 있다. 조선시대 명장으로 이름난 이순신 장군이 오늘날까지 추앙받는 데는 그의 전술뿐 아니라 그의 모든 활동이 「난중일기」라는 기록을 통해서 전해 오고 있기 때문이다.

고려시대 때 장보고가 해양세계 역사상 떨친 이름은 놀라운 것이다. 그는 당대에 해운과 운송은 물론 종합상사와 신용거래, 정보 전달 등에도 뛰어난 이였다. 그러나 아쉽게도 그의 기록은 잘 나타나지 않는다. 지금까지 장보고에 관한 사적은 일본 승 렌닌이 장보고의 무역선을 타고 당나라까지 불교 유학을 떠났고, 그가 당시에 받은 송금이나 정보는 모두 장보고 선단에 의한 것이라고 전해지나 그의 직접적인 기록은 아쉽게도 남아 있지 않다

신약성경 중에 반수 이상을 기록한 바울은 외모로 볼 때 볼품없었고, 그의 전적이 유대교도로서 기독교인들을 박해한 것과 병마와 싸우고 있었던 그의 건강과, 교회들로부터 "당신이 사도냐?"고 의문을 제기당할 만큼 당대의 그의 이름은 보잘것없는 그야말로 사울(작은 자)이었다. 이에 비하여 바나바는 풍채도 좋고, 자기의 것을 사도들 앞에 내놓아 가난한 자들을 구제하므로 권하고 위로함에 남다른 권위가 있었기에 '바나바(권위자)'라는 별명을 얻기도 했었다.

그러나 이들의 사적은 그들의 사후에 확실하게 대조되었다. 바울은 그가 기록한 14개의 서신들이 모두 경전에 포함되어 오늘날까지 그 이름이 전해지고 있지만 바나바의 기록은 바나바복음, 바나바행전, 바나바의 여러 서신들이 하나도 경전에 포함되지 않았기에 그의 이름은 오늘날 바울과 비교할 때 현격한 차이가 있다. 그가 기록했다는 성경들은 그가 직접 저술한 것이 아님이 드러났거나 직접적으로 그의 제자들에 의해 쓰이지 않았다고 보고 있기 때문인 것이다. 이처럼 기록된 것과 기록되지 않은 것들은 큰 차이가 있다. 예수님이 말씀하던 "경에 이르기를……"이라는 말은 리튼토

라(쓰인 말씀)이며, 그분이 거부한 것은 쓰이지 않고 전승에 의해 전해져 오던 오랄토라(구전)라는 것이다.

논문은 자신의 학문적 결과를 기록한 것들이다. 모든 글은 그 글의 형태에 따라서 기록하는 방법 또한 다른 것이다. 시나 수필, 소설이나 희곡 등의 문학작품이 있는가 하면 학문적인 체계를 갖춰서 그 형식에 따라서 써야 하는 것이 논문인 것이다.

필자의 아버지는 일제강점기에 소학교를 졸업하시고 오사카로 건너가서서 중·고등학교를 졸업하시고 오사카 경판상업대학을 졸업하시고 고향 제주도로 오셔서 40년 동안을 교직(교장)에 계셨고, 형 역시 교장이며, 조카들 역시도 교직에 몸담고 있는 교육자 가정이다.

필자는 한국에서뿐 아니라 중국 연변에 와서도 지난 15년의 세월을 학교에서 오직 가르치는 일에만 몰두하였다. 그리고 글 쓰는 일을 많이 지도하여 왔다. 물론 논문뿐 아니라 시나, 수필, 평론, 연설, 논문 등을 지도하여 왔는데 이곳에 있는 이들이 너무도 글쓰기에 부족한 점이 많다는 것이다. - 물론 한국분 못지않게 훌륭한 분이 없는 것은 아니나 대부분 학교 교육에서 주입식 위주의 수업 일색으로 책을 읽거나 글을 쓰게 하는 일이 없다는 것이다.

이러한 중국 교육 현실에서 본 저서를 씀에 있어서 제1편은 이론 편으로 여러 곳에서 출판된 「논문작성법」 교재들을 참조하여 간추렸으며, 제2편에는 논문의 실례를 실었는데 필자가 그동안 가르쳐 온 연변해양대학 학생들의 시청보고서, 개별·조별로 쓴 리포트와 연변과기대최고경영자과정을 수업하며 필자에게 논문작성법 이론을 배우고 논문 작성지도를 받아 온 몇 분의 졸업논문을 실례로 실었다.

또한 필자가 연변해양대학 학생들에게 해양사 과목을 수업한 후에 쓴 「해양사 수업 개선을 위한 연구보고서」와 문학평론으로서 최호기 시인에 대한 「草原을 꿈꾸는 本鄕 나그네」라는 제목의 평론을 함께 실었다.

필자는 지난 몇 년간 이들의 글쓰기를 지도하면서 한 편의 글을 네다섯 번을 교정시켜야 할 만큼 너무나 많은 어려움을 겪었다. 그래서 금번에 중국에 있는 제자들과 학생들을 위해서 시간을 내어 본서를 쓰게 된 것이다.

또한 본서의 교정을 감수하여 준 영남대학 교수이신 신영균 님께 감사를 드리며, 중국의 교육 현실을 깊이 사랑하시고 본서를 출판하여 준 채종준 사장님께 깊은 감사를 드리고, 아울러 본서를 통해서 중국에 있는 많은 제자들이 글쓰기에 도움이 되기를 간절히 바라는 바이다.

2009년 11월 1일
첫눈이 내리는 연길시 부르허통하 강변에서
文 熙 周

목차

제 1 편

論文作成法 理論

Ⅰ. 論文의 本質

1. 논문의 개념

1) 흡수한 지식, 배양된 사상을 하나의 줄거리로 집약한 것이다.
2) 학문적 성과를 문장화하는 작업이다. – 분야별로 작성방법이 다르다.
3) 학문의 성과를 정리하여 전달하는 목적이 있다. 논문을 쓸 때는 간결하고 명확해야 한다.
4) 명백한 전달을 위한 어휘 선택과 적절한 문형 선택이 필요하다.

2. 논문의 요건(6원칙)

1) 독창성

(1) 논문 작성의 방법, 각도에 따른 새로운 해석이 시도돼야 한다.
(2) 남의 저술, 주장 등의 요약, 비판 없이 옮기는 행위는 안 된다.
(3) 입증되지 않은 개인적 견해, 출처 없는 내용의 전재는 안 된다.

2) 정확성

(1) 정확성을 인정받기 위해서는 인용된 인명, 저술의 표제 등을 밝혀야 한다.

(2) 정의되지 않은 술어, 불명확한 개념의 막연한 도입은 좋지 않다.

(3) 정보 전달을 효율적으로 바로 하도록 해야 한다.

(4) 내용 하나하나를 소중히 다뤄야 한다.

3) 객관성

(1) 사실과 증거가 뒷받침되어야 한다.

(2) 필자의 단순한 의견, 주관적 생각이 자료로 이용돼서는 안 된다.

(3) 연구과정에서 얻은 자료가 증거로 제시돼야 한다.

(4) 독자의 참고적 이해를 위하여 논문내용의 근거가 밝혀져야
한다.

4) 불편견성

(1) 자신의 편견이나 감정, 선입견의 서술은 안 된다.

(2) 자기감정, 개인적 이익과 어긋나는 것도 성심껏 다뤄야 한다.

(3) 자기와 다른 주장이라도 공평하게 취급해야 한다.

5) 검증성

(1) 자료의 출처, 연구 각도나 방법, 주제에 대한 접근방법을 명
시해야 한다.

(2) 내용의 진위 여부에 대한 관찰, 측정이 가능해야 한다.

6) 평이성

(1) 읽기 좋게 써야 한다.

(2) 문장의 명확성, 간결성, 인증 처리가 부담이 없이 간단명료해야 된다.

(3) 내용 자체, 문장 서술 등이 문법상 정확해야 된다.

Ⅱ. 論文의 種類

1. 연구논문

1) 졸업논문

(1) 학사학위 취득의 필요 요건으로 대학교육의 결산이다.

(2) 교수, 학생 간의 학문적 접촉을 증진하게 된다.

(3) 전공과목의 지식을 종합하는 것이다.

(4) 자주적 학문연구의 능력을 함양한다.

(5) 알려진 사실이나 자료의 체계화에 의의가 있다.

(6) 내용, 양식, 체제에 충분한 인증이 요구된다.

(7) 지도교수의 엄격한 지도로 작성돼야 한다.

2) 학위논문

(1) 대학원 교육의 결산으로 학위취득의 목적이 있다.
(2) 본격적 연구논문으로 전문 연구자의 자격을 인정받는 요건이
    된다.
(3) 능력과시를 위한 완벽한 방증과 충분한 연구, 자료제시가 요
    구된다.

3) 학술논문

(1) 학문에 대한 기여가 강조된다.
(2) 체제상 간결성이 요구된다.
(3) 학술논문 주제에 관한 체계적인 논의는 광범위하다.
(4) 전문직 학위는 자연과학 계통 연구논문의 실증적 연구의 소
    산이다.

2. 리포트

1) 보고서

(1) 연구보고, 조사보고, 실험보고, 현지보고 등이 있다.
(2) 사실에 입각한 보고로서 문장형식의 정확성이 요구된다.

2) 리포트

(1) 논문개념이 없으나 광의상 범주로 보며 논문 성격으로 통용된다.
(2) 조사, 관측, 실험 등으로 얻어진 사실을 정리, 보고하는 것이다.
(3) 보고자 의견이나 주장이 곁들여진다. - 대학에서 요구되는 경우이다.
(4) 작성자의 지적능력과 학문적 방법론 습득, 체계화, 발표능력이 중요한 도구가 된다.
(5) 폭넓은 지식습득 동기, 독자적 연구와 조사 능력 배양, 비판 능력, 논리성 등을 배워야 한다.

3. 평론

1) 문예나 학술 등에 대하여 평가하는 논문이다.
2) 지식습득 감상보다 사회발전과 측면지식 내용을 분류, 평가한 글이다.
3) 객관성을 중시한다. 공평하게 기술하는 게 필요하다.

Ⅲ. 論文의 體制

1. 서두

1) 논제표시

논문제목, 소속, 학위구분, 제출자 성명, 제출 연월일 등을 밝힌다.

2) 심사지

학위논문은 심사위원의 승인 여부, 결정내용을 담을 승인란을 둔다.

3) 서문(시사 포함)

(1) 논문의 목적, 연구배경과 범위 소개, 특성도 간략하게 소개한다.
(2) 서문의 끝에는 대개 사사를 곁들인다.
　　가. 집필에 협조한 단체나, 개인에 대한 감사의 뜻을 밝히는
　　　　것이다.
　　나. 도움받은 사실만을 간단히 적는 것으로 족하다.
　　다. 사사도 논문을 구성하는 요소이므로 감정 노출은 불필요
　　　　하다.

4) 목차

(1) 차례 또는 목록, 논문의 내용을 일목요연하게 정리한 것이다.

(2) 목차는 대체로 장·절·항·목의 4단계로 짜인다.

(3) 필요시 세분하나 지나친 세분은 번잡하여 기능을 저해할 수 있다.

(4) 대소제목은 간단명료하게 기호와 인텐션 등의 원칙을 지켜야 한다.

[예 1] 국문인 경우 목차

제1장 철학의 일반적 원리

제1절 서론

제2절 철학의 기원

제3절 철학의 본질

   Ⅰ. 철학의 정의

   Ⅱ. 철학의 기능

   Ⅲ. 철학의 특성

   Ⅳ. 철학의 요소

   Ⅴ. 철학의 형태

제4절 철학의 비본질적 요건

[예 2] 국문인 경우 목차

서언

중국 현대사회의 구조적 측면

중국 사회의 본질적 측면

   가. 중국 사회 가족제도의 특이성

   나. 중국 사회 가족제도의 합리성

[예 3] 번역서인 경우 목차

5) 도표, 삽화목록

(1) 일련번호를 붙여 목차 다음에 제시하는 게 보통이다.

(2) 본문 순서로 배열하며 표는 표대로, 삽화는 삽화대로 구분한다.

2. 논문의 본문

1) 서론

(1) 연구논문의 문제점 제시, 연구의 목적을 밝혀야 한다.

(2) 문제의 중요성을 주장해야 하며 문제의 가치 인식, 범위를 한 정한다.

(3) 문제 요지를 여러 각도로 파악하여 본론을 이해하는 기틀을 세운다.

(4) 논문에서 해결하지 못한 점을 소개하여 독자의 관심을 증가 시킨다.

(5) 논제와 관계있는 과거의 연구가 소개되기도 한다.

(6) 연구방법 소개, 특수한 술어 해설과 기본적 자료를 밝히기도
한다.

(7) 가능한 한 간단명료해야 한다.

2) 본론

(1) 논거의 제시

가. 논의에 근거가 되는 자료를 치밀한 계획하에 제시해야 된다.

나. 문제 성질에 초점을 두고 체계적이며 합리적으로 논거를
제시한다.

다. 논거제시의 순서, 논거 자체의 결함 시 논문이 모호하게
된다.

라. 보편적 상황하에서 특수한 관점에 의하여 제시된 것이어
야 한다.

마. 특수한 관점이란 반복되는 자료가 아닌 것을 의미한다.

(2) 논의의 과정

가. 제시된 자료에 대한 정확한 분석과 해명을 가하는 일이다.

나. 자료가 개별적이든 아니든 충분히 논의돼야 한다.

다. 논의 시 타 의견의 비판, 자기 의견의 옳음을 과학적으로
논증한다.

라. 자기 독창성, 새 방법론, 논리적 합리성을 띠고 뚜렷이
제시한다.

(3) 논의의 전개

　　가. 큰 문제에서 이행시켜 가는 게 관례다.

　　나. 연역적이든 귀납적이든 결론으로 이끌려는 시도이다.

　　다. 논리적 비약이 되지 않도록 주의해야 한다.

3) 결론

(1) 본론에서 전개된 논리를 종합하여 밝히는 부분이다.

(2) 자신의 조사, 연구범위 내로 한정해야 한다.

(3) 과대한 단정이나 비약된 독단은 안 된다.

(4) 본론에 제시된 문제점 범위에 준해야 한다.

(5) 완벽히 해명되지 않고 향후 연구 필요한 문제점 제시도 가하다.

* 논문의 분량

(1) 학기 중 리포트는 원고지 200자×20 – 50매 정도

(2) 학사논문 200자×150매

(3) 석사논문 200자×300 – 400매(4 · 6배판으로 80 – 100매 정도)

(4) 박사논문 200자×700 – 800매

(5) 공판 한 장 인쇄는 각주를 제외하고 원고지 3매 정도가 소요됨

3. 참고자료

1) 참고문헌

(1) 논문주제를 다룸에 참고하거나 인용될 정보를 담고 있는 것

(2) 단행본, 신문, 잡지 등의 기사, 각종 기록물을 의미함

(3) 기재는 논문이나 저서의 말미에 기록함이 보편적임

(4) 기재요령은 아래와 같다.

　가. 저자명-또는 편자, 역자, (출판년도), 책명 판수, 출판지명.

　* 기재의 분류는 단행본, 번역서, 논문, 정부문서, 미출판물, 신문, 잡지 등의 순서로 한다.

　나. 단행본 / Phillip, (1967), Stevict,Theory of the Novel, Free Prcss, New York.

　다. 잡지 / 생명의 삶 두란노:서울 1996년 11월호

　라. 번역서 / 챨스스탠리· 이미정역, (2009), 하나님의 음성을 듣는 방법, 두란노:서울(원 저자의 기재사항을 적어 줌이 좋다)

　마. 단행본 / 정장복, (1995), 1996 예배와 설교 핸드북 홍성사:서울.

　바. 자료집 / 96목회자료,(1995), 한국장로교출판사:서울.

　사. 신문 / 국민일보 1998년 5월1일자

2) 부록

(1) 자료, 도표, 긴 인용문, 법률조문, 외교조약문, 사진자료 등은 묶어서 기재한다.

(2) 수록사항이 많을 시는 부록 Ⅰ, Ⅱ 또는 부록 A, B, C 등으로 구분할 수도 있다.

3) 색인

(1) 내용이 복잡하고 분량이 많은 경우가 아니면 사용치 않는다.

(2) 예: 객관적 비평(Abjective Criticism) P.122

고전적 비평(Class Criticism) P.136

4) 요지학술논문의 경우 외국어로 논문의 요지를 작성하는 것이 원칙이다

(1) 문제점을 제시한다.

(2) 연구방법과 자료수집의 과정에 대해 간단히 설명한다.

(3) 그 논문에서 얻어진 중요 내용에 대해 간략히 설명한다.

* 논문의 페이지 기재

(1) 서론에서부터 페이지를 부여하는 게 좋다.

(2) 우측 상단이나 아래쪽 중앙부에 기록함이 좋다.

(3) 원고지에 써낼 경우는 원고지의 지정된 곳에 쓴다.

Ⅳ. 論文의 作成段階

1. 준비단계

1) 주제의 선정

(1) 주제의 의미
　　가. 논문을 다루는 근본적인 문제 중에 중심이 되는 내용이다.
　　나. 표제－주제를 간결하고 적절한 말로 나타내는 것으로 '제
　　　　목'과 동일하다.
　　다. 표제와 주제를 혼동해서는 안 된다.

(2) 주제의 선정
　　가. 흥미, 관심을 가지고 있는 분야－이해가 용이하고 나름대
　　　　로의 견해를 가지고 있기 때문에 능률적이다.
　　나. 사회적 공익성, 인간생존에 이바지할 수 있는 것이어야
　　　　한다.
　　다. 아직 개척되지 않은 분야가 좋으며 독창성이 있고 주제에
　　　　참신성이 요구된다.
　　라. 해당 분야의 권위자에게 문제의 정당성을 확인해 볼 필요
　　　　성이 있다.
　　마. 문제를 발견하고 선정함에 있어서 많은 문헌을 섭렵하고
　　　　연구결과와 정보를 획득해야 된다.
　　바. 자기 나름대로 정할 시 전공과 관련된 것 중에서 자유롭

게 선정할 수 있다.

(3) 주제 선정 시 고려할 사항(6원칙)

가. **사실 확인 문제:** 검증적 관찰이 가능한 개개의 사실과 그 사실 사이를 규명하는 것이다.

나. **가치판단 문제:** 무엇이 바람직한가, 즉 '어떤 일에 대한 평가를 다룰 것인가'에 관한 것이다.

다. **기술에 관한 문제:** 문제의 목적달성을 위한 수단을 연구하는 분야이다.

라. **폭과 깊이의 문제:** 폭이 넓으면 다루기 어렵고 초점이 흐려지므로 좁고 깊게 다루어야 한다.

마. **자료수집의 문제:** 좋은 주제도 자료가 없으면 불가하다. 그리고 시간과 비용이 저렴해야 한다.

바. **결론 도출의 문제:** 해결 불가한 것, 논쟁의 불씨가 있는 것 등을 감정 대립 없이 결론이 가능한 주제로 해야 한다.

2) 가목차의 설정

(1) 가목차 선정의 목적

가. 논문주제에 관한 예비지식의 평가, 정리를 위함이다.

나. 자료수집의 방향을 결정하기 위함이다.

다. 수집된 자료를 기록하므로 편성 시까지 효율성을 높이기 위함이다.

(2) 가목차 설정을 위해서 필요한 것

가. 주제를 선정한다.

나. 주제를 다룬 서적을 3~4권 통독한다.

다. 자기가 가진 주제의 구체적 요목을 구성한다.

(3) 가목차 설정의 방법

가. 이미 얻은 지식에 따라 생각나는 대로 우선 적어 본다.

나. 순서에 구애됨이 없이 간략하고 분명한 내용을 적는다.

다. 공통적으로 유사한 항목은 통합하고 부족한 내용은 보충한다.

라. 위 사항들을 분류하고 체계를 세워서 배열한다.

마. 위와 같이 설명식의 가목차를 작성할 수 있다.

* 설명식 가목차의 예 1

주제/어린이의 대인관계와 습관을 연구한 결과 기본적으로 안정감의 결여가 판명된다.

I. 어린이는 타인과의 관계는 만족할 만한 것이 못 되어 보인다
   1) 형제자매들 간의 관계가 만족스럽지 못하다
   (1) 형과의 관계에서 끈덕짐과 조바심이 교차된다
   (2) 부모와 관계에서 존경과 두려움, 다소의 소홀함과 애정 표현이 결여되어 보인다
   2) 친구와의 관계는 학교에서조차도 거의 존재하지 않아 보인다

II. 어린이는 개인적 습관으로 볼 때 배경이 순탄하거나 원만해 보이지 않는다
   1. 어린이는 타율적으로 깔끔하게 가꾸어졌다
   2. 어린이는 같은 연령의 다른 어린이보다 뒤진다
   1) 식사습관은 단정하지 못하고 느리다
   2) 혼자서는 제대로 옷을 입지도 못한다
   3. 가족에게, 때로는 남에게 버릇이 없다

III. 어린이의 유희습관은 안정감이 결여됨을 보여 준다
   1. 때때로 악착같다가도 움츠러든다
   2. 계속적인 경쟁심이 없다
   3. 협동하려는 태도가 엿보이지 않는다

IV. 어린이는 다른 유희태도도 근본적으로 빈약하다
   1. 텔레비전에 대해서 과련하다
   2. 애완동물을 곱게 대하다가 매정스럽다
   3. 예술적 소양이 있어 보이나 불안하고 움츠러든다
   4. 집짓기 놀이 등에서만은 완전한 적응을 나타낸다

* 항목식 가목차의 예 2

* **결론적으로 가목차는**

- 논문작성의 길잡이 구실을 한다.
- 서술의 논제를 벗어나지 않는다.
- 자료를 논리적인 순서에 따라 다룰 수 있게 한다.
- 이것이 완성된 논문의 목차와 일치하지는 않는다.
- 원고 정리 시 부분적 변경, 수정될 가능성이 있다.

3) 참고문헌 조사 & 인터넷자료 검색

(1) 문헌(인터넷)목록의 작성단계

가. 가목차 설정 후 각 항목의 내용과 직간접으로 관계된 문헌목록을 작성하는 단계이다.

나. 표제카드 작성: 논문주제를 다루는 데 참고, 인용될 만한 정보를 담고 있는 각종 기록물의 표제카드를 작성한다.

다. 조사(검색) 점검표: 참고문헌 조사 & 인터넷 자료 검색에 사용되는 도구의 점검과 조사대상 항목 일람표를 작성하는 단계로 도서관 카드목록이나 책으로 된 장서목록은 종합적 문헌조사의 도구이며 최근에는 인터넷 자료 검색이 좋은 도구가 된다.

라. 항목일람표: 선정 후 논문주제와 관련된 항목의 관계단어를 검토하고 가나다순으로 배열한다.

마. 문헌 자료 & 인터넷 자료 검색카드 작성: 이것이 모이면 예비적 참고문헌 목록이 된다.

바. 이것은 가목록이며 논문 말미에 참고문헌 목록과는 구별된다.

(2) 예비적 참고문헌 & 인터넷 자료 검색의 이점

가. 논문주제에 관련된 문헌을 종합한다.

나. 논문주제의 연구에 대한 성과를 예상할 수 있다.

다. 주제의 가치를 평가할 수 있다.

(3) 참고문헌 자료 & 인터넷 자료 검색카드의 작성

가. 한 장의 카드에 한 권의 책, 또는 인터넷 자료 주소를 기록
한다. - 내용분류의 체계화에 유익하다.

나. 일정양식으로 기록한다. - 예비목록이 참고목록의 기본이므로
각주기입에 정확성과 통일성을 유지하게 된다.

다. 참고문헌 & 인터넷 자료검색 작성 실례 - 한 면만 사용하되
후면 사용 시는 아래처럼 분류한다.

* 전면(표제카드 작성의 예)

```
 ⑩              * 표 제 카 드

표제어/사랑

아가페 사랑-절대적 신적인 사랑

펄레아 사랑-동성적 친구의 사랑

에로스 사랑-이성적 육체의 사랑

p. 135
```

* 후면 기록(자료카드 작성 예) a. 단행본

⑮   * 참고문헌 자료카드

저자명/鄭判龍

저서명/鄭判龍 文集

출판사명/中國 延吉 : 延邊人民出版社

출판 연도/2009

* 후면 기록(자료카드 작성 예)

* 참고문헌 자료카드

집필자명/박긴이

표제 · 제목/아러낭 전승에 란한 연구

잡지제명/북경출판사

권호 · 발행/2009년(연도만 기록한다.)

페이지/155

* 후면 기록(자료카드 작성 예) b. 잡지

* 참고문헌 자료카드

집필자명/박긴이

표제 · 제목/아러낭 전승에 란한 연구

잡지제명/도서출판 상해

권호 · 발행/2009년 5월(월간, 계간을 구별한다.)

페이지/155

c. 신문기사

```
                    * 참고문헌 자료카드

  집필자명/안정희

  기사표제/홍콩히기의 역사적 의의

  신문제명/中國人民日報

  발행일자/2009년 5월 1일자(일자을 기록한다.)
```

e. 인터넷 자료(검색카드 작성 예)

```
                  * 인터넷 자료 검색카드

  기록자명/양서방

  표제 · 제목/中國 漢族의 민족적 정체성

  인터넷주소/http://myhome.shinbiro.com
```

(4) 가목차 및 문헌심사

가. 가목차가 설정되고 참고문헌 목록이 작성되면 지도교수의 심사를 받는다.

나. 심사는 목차의 정확성과 참고문헌의 충실성 여부를 확인받고 논문 작업을 착수하게 한다.

다. 위 순서를 밟지 않을 때 더 많은 시행착오를 겪게 되며 시간적으로 손실을 당하게 된다.

라. 가목차 내용의 삭제, 보충, 용어수정 및 참고문헌을 통해서 작성빈도의 대략이 파악된다.

2. 내용의 구성

1) 자료수집 – 문헌 자료카드

(1) 자료수집 시 문제 성격을 바로 파악해야 된다. 이때 사전류가 좋다.

(2) 전체 개념파악 후 문제핵심을 밝히고 구체적 자료를 수집함이 좋다.

(3) 구체적 자료는 단행본에서 출발하여 관계된 것들을 수집함이 좋다.

(4) 부정기 간행물, 미발표 논문 등도 총력을 기울여 답사 수집함이 좋다.

(5) 도서관을 이용하는 것이 좋고 조사 시, 기록·복사하여 카드로 만든다.

(6) 카드는 검색 지식의 조합, 자료의 출처 등을 쉽게 파악한다.

(7) 카드의 기록 사항은 위 표와 같이 한다.

2) 자료평가

(1) 1차, 2차 자료, 정보의 진위, 자료의 권위, 편견의 정도, 생산 시기 등으로 구별함이 좋다.

(2) 자료는 사실이나 사건의 직접적인 것일수록 가치가 크다. – 본원적 자료가 요구된다.

(3) 자료의 평가방법

가. 저자를 기준하여 자료의 신빙도를 평가하는 방법 – 저자가 주제에 대한 직접적 지식이 있는가, 저자의 직업, 명성, 지위, 출신, 경험 등을 관찰하여 측정한다.

나. 어느 출판사 문헌인가로 가치를 평가하는 방법 – 전통 있는 출판사는 출판에 신중을 기하므로 충실한 자료를 제공한다. 출판사 경향에 따라서 전통과 특성을 찾을 수 있다.

다. 정보의 성격에 따라 간행시기가 중요하다. – 가능한 한 그 사건과 가까운 때에 발행된 문헌자료나 직접적으로 관계된 사람의 증언일수록 신빙성이 높다.

라. 체재가 잘 갖추어진 저술은 내용도 충실하다고 본다. – 목차의 짜임새, 권말 색인의 유무, 참고문헌과 각주의 양식에 통일성의 결여, 정확성이 없으면 어설픈 것이다.

마. 자료내용의 검토 – 서문, 서론, 결론을 읽어 보면 저자의 저술 목적과 태도를 파악할 수 있다.

3) 초고정리와 수정

(1) 초고정리에는 많은 수집과 첨삭이 따르므로 반드시 노트 & 컴퓨터로 작성함이 편리하다.

(2) 유의점 – 각주의 장소표기가 안 될 시, 혼동이 올 수 있다(초고는 번호기재 불필요).

(3) 통계자료는 문장표현보다도 표를 작성함이 좋다. – 간단한 경우는 서술하는 것도 가하다.

(4) 그래프, 차트, 지도, 그림, 사진 등도 같은 요령으로 처리한다.

(5) 길이가 긴 인용문은 초고작성 시 옮기지 않고 위치를 표기해 두었다가 기재한다.

(6) 초고가 일단 작성되면 만족한 내용을 얻기까지 첨삭, 수정, 보완을 거듭하고 오자, 탈자, 구두점, 띄어쓰기도 중요시하되 핵심은 논문 전체 내용의 통일성이다.

(7) 초고 검토 시 소리 내어 읽는 것도 한 방법이다. 읽을 때, 귀에 거슬리거나 이상하면 논리상, 표현상 오류이므로 반복하여 자세히 검토한다.

(8) 아깝다고 버리지 않고 모두 쓴다면 잔반통이 됨을 명심해야 한다. 꼭 필요한 것만을 이용해야 한다.

(9) 초고 검토 시 논문의 통일성을 유지하는 검토법

　가. 내용과 그 순서

　나. 내용의 경중과 문장의 장단 균형

　다. 중요사항의 누락 여부

　라. 불필요한 부분의 유무 여부 조사

(10) 기록의 정확성을 위해 고유명사(인명, 지명), 숫자, 인용 등이 정확한지 여부를 조사한다.

(11) 문장 자체 관찰에 중심하여 불필요한 반복, 쓸데없는 군더더기, 문법상 오류, 어색한 표현, 공연히 어려운 표현을 쓰는지 여부를 조사한다.

4) 중간심사

(1) 초고의 수정은 지도교수 평가로 자기가 판단치 못한 점을 가

려서 보완한다.

(2) 논문작성자는 할 수 있는 대로 지도교수와 협의 후 확인받음
이 좋다.

(3) 논문작성자는 중간심사를 받지 않고 원고작성에 들어갈 수 없다.

3. 논문의 정리

1) 원고작성

(1) 완성된 초고를 원고지에 정서하는 과정으로 정서 전에 각주
번호를 표기한다.

(2) 도표는 원고용지에 작성하거나 따로 마련하고 그때는 그 자
리를 표시해 둔다.

(3) 초고 작성 시 빼 둔 긴 인용문을 자료카드에서 옮길 때 원문
대로 옮긴다.

(4) 정서가 끝나도 완벽한 것은 아니므로 초고 때처럼 검토하여
각주, 도표도 눈여겨 살핀다.

* **목차의 계층을 나타내는 기호체계**
  I,
  　1.
  　1)
  　　(1)

①, 또는

I

1.

1)

(1)

①의 순서를 따른다.

표나 그림의 제목은 각각 논문의 전편을 통해서 일련번호를 매겨(예: <표 1>, <그림 1>) 표나 그림의 윗부분에 쓰고, 자료의 출처는 '자료:'라고 표시하고 본 요령 본문 주 1-1)의 양식에 따라 아랫부분에 밝힌다[예: 자료: Thomas(1975: 900)의 재구성].

표나 그림에 대한 주는 개별주(a), b), c)의 기호를 사용하고 확률주인 경우에는 *p<.05, **<p.01, ***<p.001), 일반 주('주:'로 표시하고 기재)의 순으로 자료 출처의 윗부분에 달아 준다(즉, 표나 그림의 하단에 개별주, 일반주, 자료의 순서가 되도록 배열한다).

저자의 논문이나 저술을 가르칠 때에는 '졸고'라는 용어를 사용하지 않고 이름을 밝혀 적는다.

2) 인용

(1) 인용의 주의점: 타인의 학설을 빌리거나 믿을 만한 증거가 발견되면 인용하여 자기의 문제점을 더욱 확실히 규명한다. 또 자기 의견과 일치, 반대를 제시하여 논지의 전개에 도움을 주므로 남의 글을 인용하게 된다. 인용은 논문의 깊이를 더하므로 귀중히 다뤄야 한다. 인용의 법칙은 남의 것을 자기 것인

양하면 도용이 되며 좋은 논문이 되지 못하고 비판받을 우려가 있으므로 인용부분을 반드시 표기한다.

(2) 인용의 문제점: 길이에 따라서 3행이 넘지 않는 경우는 본문 속에 그대로 넣고 '따옴표'만 붙여도 좋다. 3행을 넘길 시는 행을 바꿔 다른 문단을 잡아서 쓴다.

(3) 인용의 방법

　　가. 직접인용

a. 법률, 정부시행령, 포고문, 담화문 등

b. 수학이나 과학 공식, 경전(성경, 불경, 코란 등)

c. 필자가 표현한 그대로 옮겨야 할 경우

d. 특수한 표현방법으로 표기되었을 때

＊ 직접 인용의 주의점은

a. 점 하나라도 변경해서는 안 된다.

b. 앞, 뒤, 중간 등을 생략하고 필요한 부분만 사용해도 된다.

c. 그러나 생략 시에는 생략부호(……)를 꼭 사용해야 된다.

d. 오식이나 오기가 있어도 바로잡지 말고 그것이 있는 뒤에 '원문대로' 혹은 'sic'로 기입하여 원문이 잘못임을 나타내 주어야 한다.

e. 방점을 쳐서 강조하고자 할 때는 < >에 넣어서 쓴다. 아래 예: ……는 ……일지라도 <그는 매국노일자라도 학문에는 공헌했다고 본다.> 이후에 작가들에게 영향을 끼쳤다.

　　나. 간접이용: 필자의 손으로 바꾸어 인용하는 경우인데 그렇다

고 해서 내용을 바꾸거나 자기생각에 맞추어서는 안 된다.

(4) 인용의 실례: 인용 시 참고한 자료의 출처를 밝히는 참고주 (reference notes)는 다음과 같이 본문 중에 괄호를 사용하여 처리하고, 그 자료의 내역을 정리한 참고문헌(reference list)을 논문의 끝부분에 첨부한다.

a. 자료가 문장의 일부로 언급되는 경우

예: 박동서(1990)에 의하면…; Okun(1975/1988: 61 – 69)을 중심으로…; 김창준·안병만(1990: 79)은…; Perry&Wise(1990)의 분류에 따라…; …Hwang(1987)과 신무섭(1985)을 들 수 있다;

Brown외(1982)의 연구에서도…; 감사원법 제2조 제1항에서는…; 「'93과학기술연감」(1994: 35)에 제시된…

b. 자료가 괄호 속에 분리되어 언급되는 경우

예: …라고 볼 수 있다(감사원법 § 2①; 「조선일보」, 1993; 안병영, 1990; 과학기술처, 1987) …을 제시하였다(예: 이종범 외, 1990; Thomas, 1976: 900; Hempel, 1965: 258-264).

본문의 내용에 설명을 부연하기 위한 내용주(content notes)는 해당 부분의 오른쪽 위에 논문 전편을 통해서 일련번호를 매기고(예: …하였다.1))페이지 하단에 각주로 처리한다.

3) 방증－주(foot note)의 기입

(1) 주는 논문 속에 나오는 인용문의 직접적 보강을 위하여 생겨 난 것으로 자료출처를 밝혀 주는 역할을 한다.

(2) 주의 목적은 증거자료의 타당성을 입증하기 위한 수단으로 사용한다.

(3) 본문에서 다룰 수 없으나 논의를 확증하는 역할을 하기 위하 여 혹은 본문과 상관관계를 맺기 위하여 사용한다.

(4) 아라비아 숫자로 사용하는데 인용부호나 종지부가 있을 때는 그 밖에 주의 번호를 붙인다.

(5) 주의 위치: 각주와 미주가 있으며, 각 주는 페이지 하단에 이 용하며, 미주는 각 장 말미에 일괄적으로 표기하는 방법이다.

4) 주, 또는 참고문헌을 기입하는 방법

(1) 내용을 전부 기입하는 경우: 내용 전체를 기록 하는 방법으로 "고려사에 의하면 文宗 30년에 정해진 별시미 수급자 가운데 서 내시, 다방의 명칭이 보임을 알 수 있다."

(2) 완전주로 기입하는 경우: 내용의 출처가 되는 책의 저자와 책 명을 기록 하는 경우로서 본문에 인용 또는 언급된 참고문헌 은 국내문헌과 외국문헌(동·서양의 순)으로 구분하되 저자의 姓을 기준으로 전자는 가나다순으로 후자는 알파벳순으로 배 열한다.

* 참고문헌의 기재방법

저자, 출판년도, 제목, 출판사항의 순서로 기재한다.

예 : 감사원법. (개정 1995. 1. 5, 법률 제4937호).

「'93과학기술연감」. (1994). 서울: 과학기술처.

과학기술처. (1987). 「과학기술행정 20년사」. 서울: 과학기술처.

김창준·안병만. (1989). 입법부와 행정부의 관료행태 비교. 박동서·김광웅(공편), 「의회와 행정부」, 77 - 115. 서울: 법문사.

박동서. (1990). 「한국행정론」. 서울: 법문사.

신무섭. (1985). 「한국행정부의 예산안 결정과정에 있어서 점증주의 행태에 관한 연구」. 박사학위논문, 서울대학교 행정대학원.

안병영. (1990). 관료부패는 고질병인가. 「한국일보」, 6. 26: 5.

이종범·김준한·정용덕. (1990). 행정학과 교육프로그램 개발에 관한 연구. 「한국행정학보」, 24(1): 367-426.

「조선일보」. (1993). 통상전담기구 만들어야. 1. 30: 3

Brown, Richard E., Gallagher, Thomas P., & Williams, Meredith C. (1982). Auditing

Performance in Government: Concepts and Cases. New York: John Wiley & Sons.

Hempel, Carl G. (1965). Aspects of Scientific Explanation. New York: The Free Press; 강신택. 「사회과학연구의 논리: 정치학·행정학을 중심으로」, 129-130. 서울: 박영사, 1995에서 재인용.

Hwang, Yun-won. (1987). An Analysis of Local Government Expenditures in Korea.

Unpublished doctoral dissertation, University of Pittsburgh.

Okun, Arthur M. (1998). 「평등과 효율」, 정용덕(역). 서울: 성균관

대학교출판부; Equality and Efficiency: The Big Tradeoff. Washington, D.C.: The Brookings Institute, 1975.

Perry, James L. & Wise, Lois R. (1990). The Motivational Bases of Public Service. Public Administration Review. 50(3): 367 – 426.

Thomas, Kenneth. (1976). Conflict and Conflict Management. In Murvin D. Dunnette(ed.),

Handbook of Industrial and Organizational Behavior, 889-935. Chicago: Rand

McNally College Publishing Co.

(3) 약식 주로 기입 하는 경우: 아래 예와 같다.

a. ibid, (또는 상계서, 上揭書) p.23

이 경우 바로 앞에서 완전주석으로 소개되었을 경우 사용되며 다시 그 문헌에서 인용 시에 이 부호를 쓰고 페이지만 기재 함.

b. opcit. (또는 전게서, 前揭書) p.23

이 경우는 반복인용 하고자 할 때 쓰인다. 즉 한 페이지, 또는 몇 페이지 앞에 쓰였던 경우에 다시 반복인용 시 사용된다.

아래의 [가], [나]의 경우는 동일 저자의 다른 책과 혼동이 우려 될 경우에 쓰이며, 그렇지 않을 경우에는 [나]와 같이 쓰인다.

[가] Phillip Stevict,Theory of the Novel,Free Prcss, opcitp. p. 356

[나] Phillip Stevict, opcit p. 356

[다] 전게서, 주재용, 역사와 신학적 증언 p. 234

c. lo. . .cit(상게문, 上揭文)

이 경우는 한 번 인용한 것을 완전히 반복하여 인용하는 경우이다.

d. 기타로 약어나 부호를 열거하면 다음과 같다.

BK — book,

Bks — books,

cf(confer) — 참조(參照),

chap — chapter,

e. g.(exempli gratia) — 예를 들면,

et al(et alli) — 외, 수 명(外數名)

Ⅰ. e(id est) 즉(卽),

pp.4f 또는 pp 4est.seq — 4페이지와 그 다음 페이지

q. v_ ...에 보아라,

vol, vols. — volume, volumes

* 여기에 제시된 주와 참고문헌의 작성양식은 1986년 미국심리
학회(American Psychological Association, APA)에서 발행한
Publication Mannual(제3판)을 표준으로 하여 필요한 조정을 한
것이다. 본 요령에 언급되지 않은 사항은 APA Mannual을 따른다.

5) 가심사의 판정

(1) 위 과정에 따라 작성된 논문은 최종적으로 심사를 받아야 한
다. 이는 논문 내용 면에서 심사위원의 판정을 받는 것이다.

(2) 이는 본문 내용의 마지막 점검을 하는 최종 과정이다. 이미 지

도교수와 함께 수정, 보완하였고 원고정리가 되었으므로 인쇄를 위한 최종 허락을 받는 예의적 단계이다.

4. 완료 단계

1) 인쇄

(1) 완성된 논문은 복사, 프린트, 인쇄 등으로 한다. 대학 졸업논문은 원고지에 제출하는 경우도 있으나 지금은 인쇄하여 제출함이 통례이다.
(2) 졸업논문은 하나의 노작이므로 학교 도서관과 자기의 서가, 지도교수에게 드려 보관함이 학문적 예의이다.

2) 심사판정

(1) 통과된 논문을 위원들에게 드려서 사인을 받는 과정이다.
(2) 작성된 논문의 개요와 중요성의 의견을 주고받으며 최종 승인하게 되는데 구두시험은 100점 만점에서 60점 이상을 요한다.
(3) 학위논문 심사는 학장 또는 대학원장이 정한 장소, 시간에 심사위원이 행한다.
(4) 심사위원은 제출한 논문원고를 검토하여 본문의 주제, 취급방법의 타당성, 내용, 적격성, 연구성과 등을 면밀히 심사한다.
(5) 심사위원은 제출자에게 부본, 역본, 모형, 표본, 기타 재료를 제출하게 할 수 있다.

(6) 심사는 2회 이상 실시함을 원칙으로 하며 위원장은 위원의 의견을 종합하여 소정 양식에 작성하여 위원 전원이 날인하여 소정 기일 내에 학장 또는 대학원장에게 제출하여야 한다. 논문통과는 위원 2/3 이상의 찬성을 요한다.

3) 제출

(1) 정한 규격에 따라 완성한 학위논문은 소정 기일 내에 학교 당국에 제출한다.
(2) 규정 부수는 모두 13부(양장본 3부와 페이퍼바운드 10부)이다.

4) 학위수여

학부, 대학원의 규정된 학점이수와 졸업요건이 갖춰진 자가 논문을 제출하고 통과하면 해당 학위가 수여된다.

Ⅴ. 論文作成을 爲한 準備

1. 실제적 방법

1) 도서관 자료 이용법

최근에는 인터넷으로 검색하여 이용할 수 있다.

2) 원고지 사용법

최근에는 원고지를 사용하는 경우가 거의 없으며, 컴퓨터상에서 아래아 흔글이나, **Microsoft Word**를 이용하여 한글이나 영문으로 기록할 수 있다.

3) 원고 교정법

아래아 흔글을 이용할 시는 **F8** 키를 이용하여 글자의 교정, 띄어쓰기 또는 부호의 사용을 컴퓨터 프로그램에 따라서 선택하여 엔터(Enter)를 하면 된다.

4) 부호 사용법

아래아 흔글에서는 위 상단에 입력↵ *문자표로 들어가서 필요한 부호를 빼내어 사용하면 된다.

5) 띄어쓰기

아래아 흔글에서 **F8** 키를 이용하여 띄어쓰기 유무를 결정하나 복합명사는 필요시에 붙여 쓰는 것도 좋다.

2. 학위논문 규정

1) 학칙상의 규정

(1) 논문계획서의 제출

   a. CMA 대학부는 졸업 전 학기, 대학원은 3학기 이상 수료한 자, 또는 졸업학점을 10학점 남겨 놓았을 때

   b. 논문지도교수를 선택하여 논문계획서를 본교 교무처에 제출 후 지도교수 승인을 받아야 한다.

(2) 논문개요의 제출

   논문 계획서를 승인받고 논문개요를 지도교수로부터 승인받아야 한다.

(3) 지도교수의 선정

   각 전공과목 조교수 이상의 교수를 선정하여야 한다.

(4) 학위논문의 제출자격

   논문개요 제출 후 승인받은 자

(5) 학위논문 원고제출

   완본 2부를 작성하여 기한 내 논문주임교수 및 부교수의 승인을 받아 교무처에 제출한다.

(6) 논문제출 자격심의

   교수위원회는 논문원고 제출자격 여부를 심의 인준한다.

(7) 심사위원 후보 선정과 보고

   a. 논문주임교수는 논문심사위원 후보선정 후 학장(대학원장)에게 보고하여야 한다.

b. 교무처장은 확정된 심사위원을 위촉하여 심사와 구두시험을
　　　실시토록 한다.

　　c. 논문지도교수는 심사위원회 위원장이 되어 진행한 결과에 대
　　　해 학장에게 보고한다.

(8) 논문지도비의 납부

　　논문제출자는 논문학점을 등록할 때 논문지도비를 납입하여
　　야 한다.

(9) 논문제출 기한

　　a. 학사논문은 졸업 후 1년 이내에 제출하여야 한다.

　　b. 석사논문은 졸업 후 2년 내 2회까지 제출이 가능하다.

2) 제출양식

학위논문의 체제는 다음과 같다.

* 판종 – 가로 18.2㎝, 세로 25.7㎝
* 제본형식 – 클로스 양장 및 페이퍼 바운드
* 표제인쇄방식
* 논문이 갖춰야 할 사항과 순서

3) 학위수여 기증

　대학 및 대학원 과정을 수료하고 종합시험에 합격한 후 논문을
제출하여 합격할 경우는 다음과 같이 학위를 수여한다.

* B. A/문학사
* B. D/신학사

- M. Div/신학석사
- Th. M/신학석사
- M. P. S/목회학 석사
- D. Min/목회학 박사
- Th. D/신학석사

제 2 편

論文作成의 實際

Ⅰ. 卒業論文

제목 : 조선족 보신요리점의 경영발전안

- 갑산개장집 식당을 중심하여서 -

제출자 : 과기대최고경영자과정 리화

Ⅰ. 서론

1. 연구의 동기와 목적

 필자는 이번 연변과학기술대학 최고경영자 과정을 통하여 많은 것을 배우고 경영에 대한 새로운 인식을 갖게 된 것을 감사드린다. 또한 이번에 본 과정을 연수하는 중에 배운 이론들을 통하여 필자가 경영하는 사업처에 맞춰 보려고 한다.

　필자는 본서에서 조선족 전통 음식의 정의와 현황에 대하여 알아보고 더 나아가 개장에 얽힌 영양학적 고증과 그동안 다소 금기시되어 온 점에 대하여 살펴보고자 한다.

　최근 들어서 개장의 한계를 보는 듯하다. 그래서 본 요리점에 대하여 새로운 주메뉴, 반찬, 소스, 음료에 대한 개발안에 대하여 살펴본 뒤 새로운 영업방안을 연구해 보고자 한다.

2. 연구의 방법과 범위

　본서의 연구의 범위는 중국 내 거주하는 조선족뿐 아니라 조선족 요리와 개장을 공유하는 중국과 기타 민족들에 대하여서도 알아보고자 하였다. 그러나 본 음식점의 영업방안에 대해서는 음식을 공유하는 모든 이들이며 지역적으로는 연변조선족자치주 연길시에 한한다.

　본서의 연구방법은 문헌자료의 한계를 느껴서 어려움이 있었으나 다행히도 인터넷자료가 많이 있어서 연구가 용이하였다. 아쉬운 점은 시간적으로 여유가 있다면 본 업소를 출입하는 고객들로부터 설문지 등을 통하여 여러 가지로 연구해 보고자 하는 생각이 많았다.

　이런 아쉬움에 대해서는 이번에 배운 바 여러 이론들을 되살펴보며 계속해서 연구하고자 하는 마음을 다짐해 본다. 아울러 이번 과정을 통해서 가르쳐 주신 문교수님들과 논문 지도에 수고해 주신 교수님께 또한 특별히 감사를 드리는 바이다.

Ⅱ. 전통 보신요리와 史證

1. 전통음식의 정의와 현황

식생활 문화는 거주 지역의 자연적 조건으로 기본 틀이 이루어
지고 나아가 사회, 환경적 영향으로 변천과 발전을 거듭해 왔다.
즉, 인간과 음식의 역사는 바로 삶 그 자체이며 음식은 우리의 일
상과 불가분의 관계를 가지고 있다.

또한 지역, 국가 간의 상이한 생활관습, 예절, 음식물 등이 경관
위주의 관광에서 미각(味覺) 여행의 요인이 되고 있다. 전통음식의
일반적 정의는 예로부터 전승되는 지방 사람들이 먹고 있는 음식
들이다. 이러한 전통음식은 불특정 다수에 의해 그 고장 특유의 식
습관, 재료, 조리 비법 등의 지역적인 특성이 있다. 이러한 사항이
고려된 일반적 정의는 다음과 같다.

첫째, 사용되는 재료가 당지에서 많이 생산되는 특산품들이다.
옛날부터 고추, 마늘, 사과, 옥돔, 조기, 갓 등의 재료 중 각각의 재
료가 영양, 의성, 영천, 제주도, 연평도, 여수 등이 타 지역 생산품
보다 품질이 우수하고 우월하기에 특산물이 된다. 다른 예로 '황태'
는 채취, 숙성상 강원도 대관령이 좋은 조건의 특산물이 될 수 있
고 영광굴비의 경우도 같은 이유이다.

둘째, 특정 지역에서 많이 생산되지 않으나 주변 지역에서 유입
되어 특별한 조리, 가공법 등으로 개발된 경우로 안동의 자반고등
어, 춘천의 막국수 등이 있다. 안동은 내륙지방이나 고유한 숙성법

으로 전통화시킨 예이며 춘천의 경우, 강원 산간의 메밀이 춘천 등 지서 많이 소비되기 때문이다.

셋째, 보편적 재료지만 조상들의 생활형태, 기후, 풍토 등 지역적 특성이 반영된 특유의 조리법, 차별적인 조리 기술로 발전시킨 음식이 있다. 뱃길을 떠나는 사람의 도시락이 쉬지 않게 반찬과 밥을 따로 싸는 충무김밥이나 평양, 함흥 하면 냉면을 연상하는 것은 강한 지역적 특성이 있기 때문이다.

넷째, 옛날부터 특정지역에서 만들어진 음식으로서 오늘날까지 전래되는 음식으로 안동지방의 식혜는 결이 고운 고춧가루를 이용하여 제조하므로 색깔과 맛에 있어서 독특하다.

다섯째, 세시풍속, 통과 의례 시 조상들이 관습적으로 준비하던 음식들로 경상도의 경우, 제사상 차림에 상어고기(돔베기), 전라도는 삭힌 홍어 즉, 홍탁을 들 수 있다.

여섯째, 사상을 지배한 종교적인 영향에 의하여 개발된 경우로 불교식(사찰식) 음식, 유교식 음식을 들 수 있다. 불교는 고려시대까지의 국교로서 사회, 문화적 측면에서 음식에 많은 영향을 끼쳤다. 육식, 강한 향의 오신채(五辛菜) 사용을 금하는 독특한 형태의 음식이다. 유교는 조선시대의 사상을 지배했는데 유교식 음식의 대표성은 제사상을 들 수 있고 각 지역에 따라 차리는 예법, 가짓수, 조리법, 상차림 등이 독특하게 발전되었다.

그러나 오늘날에 이르러 유통망의 발달, 농업 재배기술 및 혁신적인 변화, 매스미디어에 의한 음식의 전파 및 선전, 그리고 요리 기술의 발달로 인하여 지역성, 전통성이 희석되어 가고 있는 실정이다.[1]

중국의 경우는 큰 땅덩어리만큼이나 각 지역에는 음식의 특성이 있다. 그래서 광둥 요리, 쓰촨 요리, 상하이 요리, 산둥 요리, 뚱베이 요리 등 각 지역의 특성이 있다. 전통 음식은 지리학적, 기후적 특성이 많이 작용한다.

그러나 산업사회의 발달로 교통, 통신, 대중매체의 영향, 재료의 균질화, 대중화로 각 고장의 식생활은 획일적, 동질성의 경향이 있다. 더구나 서구의 영향으로 점차 고유한 향토음식이 사라져 가는 실정이다. 그러나 중국의 조선족의 경우는 아직까지 지역적, 기후적, 민족적으로 각기 다른 전통 음식이 비교적 잘 전해지고 있다. 이런 의미에서 개장은 중국 동북지역에 거주하는 조선족 전통음식으로 특별한 의미가 있다고 본다.

2. 개장에 얽힌 역사적 고찰

개가 가축으로 길들여진 것이 신석기시대로 추정되므로 개 식용의 역사 또한 실로 오래다. 중국의 신석기시대 양소, 용산 유적지나 조선의 김해 회현동 조개무지 등 신석기 유물에서 개 뼈가 널리 출토되고 있고, 고구려 안악 3호분(4세기경) 벽화에 도살된 개의 모습이 양, 돼지와 함께 그려져 있다.

역사적인 자료에서 최초로 개 식용에 관한 언급은 중국의 사마천이 쓴 <사기>에 나타나 있다. 사기의 진기제 5장에는 "진덕공 2년(기원전 679년) 삼복 날에 제사를 지냈는데 성내 사대문에서 개를 잡아 충재를 막았다."라는 기록이 남아 있다. 그리고 <주역>과

<예기>의 곡례 하편, 월령 편에서는 천자가 먹고 제사에도 바쳤다는 기록이 있다.

중국에서는 고대 춘추전국시대로부터 명·청대에 이르기까지 개고기는 상류층만이 향유할 수 있는 고급음식이었다. 한 예로 청나라 말기의 이홍장은 개고기를 매우 즐겨했던 것으로 전해진다. <논어>에는 제사에 개고기를 쓴다는 기록이 있고, <소학>에는 제사와 손님 접대에 군자는 소를 쓰고, 대부는 양, 선비는 개를 쓴다는 기록이 있다.

이처럼 중국 한나라 이전에는 개 도살 전문직이 있을 정도로 개고기를 많이 먹었다. 공자도 개고기를 먹었다고 하며, 개고기를 먹는 풍습은 주나라와 춘추시대를 거쳐 한나라에까지 활발하였으나 명·청대에는 충견이라는 개념에 밀려 점차 그러한 풍습은 사라져 갔다. 그러나 조선조의 숭유주의는 주나라 복고주의였으므로, 당시의 중국, 즉 명·청의 사정과 달리 조선에서는 개고기 요리가 크게 발달하였다.

조선족의 개고기 식용 역사는 고구려 벽화에 등장하는 개 잡는 장면을 미루어 최초의 역사적인 근거로 추측하고, 고려시대에는 구워 먹는 습속이 유행했다고 한다. <조선왕조실록>은 중종 31년 김안로가 개고기를 좋아하여 아첨배들이 개고기를 뇌물로 바치고 벼슬을 얻었다고 하는 기록이 있다.

이조시대 홍석모의 <동국세시기>에는 "개를 삶아 파를 넣고 푹 끓인 것을 구장이라고 하며, 여기에 죽순을 넣으면 더욱 좋고, 구장에 고춧가루를 타서 밥을 말아서 시절음식으로 먹는다. 이렇게 먹고 나서 땀을 흘리면 더위를 물리치고 허한 기운을 보충할 수 있다."라고 적혀 있다.

조선족의 개 식용에 관한 최초의 외국 소개는 1847년 프랑스 선교사 '달렌'이 쓴 <조선 교회사> 첫머리에 "조선에서 제일 맛있는 고기는 개고기다."고 쓰여 있어 예로부터 조상들은 개고기를 즐겨 먹었음을 알 수 있다.[2]

인류의 역사 이래로 개고기는 농경사회의 주된 음식이었다. 문화인류학자 마빈 헤리스는 농경사회에서 소는 중요한 노동 제공 수단이기에 서민이 식용할 수 없는 가축이었고, 대신 개가 육고기의 섭취원이 되어 왔다고 개 식용에 관해 언급한 바 있다.

조선민족도 원삼국시대에는 사냥을 주로 한 유목민이었다. 유목민에게 개는 사냥에 필수 수단이 되었는데 차츰 농경생활이 정착하면서, 개는 사냥의 용도보다 대체 육류의 용도로 식용화되었다. 개고기를 먹는 민족은 우리뿐만 아니다.

인도네시아의 바타크(Batak)족은 검은 개를 좋아하여 사육하거나 낚시 바늘에 고기를 꿰어 두었다 먹기도 했다. 폴리네시아의 타히티(Tahiti)인과 하와이(Hawaii)인, 뉴질랜드의 마오리(Maori)족도 개를 식용했다. 폴리네사아인들은 몇 마리 개만 집 안에서 기르고 나머지는 울타리를 치거나 보호될 만한 나무 아래 특수한 오두막을 지어 길렀고, 빨리 살찌우기 위해 생선과 야채를 반죽한 것을 먹이기도 했다.

폴리네시아에서 개는 신과 나누어 먹을 정도로 좋은 음식이라 여겼고 타히티와 하와이 군도에서 사제들은 중요한 공적 행사에 개를 많이 잡았다. 하와이, 타히티인들은 큰 사냥감이 없었던 이유에서 개를 사냥에 이용하지 않았고, 마우리족이 개를 사냥에 이용하긴 했으나 사냥할 야생동물이 부족해서 기르던 개를 식용으로 삼은 것은 자연스러운 인간사일 것이다.

중국 광둥성(廣東省)의 개고기 요리는 전 세계적으로 유명하다. '향육(香肉)'이라 하여 개의 부위에 따라 여러 요리가 있고 그 재료로 누렁개를 최고로 친다. 조선족이 많이 사는 연변지방에도 '디양러우'라는 개고기 요리가 있다.

예로부터 "일본인은 소고기는 먹지 않고 개고기를 먹는다. 특히 붉은색 개를 약용으로 쓴다."라는 서양 선교사의 기록이 있다. 이로 미루어 볼 때 한국, 중국, 일본의 개 식용의 역사는 아주 오래되었다.[3]

3. 개장의 영양학적 고증

개장의 영양적 가치는 예로부터 혈액순환을 돕고 양기를 높이는 식품으로 전해진다. 다른 육류에 비해 고단백질, 고지방 식품이며 소화 흡수가 빠르고, 단백질은 아미노산으로 분해되어 흡수되는데, 개고기는 아미노산 조직이 사람과 가장 비슷해서 단백질 흡수율이 높아 병후 회복이나 수술 후에 복용해 왔다.

또한 개장은 성인병의 원인으로 지목되는 포화지방산이 적은 반면, 몸 안에서 잘 굳지 않는 불포화지방산이 많은 식품이다. 지방질을 구성하는 지방구의 크기도 소기름이나 돼지기름에 비해 6분의 1 정도여서 과식해도 탈이 나는 경우가 거의 없다. 현대 영양학적으로도, 개고기는 소화력이 뛰어난 아미노산 성분과 비타민(A,

B), 지방질이 풍부하고 특수 아미노산 성분이 많아 체력보강에 도움이 된다고 한다.

개장은 개고기에 토란줄기, 들깻잎, 마늘 등을 넣어서 요리하는 것이 보편적인데 보신탕에 추가되는 양념 중 마늘은 알리신과 스크로티닌이라는 성분이 함유되어 있어 각종 영양소가 위장에서 효율적으로 흡수되게 도와준다. 단백질이 풍부할뿐더러 육질이 연해서 먹기가 편하다.

개장은 보신 측면에서 볼 때 예로부터 몸이 허약해서 생긴 결핵이나 호흡기 질환에 좋다고 한다. "공중을 나는 새도 결핵에 걸리나, 개는 결코 결핵에 걸리지 않는다."고 전한다. 몸이 여위고 허리와 무릎에 힘이 없으며 시큰시큰 아프고 어지럽고 눈앞이 아찔할 때나, 귀에서 소리가 나고 피로할 때와 유정, 음위증, 식은땀이 날 때, 비장과 위장이 냉하고 무력한 데 좋다. 여성의 경우, 피부 미용에 좋고 젖을 잘 나게 하고 대하증을 낮게 한다.

개고기는 다른 육류에 비해 단백질, 무기질, 콜레스테롤의 함량이 적은 반면, 지방질, 비타민(A, B1, B2), 불포화지방산이 많이 함유되어 있어서 돼지고기나 소고기를 찬물로 씻으면 기름이 엉겨 붙지만 개고기는 그대로 씻겨 나간다. 고기는 콜레스테롤 함량이 적고 지방산은 혈액 속에서 잘 굳지 않는 불포화지방산이기 때문에 동맥경화 등 성인병을 일으킬 위험이 다른 육류에 비해 낮다.

한편, 북한에서는 개고기를 대중적 음식으로 장려한다. 재미교포 김연수의 <북한방문기>에서는 "우리 한민족이 단일민족이라는 또 하나의 증거는 개장국에 있다."라고 말하기까지 했다. 북한의 전국 요리사협회원인 김정희 씨는 "예로부터 단고기(개고기)는 말 그대로 맛이 달고 영양가가 높을 뿐만 아니라, 소화 흡수가 잘되어서 사람들의 건강에 매우 좋다."라고 <조선요리>란 북한의 정기 간행물에 소개하고 있다.

조선시대의 개고기 요리법은 찜 요리가 가장 많은데 그 기법은 <음식디(지)미방>에 처음 설명되어 있다. 그 외 <산림경제>, <증보산림경제>, <규합총서>에는 개고기의 효능, 요리법 등이 적혀 있고 <동의보감>, <본초강목>에는 오장을 편안하게 하며 혈맥을 조절하여 혈액순환을 돕고 장과 위를 튼튼하게 하여 체력보강을 증진시킨다는 효능이 쓰여 있다.

또한 다산 정약용도 개고기의 영양가를 높이 평가했다. 1795년의 궁중 수라상 식단에 개고기 찜이 있음으로 미루어 당시 궁중에서도 개고기를 먹었음을 알 수 있다. 개고기를 다양하게 요리하여 즐겼던 전통은 오늘날까지 이어져 오고 있다. 그리하여 개와 관련된 다양한 세시풍속도 형성되었다.

Ⅲ. 갑산개장집의 요리개발

1. 전통 메인요리의 개발

필자가 경영하는 개장집 골목은 연변의 유명한 개장집 거리다. 그러나 최근에는 다양해진 음식문화의 변화와 욕구가 개장이라는 하나의 메뉴로서는 한계에 있다고 본다. 그래서 필자는 또 다른 보신

음식을 찾는 이들을 위하여 개장 이외의 조선족 전통 음식을 내놓고자 한다. 조선족 전통 보신요리들로는 삼계탕, 염소탕, 장어백숙, 용봉탕, 추어탕 등이 있다.

삼계탕은 영계 한 마리, 수삼(인삼), 황기, 대추, 마늘, 찹쌀을 넣어 탕을 만든다. 양기 부족에는 은행을 넣는다. 대추는 원기 부족에 좋고, 찹쌀은 심장의 열 억제, 더위로 나태한 정신을 맑게 한다. 마늘은 심폐기능 보강, 혈액순환에 좋다. 영계 즉 어린 닭고기는 단백질이 풍부하여 체력보강에 좋다.

닭고기 육질을 구성하는 섬유는 가늘고 연하다. 또 지방질이 근육에 섞이지 않아 담백하고 소화 흡수가 잘된다. 그래서 남녀노소에 좋은 보양식이다. 닭고기는 메치오닌, 필수 아미노산이 많아 체세포의 교체, 재생에 효과적이다. 날개 부위의 뮤신은 성장촉진, 운동기능 증진과 단백질 흡수력을 높여 준다. 인삼은 체내효소 활성화를 통해 신진대사 촉진, 피로 회복을 돕는다.

염소탕은 개고기 못지않게 즐겨먹는 조선족 음식이다. 옛날에는 개고기는 주로 남성들이 먹고 염소는 주로 여성들이 산후 체력보강의 이유로 복용했다. 그러나 개나 염소는 남녀 공히 구별 없이 복용해도 된다.

장어백숙은 장어에 마늘, 생강, 양파, 후추, 등을 넣고 백숙으로 끓인다. 장어에는 비타민 A가 100g당 4,222IU(국제단위) 정도로 다량 들어 있다. 5년 이상 된 장어는 쇠고기보다 무려 1천 배나 많은 비타민 A가 함유되어 있다. 비타민, 무기질, 다량 포함된 불포화지방산은 모세혈관을 튼튼히 하여 고혈압 예방에 좋고 소화 흡수가 잘되는 단백질도 다량 함유되어 좋다.

용봉탕은 민물고기 중의 용(龍)이라 불리는 잉어와 봉황에 상응하는 오골계가 주재료다. 여기에 인삼, 밤, 생강, 대추, 찹쌀, 표고버섯, 마늘, 후추 등이 들어간다. 잉어는 필수 아미노산이 많고 소화 흡수가 잘되는 단백질로 구성되어 있다. 비타민과 칼슘, 철분 등의 무기질도 듬뿍 들어 있다.

그래서 임산부, 회복기 환자, 간질환자, 허약한 어린이에게 좋다. 정액의 주성분인 히스티딘과 아르기닌이 많이 함유되어 정력증강에 좋다고 전한다.

추어탕(도랑탕)은 속이 메스껍고 식욕이 떨어져서 밥 먹는 게 귀찮을 때 효과가 있다. 미꾸라지를 산 채로 뜨거운 물에 끓이면 펄펄 뛰는데, 이때 두부를 통째로 넣어 미꾸라지들이 찬 두부 속으로 파고든 것을 익힌다. 익은 두부를 잘라 양념장에 찍어 먹거나, 끓여 거른 후 배추 시래기, 호박잎, 부추, 애호박 등을 넣고 끓인 후 산초열매를 빻아서 양념으로 사용한다.

경기도 의정부시에 있는 보신탕집의 경우는 한방보신탕을 개발하여 영업하고 있는데 이들의 홈페이지를 보니 10여 가지가 넘는 한약 재료로 어머니의 손맛 그대로 요리하고 있다 하며 메뉴로는 한방수육, 전골한방백숙, 한방삼계탕, 한방뚝배기, 한방도리탕 등을 개발하였다.[6]

중국 옌벤 지역 특산품으로 '장수탕'이 있다. '장수탕'은 지난 8월 창춘국제농업식품박람회에서 중국 특산식품으로 인정받았다. 이 박람회에는 208개 유명식품 중 유일한 육류제품이었다. 옌벤대기녹색식품유한회사는 "이 식품은 전통적 방법과 현대 제조방법으로 제조하였다. 개고기와 長白山 약재를 첨가시킨 장수탕은 개고기류의

식품 중 가장 영양이 풍부하고 맛이 독특한 것을 인정받아 국가 특허권을 획득했다."고 밝혔다. 음식지미방이라는 고서에는 황계를 먹인 누런 개를 잡아 청장, 참기름과 함께 작은 항아리에 넣어 무르도록 중탕하는 찜, 개의 창자에 여러 재료를 넣고 찐 순대, 삶은 개고기를 양념하여 꼬챙이에 꿰어 굽는 개장꼬치 등 다양한 조리법을 전한다.

위와 같이 아직 옌벤 지역에 없는 새로운 보신음식으로 보신찜이나, 한방보신탕 등을 시도하여서 연길시내 타 개장집과는 차별화된 보신제품 개발에 힘써 나가야 하겠다.

2. 반찬과 소스의 변신

필자의 영업장인 갑산개장집은 메인 요리와 더불어 먹는 기존의 반찬과 달리 새로운 반찬의 변신을 꾀하고자 한다. 여기에 가장 중요한 것은 보신 음식과 어울리는 보신 반찬, 제철에 맞는 깨끗하고 맛깔스러운 반찬, 조금 더 민족적 전통의 반찬을 연구하고 개발하고자 한다. 그 예를 들면 아래와 같은 것들이다.

조선족 전통 반찬으로 대표적인 것은 아마도 김치일 것이다. 그러나 중국 조선족들은 다양한 김치가 잘 전해지지 않고 있다. 아마도 그것은 기후관계상 다양한 재료들이 재배되지 않았다는 점도 있겠고 그동안 우선 먹기에 급급하다 보니 많은 종류의 김치들을 갖추어 먹을 기회도 없었다고 본다. 그러나 이곳 옌벤에서 구할 수 있는 것들 중에서 개발해 보고자 한다.

백김치의 경우에는 각종 수육 보쌈에 응용해 볼 수 있을 것 같다. 예를 들어서 개고기 보쌈 등의 메뉴도 개발해 볼 수 있을 것이다. 그 외로 총각김치, 파김치, 열무김치, 깻잎김치 등은 연변에서는 낯선 종류들이다. 그러나 이런 김치를 이용해서 다양한 방법의 보쌈을 시도해 보고자 한다.

또한 닭고기 요리나, 다른 육류 음식과 어울리면서 개운한 맛을 더하는 첨가 찬으로 미역무침 같은 해초 요리를 시도해 보고자 한다. 미역초무침은 옛 음식 중 미역국에 닭고기를 뜯어 넣고 국수를 말아 먹던 음식을 '복쌈'이라고 했듯이 미역은 여름철 더위에 지치고 신경이 예민해져 입맛이 없을 때 효과가 있다.

동국세시기(東國歲時記)에는 개를 삶아 파를 넣고 푹 끓인 것을 구장(狗醬)이라 한다. 여기에 죽순을 넣으면 더욱 좋다고 하였다. 죽순은 갈증을 없애 주고 체내 수분을 원활히 순환시키며 열을 풀어 주고 신경세포를 활성화하며 스트레스를 해소시킨다. 또 혈액을 정화하고 변비, 현기증을 없애며 장내 유효균이 잘 자라도록 한다. 죽순을 삶아 껍질을 벗기고 찬물에 헹궈 물기를 없앤 다음 항아리에 담고 간장을 붓는다. 이렇게 1개월 정도 삭혀 죽순장아찌로 양념해서 반찬으로 낸다.

부추는 냉해진 복부를 따뜻하게 하고 설사를 예방한다. 또 마음을 안정시키고 체력이 떨어졌을 때, 몸을 활성화시킨다. 한국에서는 개고기 찜을 기름에 볶은 부추에 싸 먹는다고 한다.[9]

메인요리와 함께 각종 요리에 맞는 소스를 개발하는 것은 메인요리를 더 빛나게 할 것이다. 예로 검은콩 소스는 중국 한나라 시대에 개발된 고전적인 중화 양념으로 단백질이 많은 발효한 검은

콩이 주재료이다. 검은콩 소스는 톡 쏘는 맛이 일품이며, 고기나 생선, 국수 등 광범위하게 향을 첨가하는 목적으로 사용된다는데[10] 이같이 외국, 중국, 조선족 소스를 다양하게 연구하여 각 메인 음식에 맞춰 새롭게 발전시켜 보고자 한다.

3. 후식음료 개발과 이용

후식은 일반적으로 디저트(dessert)라고 말하며 서양요리 식단에서 샐러드 다음에 나오는 감미품(甘味品: 프랑스어로 앙트르메)이나 과일 같은 후식을 말한다. 본래는 프랑스어로 '식사를 끝마치다' 또는 '식탁 위를 치우다'의 뜻이다. 이 과정을 디저트 코스라고 하여, 영국이나 미국에서는 젤리·푸딩·케이크·아이스크림·과일 등을 낸다.

앙트르메는 정식식사 사이에 내는 음식이었으나 현재는 후식을 의미한다. 앙트르메는 이미 끝마친 요리의 맛을 효과적으로 돋우기 위한 종류가 많다. 달걀·설탕·우유·크림·양주·과일·너트·향료 등을 사용하여 만드는데, 뜨거운 것, 찬 것으로 나뉜다. 수플레(souffl)·푸딩 등이 있고, 찬 것은 앙트르메 프루아(entremets froid)라고 하여 냉과(冷菓)와 아이스크림이 있다. 모두 낼 때는 더운 것을 먼저 내고 찬 것을 후에 낸다.

조선 요리도 주요리 후식을 내놓았다. 조선식 후식으로는 떡이나, 단자, 강정, 유과 등이 있고 음료로는 식혜, 수정과, 화채와 각종 차 등이 있다. 필자의 음식점에서 개발코자 하는 식혜와 수정과에 대하여 알아보자.

식혜의 중요한 재료는 엿싹(엿기름)이다. 시장에서 파는 것을 써
도 된다. 재료는(g) 생강 0.5, 설탕(백설탕) 15, 엿기름 20, 잣 0.5,
쌀 10이면 된다. 끓이면서 생강 몇 쪽을 넣기도 하고 끓인 식혜물
이 한 김 나간 뒤에 저장했던 유자청 건지를 조금 넣고 뚜껑을 닫
아 향이 충분히 식혜 물에 스며들도록 하기도 한다. 유자청 건지는
그대로 두고 식혜물만 따라 쓴다.

수정과를 만들어 여러 날이 지나면 불어서 좋지 않다. 이때 호도
곶감말이 몇 개를 띄워 내면 좋다. 호도 곶감말이는 주머니곶감을
준비하여 길이로 한쪽만을 칼로 잘라 씨를 빼고 편편하게 펴서 호
도를 놓고 돌돌 말아 손으로 꼭꼭 쥐어서 깨끗한 행주에 싸 놓았다
가 5mm 정도의 두께로 썬다. 재료는 곶감 15, 생강 5, 백설탕 20,
잣 0.3, 계피가루 2(또는 통계피를 삶아서 쓴다.) 등을 준비하여 조
리한다.[11]

가을에는 늙은 호박으로 호박 식혜를 만들 수도 있다. 호박은 껍
질을 벗겨 잘게 썰어 애벌 엿기름을 눋지 않을 정도로 부어 완전히
풀어지게 푹 끓인다. 찐 밥, 호박 삶은 것, 애벌 엿기름을 밥통에
넣고 잘 섞은 후 보온상태에서 5시간 정도 삭힌다. 이후는 식혜의
방법과 같다.

새롭게 메뉴를 개발하지 못하면 대추차나, 생강차, 오미자, 구기
자 등을 이용한 음료를 곁들여 내놓아 신선한 서비스를 시도해 보
고자 한다.

Ⅳ. 갑산개장집의 영업방안

1. 다채널 홍보전략

중국이 시장경제체제로 전환하면서 하루가 다르게 홍보방법어
다양해지고 있음을 본다. 아직은 선진국들에 비하여 많이 떨어지지
만 연변만 하더라도 하루가 다르게 홍보에 열 올리는 것을 볼 수
있다. 이전에는 TV, 라디오가 고작이던 홍보 수단이 최근 2~3년
사이에는 무료 전문 홍보지, 홍보신문 등이 나올 정도다.

이제 중국도 홍보가 수비적이거나 소극적인 홍보는 항상 기만적
이고 더러는 부적당한 것이다. 일이 터지고 난 다음 이를 수습하는
사후 치료적 홍보는 늘 수비적이며 소극적인 홍보이다. 조사와 광
청(Public listening)을 통하여 문제를 사전에 파악하고 대비하는 사
전 예방적 홍보야말로 공격적이며 적극적인 홍보이다.

소극적 홍보란 기업이 나쁜 이미지가 있을 때 그에 대한 이미지
변신을 위한 홍보가 아니라 기업의 주가를 올리고 이윤을 창출하
기 위한 적극적 방법으로서 홍보를 이용해 보고자 한다. 본 업소를
홍보하기 위한 홍보 전략은 다채널 홍보 전략이다.

다채널이란 여러 통로를 통하여 필자의 업소를 홍보한다는 것이
다. 그 몇 가지 방법 중에 한 가지는 기존에 본 업소를 자주 드나
드는 고객을 대상으로 홍보하는 것이요, 둘째는 연변조선족자치주
내의 큰 관공서나 기업, 또는 학교나 병원 등의 연줄(關係)을 찾는
것이다. 그리고 그들을 통하여 업소를 선전하는 것이다. 즉 대상을

정한 선전과 대상을 정하지 않는 일반인들에게 선전을 함께 병행하는 것이다.

이보다 먼저 업소의 홍보를 위해 준비해 두어야 할 것은 ① 주메뉴를 선정하고 개발하는 것이다. ② 첨가하는 반찬을 새롭게 변신시키는(필요하다면 반찬 그릇을 바꾸는 것까지를 포함하여) 것이다. ③ 그리고 음료에 대한 서비스, 또는 염가 판매를 위해 준비하고 변신을 위한 신장개업을 선포하고 홍보하려고 한다.

홍보를 위해서는 천연색 카탈로그(홍보전단)를 예쁘게 만들어서 주메뉴와 음료 등을 소개하고(간단한 요리재료나 방법도 포함하여) 찾아올 수 있는 약도, 전화번호 등을 기재할 뿐 아니라, 작은 상품(또는 음료수 등을 포함하여)을 탈 수 있는 경품표도 함께 기재해 볼 수 있다.

2. 배달문화의 도입

가까운 한국만 하더라도 음식배달은 아주 흔한 방법 중의 하나다. 닭튀김, 피자, 빵, 자장면, 점심 도시락 등이 대부분이던 것이 지금은 아침식사나, 국, 찌개, 반찬 등도 배달하고 있다(인터넷 사이트에 엄청 많이 광고하고 있음을 볼 수 있다.). 여기에는 점포를 가지고 판매와 배달을 동시에 운영하는 곳이 있는가 하면 이제는 전문 음식배달점도 있다. 음식 배달 업체의 음식배달전문점이란 조리된 음식 혹은 식재료를 가정이나 사무실, 음식점 외부에 고객이 원하는 장소로 이동시켜 주는 서비스 형태로서 한식, 일식, 양식, 중식, 분식을 하는 업체에서 배달을 병행할 경우 배달의 포지션이 어느 정도 차지할 경우 배달전문점이라 할 수 있다.

　요즈음은 배달업의 형태가 다양해져서 배달의 원조라 할 수 있는 자장면과 피자, 치킨을 비롯하여 국과 과일, 야채샐러드, 이유식, 생식전문배달, 녹즙배달, 제사음식배달, 맞춤 쌀 배달, 맞춤 떡 배달, 김치 배달, 족발, 순대국밥, 돼지국밥, 돈가스, 우동, 김밥, 만두, 호박죽, 칼국수, 냉면, 생맥주와 안주배달, 식재료 배달 등 기존의 점포형 사업에서 부가적으로 배달을 병행하거나 배달만을 전문으로 하는 무점포형태의 배달 전문 업종이 생겨나면서 경쟁이 과열되고 있는 양상이라 할 수 있다.

　배달형태나 업종현황을 마케팅 분야에서 배달전문점의 동향을 예로서 살펴보면 배달전문점은 상기의 업태에서 배달을 영업서비스의 일환으로 행할 경우 배달전문점이 되는바 비율은 현재 자료로 나와 있는 것은 없으나 각종 관련단체의 말을 빌리자면 배달의 비중이 높아지고 있고 한국음식점중앙회 신규등록 음식점 중에서도 현재 배달업체수가 매년 증가추세로 기존의 점포형사업자도 배달비중을 높이고 있다는 이야기다.

　직장에서 퇴직하는 사람들은 일단 장사에 경험도 없고 점포형 사업을 하려면 높은 임대료와 권리금으로 인하여 부담이 있는 바 배달업 위주의 사업으로 경험을 쌓고서 점차적으로 점포형 사업으로 사업을 확장하는 것이 창업초보자들에게는 바람직한 사업형태로 추천되고 있다.

　한국의 어느 전문 배달 업체의 경우에는 국, 탕, 찌개, 참살구이, 반찬, 건강식 등을 주문 배달하는데 총 18개 상품을 월－토요일까지 매 요일마다 3종류씩(6일×3종류＝18종) 주문하여 배달하고 있

다고 한다.[12]

필자의 업소는 지금까지 운영하고 있는 음식점에서 배달 서비스만 첨가하는 데는 별문제가 없다고 사료된다. 또한 본 업소의 주메뉴의 경우는 아직까지 중국 어느 곳에서도 배달이 이루어지지 않고 있기에 그 전망이 매우 좋다고 본다.

3. 전통식 고객 서비스

필자의 업소에는 아직까지 유니폼을 사용하고 있지 않으나 이후 유니폼을 착용하도록 하되 전통 음식점을 표방한다면 유니폼도 전통조선족 복장으로 하는 게 좋다고 사료된다.

그러나 조선족 전통 복장의 경우 치렁치렁하여서 활동이 불편하므로 치마의 길이나 저고리 소매가 비교적 짧도록 설계한 활동 조선옷을 한 가지로 입도록 하고자 한다.

그리고 그릇도 사기나 질그릇 같은 것을 이용토록 하고 실내 장식도 가능한 한 전통적 문양을 이용한 설계를 하도록 하겠다. 또한 주류도 각종 과일주나, 조선족 전통 주류를 이용하는 것도 한 가지 방법일 것이다.

또한 의자는 편리하기는 하나 전통적인 모습을 재현하는 분위기에는 맞지 않으므로 마루 형식의 바닥을 재현하는 게 좋을 듯하다. 또한 상을 들어 나르는 것도 젊은 남자 종업원으로 하여금 머리에 수건을 두르게 하고 둘이서 들어 나르는 것도 좋은 전통의 재현이라고 본다.

전통적 서비스의 가장 핵심은 하루 1∼2회 정도의 전통 음악을 연주하는 순서를 갖는 것이다. 연변은 전통 조선족 기악과 성악이 유명한 곳이므로 우선은 일주일에 한 번 정도라도 시작해 보고자 한다.

Ⅴ. 결론

조선족의 전통 음식은 세계 어디에 내놓아도 자랑할 만한 민족의 음식이다. 이런 음식들 중에도 음식이 곧 몸을 위하는 보신음식들이 얼마나 많은지 놀라웠다. 그중에도 개장은 그 역사가 실로 오래됐다는 것이다. 이미 고구려시대에 안악 고분에서 소, 돼지와 함께 제물로 드려졌다는 것이다. 그리고 개장은 감히 아무나 먹을 수 없는 귀족 음식이었음을 알게 되었다.

그러나 날로 다양화해지는 음식문화들 속에 한 가지 음식을 한 가지 방법만으로 고집하기에는 너무나 차별성이 없다는 것을 알았다. 또한 어제 먹고 오늘 먹기에는 식상해 버릴 수 있다.

그래서 주메뉴 중에 한국식 보신탕과 전통 보신수육찜을 첨가하고 매일 세 때를 먹어도 질리지 않는 좋은 추어탕을 추가하고 개장을 싫어하는 외국인이나 여자들, 아이들을 위한 삼계탕 같은 것을 개발해 보고자 한다.

또한 전통 음식점에 맞는 반찬, 음료, 장식, 복장, 공연, 그릇 등에 대해서도 다시 한 번 심사숙고해 보아야 하겠다.

업소의 개변을 위한 서비스의 변신과 함께 경영전략으로서 배달 문화를 정착시킴으로써 본 업소의 경영에 새로운 전기를 마련하고 픈 게 필자의 심정이다.

VI. 참고자료

1) 김상철(Kim, Sang - Chul), 축제행사와 연관된 한국 전통음식개발 및 전승에 관한 연구 논문.
   (A Study on the Development and Succession of Korean Traditional Cuisine Related with Food Festival)
2) http://myhome.shinbiro.com/∼kyjoo/bosin/bosin.htm
3) http://myhome.shinbiro.com/∼kyjoo/bosin/bosin.htm
4) http://myhome.shinbiro.com/∼kyjoo/bosin/bosin.htm
5) http://myhome.shinbiro.com/∼kyjoo/bosin/bosin.htm
6) http://myhome.shinbiro.com/∼kyjoo/bosin/bosin.htm
7) 2004. 9. 16 延邊日報
8) http://myhome.shinbiro.com/∼kyjoo/bosin/bosin.htm
9) http://myhome.shinbiro.com/∼kyjoo/bosin/bosin.htm
10) http://100.naver.com/100.php?id＝94226
11) 네이버 요리(http://cooking.naver.com)

제목 : 인쇄의 역사와 인쇄소 경영의 발전적 전략

― 진흥인쇄소의 창업과 기업경영을 중심으로 ―

제출자 : 과기대최고경영자과정 황미란

Ⅰ. 서론

1. 연구의 동기와 목적

필자는 2004년 한 해 동안 연변과기대 최고경영자과정을 공부하면서 아직껏 알지 못했던 경영의 새로운 지식들을 접하게 된 것을 매우 기쁘게 생각하고 있다. 아울러 이번 기회에 배운 여러 가지 이론들을 필자의 사업경영의 발전적 계기로 삼고자 한다.

필자는 이번에 배운 경영에 대한 이론적 기반을 가지고 현재 경영하고 있는 인쇄소를 다시 한 번 연구해 보고자 하는 마음을 가지게 되었다. 그래서 본서는 첫째로 인쇄역사와 최근의 동향에 대하여 고찰하고, 둘째는 기업으로서의 인쇄소 경영을 위한 기업의 활동과 경영의 발전을 위한 경제활동에 대하여 고찰하고, 마지막 장에서는 본 기업인 진흥인쇄소의 발전전략을 모색해 보고자 한다.

2. 연구의 방법과 범위

본서는 문헌자료로서 몇 권의 단행본과 인터넷 자료를 검색하여 그 이론을 고찰해 보고자 한다. 중국 연변의 실정을 반영하기 위해서는 2004년 8월에 개최한 [연변동북아 녹색문화와 발전 심포지엄] 주제발표를 이용하였다.

인쇄의 역사는 중국 측 자료가 미비하여 많이 인용하지 못한 점이 있다. 그러나 일본과 한국의 자료를 함께 살펴볼 수 있다는 것 또한 작은 발견이었다고 본다.

앞으로 인쇄에 대한 중국 측 자료와 경영에 대한 중국적 상황을 잘 파악하기 위한 노력이 중국의 기업으로 성장 발전해 나가는 데 필요하다고 사료된다.

본서를 작성함에 있어서 논문작성법을 가르쳐 주신 교수님들과 논문작성을 지도해 주신 문교수님께 감사를 드리는 바이다.

Ⅱ. 인쇄의 역사와 동향의 고찰

1. 인쇄기술의 기원

인류가 의사전달의 수단으로 애초에 사용하던 언어는 같은 시간, 같은 장소 이외에는 제대로의 기능을 살릴 수 없었다. 이로 인해 기록으로 보존해야 할 수단으로 고안된 것이 회화문자, 상형문자, 효의문자, 표음문자 등의 문자들이다. 이 문자들로 뜻을 전달하여 기록을 남기기 위해 최초에 사용한 방법은 암석, 동물의 뼈, 조개 껍데기, 나무 등 자연 물질의 표면에 그림을 조각하는 것이었다. 선사 시대의 동굴벽화, 그림이 문자의 기원이며, 또 책자의 시초라 고도 할 수 있다.

그러나 이러한 것들은 단지 필기로써 막대한 양의 지식과 정보 를 전달하는 데는 무리가 있고, 보존도 어려웠다. 이러한 어려움을 해결하기 위하여 다량복제가 가능한 인쇄술이 등장하게 되었다. 필 기재료는 찰흙판, 파피루스, 파치먼트에서 종이로 발전하였으며, 또 필묵의 고안에서 인쇄물의 발명까지 발전하였다.

인쇄술의 기원은 대체로 도장의 사용에서 유래되었다는 설과 돌 이나 나무에 문자를 새긴 각물에서 탁본을 떠내는 데서 기인했다 는 설이 있다. 두 가지 다 인쇄술의 근원적인 형태인 볼록판에 영 향을 미친 것이다. 경문 등의 복제수단으로 널리 쓰이던 이 인쇄기 술은 특히 대중문화가 창조되기 시작한 르네상스와 산업혁명 이후 크게 발전하였고 문화활동, 지식과 정보의 매체로서의 인쇄는 그 발전을 더욱 가속화하게 되었다.

1) 동굴벽화

동굴벽화는 구석기 시대 및 선사 시대의 동굴벽화가 많이 발견되었다. 기록을 남기기 위한 방법으로 동굴 벽면에 그린 것이 그림이나 문자의 기원이며, 또 책자의 시초라고도 할 수 있다.

2) 점토판(Clay Tablet)

점토판은 고대사회에서 가장 널리 사용되었던 서사(書寫) 재료 중 하나로 바빌로니아와 아시리아에서는 부드러운 찰흙 문자를 새겨 볕에 건조하거나 가마에 구워서 찰흙 책을 만들었다. 메소포타미아 지방의 각 도시를 발굴하였을 때 평면 또는 원통형의 찰흙판이 많이 발견되었다. 제조방법은 강가의 부드럽고 유연한 진흙을 적당한 크기와 형태로 빚어 나무, 뼈, 쇠붙이로 된 철필로 설형문자를 새겨 불에 굽거나 태양빛에 말려서 공문서, 법률, 조약에서부터 계약, 약속어음 같은 것으로도 사용되었다.

3) 파피루스(Papyrus)

파피루스는 서양종이의 원조이며 고대에서 널리 사용되었던 서사(書寫) 재료로 고대 이집트 벽화에서 유래를 찾아볼 수 있다. 8세기 이전까지 유럽에서 이용되었다. 이집트에서는 5천 년 전 나일강 부근의 파피루스(papyrus)라는 수초줄기 속의 부드러운 것을 엷

게 하여 가로 세로로 엮어 압력을 주면 끈끈한 액체가 나와서 서로 엉겨 붙어 종이처럼 되므로 필기재료로 사용하였다. 영어의 paper 는 이 파피루스를 어원으로 하였다. 당시 고급 파피루스지를 만드는 공장은 이집트의 알렉산드리아에 있었다. 이것을 로마와 희랍, 동방의 여러 나라에 수출하였다. 이때 사용하던 잉크는 해면으로 간단히 닦아 내어 다시 사용할 수 있었다.

4) 양피지(parchment)

파치먼트는 어린 새끼 양과 송아지의 가죽을 물에 담근 후 지방질을 빼고 안쪽을 석회로 처리, 건조, 표백 후 긁어내고 경석가루를 갈아서 사용하였다. 고대 이집트, 희랍, 로마 시대를 거쳐 중세기에 이르기까지 수천 년 동안 소아이사 및 유럽에서는 필기 재료로 파피루스와 파치먼트만을 사용하였다.[2]

2. 인쇄기술의 발전

1) 목판 인쇄

중국에서는 서기 220년경 암흑시대를 거쳐 수나라가 멸망하고 당나라 때 불교가 뿌리 깊이 내리고 있었다. 이 불교가 인쇄술 발명을 촉진시킨 계기가 되었다. 목판인쇄 시작은 7세기 중엽으로 추정된다. 740~750년에는 작은 불상, 경전, 지폐 등을 인쇄하였으며 동서양으로 전파되었다. 현존 목판 인쇄물로서 가장 오래된 것은 다음과 같다.

세계 최고 현존 목판 인쇄물은 무구정광대다라니경(無垢淨光大陀羅尼經, 751년, 신라)으로 한국이 불국사 내 석가탑 복원공사 중 1966년 탑신부 사리함(舍利函) 속에서 발견되었다. 여기 쓰인 해서(楷書)체는 중국 육조시대(六朝時代), 북위(北魏)의 서법(書法)을 연상케 한다. 현재 가장 오래된 인경(印經)인 일본의 ≪백만탑다라니경(百萬塔陀羅尼經)≫(770년 인쇄)보다 20년이 앞서고, 지질(紙質)이나 인경의 형태가 중국 수입품이 아닌 신라 조판(雕板)임이 확실한 한국 고인쇄문화(古印刷文化)의 귀중한 유물이다.

목판 인쇄본인 팔만대장경(八萬大藏經, 고려)의 거대한 역사(役事)는 불교를 흥왕(興旺) 목적과 문화국의 위력을 이웃나라에 선양하고, 불력(佛力)으로 국난을 타개와 호국(護國)의 의지로 이룩된 것이다. 대장경의 인쇄를 둘러싸고 경쟁하였던 송·거란에 대해 문화국으로서의 위신을 드높이고 인쇄술과 출판술의 발전에도 크게 공헌하였다고 한다.

2) 찰흙활자

중국 송나라 필승은 1041~1048년에 걸쳐 찰흙에 문자를 새겨 이것을 구워서 활자를 만들었다. 조판 시 철판에 밀랍과 송진, 종이 가루를 혼합한 것을 깔고 여기에 활자를 배열하여 한 판이 되면 아래서 열을 가해 밀랍이 녹으면 위에서 평면의 판자로 눌러서 지면을 고르게 하였다. 이것을 냉각, 고정시킨 다음, 여기에 잉크를 묻혀 종이를 놓고 문질러 인쇄하였다.

인쇄가 끝나면 다시 철판에 열을 가해서 활자를 빼내어 찾기 쉽도록 정리하여 나무 상자에 보관하였다. 나무 활자로 못 한 이유는 나무에 결이 있고 물을 흡수하면 높이가 달라지고 판면이 평면으로 되지 않으며, 한 번 접착제로 부착시키면 떨어지지 않는 결함이 있었다 한다.

3) 나무활자

찰흙활자를 발명한 후 약 270년이 지난 1312년에 중국 원나라의 왕정이 나무활자를 만들어 자신이 쓴 농업에 관한 책을 22권 간행하였다. 나무활자를 만들 때에는 목판에 문자를 새겨 그것을 가느다란 톱으로 한 자씩 잘라내어 작은 칼로 4면을 깨끗이 깎아서 크기와 높이를 일정하게 하였다.

4) 동판활자

1234년(고려 고종 21년)부터 41년 사이에 동활자를 사용하여 상정고금예문 50권을 인쇄하였다. 이규보의 문집인 동국이상국집에 "이 책을 고종 21년 금속활자로 인쇄하다."라고 기록되었다. 고려는 세계에서 최초로 금속활자를 사용하였다.

1400년경 조선시대 태종은 전용주자소를 설치하여 1403년 서울 남산의 왕립주자소에서 조선최초의 주조활자인 계미자(癸未字)를 선보였다. 여러 가지로 부족한 계미자는 경자자, 초주갑인자, 재주갑인자를 거치면서 보다 아름다운 필서로 다듬어졌으며, 한글이 창제된 세종조에는 국한문 혼용의 석보상절(釋譜詳節)과 월인천강지

곡(月印千江之曲)이 간행되기에 이른다.

5) 금속활자

1445년 구텐베르크가 납활자를 발명하여 포도 짜는 목제 압착기를 개량하여 인쇄기로 사용하였다. 또 그는 활자의 납에 주석과 안티몬을 넣어 납활자를 성공적으로 만들어 내었다. 한국 충주 교외의 흥덕사에서 주자 간행한 책으로 세계에서 가장 오래된 현존 금속활자 인쇄본인 직지심체요철로 현재 프랑스 국립 도서관에 보관되어 있다. 금속활자는 한국에서 일찍부터 발달하여, 고려시대 1234년에 동활자(銅活字)를 사용해서 ≪고금상정예문(古今詳定禮文)≫ 50권을 인쇄하였다는 기록이 있으며, 1403년(태종 3)부터 수년간에 걸쳐 동활자 수십만 개를 주조하여 서적 인쇄에 사용하였는데, 이것이 세계적으로 알려진 계미자(癸未字)이다.

1445년 독일의 구텐베르크는 납활자의 주조에 성공, 이것을 조판해서 포도압착기를 응용하여 만든 평압식(平壓式)인쇄기로 성서를 인쇄하였다. 이것은 인쇄기를 이용한 최초의 볼록판인쇄로서 수년 사이에 유럽 각지에 퍼졌다. 60년경 이탈리아의 피너게라는 금속판의 표면을 부식시켜 오목판을 만들어서 오목판인쇄를 할 수 있는 방법을 고안하였다.

1798년에는 독일의 A.제네펠더가 자기 고장에서 산출되는 대리석에 인쇄잉크(쇠기름을 원료로 한 것)로 글씨를 쓴 다음 질산으로 대리석판을 부식시켜 볼록판을 만들어서 악보 등을 인쇄하는 동안, 이 대리석이 다공질(多孔質)로서 수분을 오래 지녀 지방성인 인쇄

잉크를 받지 않는 점에 착안해서 석판인쇄의 원리를 발견하였다. 이것이 평판인쇄의 시초가 되었다.[2]

3. 최신 인쇄기술의 동향

18세기 말까지 볼록판(목판·활판)·오목판(조각 오목판·에칭)· 평판(석판) 등 세 가지의 기본적 인쇄방법이 고안되었다. 19세기가 되면서 프랑스의 니에프스와 다게르에 의해 사진술이 발명되고, 1839 년 영국의 폰턴에 의해서 중크롬산 젤라틴액의 감광성 내산물(感光性耐酸物)이 발견되므로 사진제판이 고안되어, 마침내 67년에 독일 의 알버트에 의해서 콜로타이프 인쇄로 실용화되었다.

또 망목 스크린과 감광제 등의 발명으로 사진판·원색판·그라 비어인쇄(1893)·오프셋 인쇄(1904) 등의 인쇄방법이 계속 고안되 었다. 한국에 근대식 인쇄방법이 도입된 것은 1883년(고종 20) 정 부가 인쇄기계와 납활자를 수입하고 박문국(博文局)을 설치한 것이 처음이다. 이어 84년부터 근대식 인쇄기계와 납활자를 사용하기 시 작한 곳은 광인사인쇄공소(廣印社印刷公所)였는데, 최초의 인쇄시 설은 수동식 활판기였다.

사진제판 시설이 처음으로 도입, 설치된 것은 1920년경이다. 근대 에 이르러 출판물 생산의 증대와 신속성의 요구는 인쇄기계의 개량 을 촉진하게 되었다. 1868년에 영국에서 발명된 두루마리용 활판윤 전기는 계속 개량·연구되어 점차 정밀·고속화하였다. 대량의 인 쇄를 할 경우에는 반드시 인쇄기의 판을 부착시킨 부분과 종이를 사이에 두고 위로부터 압력을 주는 부분이 원통형으로 되어야 한다는 것이 절대적인 필요조건이 되었다. 그 때문에 볼록판의 지형(紙型)이 발명되고, 지형에서 원통형 연판(鉛版)이 만들어졌다.

평판의 경우에도 아연판에 제판해서 이것을 원통형으로 둥글게 말아 판을 만들며, 오목판에서도 구리 원통판을 부식해서 판을 만들어, 윤전기에 의해 대량 인쇄를 할 수 있게 되었다. 근래에 사진과학·전자공학·합성수지 공업의 발달로 인쇄는 계속 새로운 기술이 생겨나서, 입체사진인쇄·전자사진인쇄·화장판건축재인쇄·직물용날염인쇄와 비닐·폴리에틸렌에 복제하는 인쇄를 촉진하였다.

한편, 전자공학을 응용한 제판법이 발명되어 원색원고를 정밀하고 신속하게 처리할 수 있는 전자색분해기(電子色分解機)가 많이 이용되고 있다. 특히 이들 기계에 쓰이는 광원도 레이저광선을 이용하는 경우가 많아졌다. 또 중심도시에서 제판은 신문을 전송사진으로 먼 곳에서 보내어 제판하고 인쇄하는 팩시밀리에 의한 오프셋 인쇄도 개발되었으며, 잉크를 쓰지 않고 다수 복제하는 인쇄기와 정전기구(靜電機構)를 응용하여 순간적으로 판을 만들기도 하고, 또는 판을 만들지 않고 사진 원고에서 직접 인쇄물을 만드는 전자인쇄 등도 발명되었다.

이 밖에 인쇄배선(印刷配線)·자성(磁性) 녹음 시트의 인쇄, 자성 잉크에 의한 수표의 인쇄, 자동개찰 승차권, 형광 잉크에 의한 교통표지 인쇄 등 급속한 발전이 거듭되고 있다. 문자조판 분야에서도 납활자를 사용해서 수공적(手工的)인 방법으로 하던 문선(文選)·식자(植字) 등의 작업방식이 컴퓨터를 이용하는 사진식자(寫眞植字)방식으로 전환되고 있으며, 인쇄기 분야에서도 숙련기술자

만이 하던 기계조작을 컴퓨터가 할 수 있도록 점차 개량되어 인쇄에 컴퓨터 시대가 열리고 있다.[3]

Ⅲ. 경제활동과 기업경영의 고찰

1. 기업경제와 경영목적의 고찰

기업(企業, enterprise)을 관리하는 입장을 다른 말로는 관리경제학이라고 한다. 이는 기업이 경영구조와 행동을 근대경제학적 이해에 입각하여 분석하려는 연구이다. 그래서 다른 말로는 기업경제학(business economics)이라고도 한다. 관리경제학의 직접적인 단서는 근대경제학에서 연구된 생산론 및 기업론에서 구할 수 있다.

기업경제학에서는 단기와 장기의 생산비 법칙에 대한 해명, 최적생산비 규모의 확인을 통하여 개별기업의 균형화 과정을 추구하는 것이 중심문제의 하나였다. 이러한 일련의 연구는 경영학 자체에 큰 영향을 주었으나, 체계 전체에는 영향을 주지 못하고 경영 비용론의 원리적 기초 또는 경영가격정책의 이론적 해명 등에 개별적으로 이용되는 경향이 많았다.

그러나 1940~1950년대에 걸쳐 미국·독일을 중심으로 근대경제학적 연구를 공통의 토대로 하여 새로운 성격의 체계를 가진 경영학이 급속히 대두하게 되었다. 이것이 바로 관리경제학인데, 근대경제이론에 의거하면서도 독자적인 발전방향을 나타내고 있다.

즉 '생산론' 혹은 '기업론'을 경영의 현실에 적응시켜 더욱 구체적으로 이해하고, 나아가 기업 내부의 경제현상을 경영의 여러 가지 제도, 특히 경영자의 관리직능과 관련지어 이해하려고 하였다. 예를 들면 미국의 M. P. 맥네어와 R. S. H. 메리엄은 경영관리론과 기존 경제학의 연결을 시도하였고, J. 딘은 경영관리의 관점에서 경제분석을 재음미할 것을 주장하였다.

제2차 세계대전 이후에 독일의 E. 구텐베르크는 미국의 관리경제학의 현상을 파악하고 전통적 경영경제학의 유산을 계승하여 새로운 경영경제학의 체계를 발표하였다.[4]

경영의 목적을 달성하기 위해서는 인적, 물적, 지적 자원을 계획, 조직, 지휘, 통제하는 일련의 과정이다. 다시 말하자면 경영은 개인으로서는 달성할 수 없는 조직목표를 달성하기 위하여 집단 속에서 함께 일하는 환경을 조성하고 유지, 발전해 나가는 과정을 말한다. 즉, 다른 사람과 함께 또는 다른 삶을 통해 일을 효율적으로, 그리고 효과적으로 하는 과정을 말한다.

효율성은 경영의 핵심적인 부분이다. 효율성은 투입과 산출과의 관계를 의미한다. 만약 경영자들이 주어진 투입에 비해 더 많은 산출을 얻어 낸다면 효율성을 개선한 것이 된다. 경영자는 주로 인원, 자금, 장비와 같은 한정된 자원을 운용하게 되므로 이들 자원에 대한 효율적인 사용에 관심을 갖는다. 그러므로 경영은 자원비용의 최소화와 관련된 것이다. 효율성은 '일을 올바르게 수행하는 것'을 말한다. 그러나 단순히 효율적인 것만으로는 충분하지 않다.

경영은 또한 업무를 달성하는 것과 깊은 관련이 있다. 다시 말해, 효과적이어야 한다. 경영자가 조직의 목표를 달성할 때, 우리는 그들이 효과적이라고 말한다. 효과적이란 말은 '올바른 일을 수행하는 것'을 말한다. 또한 효과적이란 적절한 목표를 선택할 수 있는 능력과도 관련이 있다. 따라서 효율적이라는 것은 수단과 관련된 것이고 효과적이라는 것은 결과와 관련된 것이다. 효율성과 효과성은 밀접한 관계가 있다. 효율성을 무시한다면 효과적이고 더 수월해질 수 있다. 그러나 경영은 효과적으로 업무를 완수하는 것뿐만 아니라 가능하면 효율적으로 수행하는 것에도 관심을 갖는다.

물론 높은 효율성은 흔히 높은 효과성과 관련이 있다. 미국의 영화감독 스티븐 스필버그는 그의 작품에 스타를 출연시키지 않는다. 그러나 그의 작품에 출연한 영화배우는 스타가 된다. 스필버그 감독은 효율적으로 그리고 효과적으로 경영을 하는 것이다. 형편없는 경영은 대부분 비효율적이고 비효과적인 이유 때문에 발생하거나 또는 비효율성을 통해 효과를 달성하기 때문에 발생한다. 여기에서 효과성은 유효성과 같은 의미이다.[5]

2. 경제동향과 기업경영의 발전

경영학(經營學, business administration)은 사회과학의 한 분야로서 통일적인 의사 아래 일정한 계속적 시설을 기초로 해서 활동하는 조직체의 구조 및 행동 원리를 연구하는 학문이다. 일반적으로 독일경영학과 미국경영학의 2가지 유형으로 나뉜다. 전자는 상업학의 과학화에서 시작되지만, 과학화 과정에서 방법논쟁이 심하게 벌어졌다. 그 명칭에 관해서도 사경제학(私經濟學)이나 개별경제학 등이 주장되었으나 결국에는 경영경제학으로 낙착되어 현재에 이르고 있다.

미국에서는 전통적으로 실천적 경향이 강하고, 경영학은 20세기 초두의 과학적 관리법을 원류로 해서, 경영자·관리자를 위한 경영관리학으로서 발달하여 왔다. 그것은 오랫동안 기능분석이나 관리기술을 중심으로 하는 기술론이었으나 1950년대 이후 과학적 실증에 바탕을 둔 이론에 의해 대치되고 있다. 한편, 미국에서도 이러한 경영관리학과는 별도로 제도파경제학을 토대로 하면서 경영의 본질을 이론적으로 규명하는 제도파경영학이나 근대경제학의 수법을 경영관리자라고 하는 실천주체의 입장에서 의사결정에의 응용으로서 취급하는 매니지리얼 이코노믹스가 있다.

경영학의 체계를 살펴보면 현재의 경영학은 '정글/밀림'이라고 형용될 정도로 다채로우며, 대세(大勢)가 밀어줄 만한 안정적인 체계는 없다. 그러나 커다란 문제영역이라는 뜻에서 기본적인 짜임새를 표시할 수는 있다. 그런 경우 연구대상을 위에서 말한 바와 같이 조직체 일반으로 하느냐 기업으로 하느냐가 결정적인 분기점이 된다. 전자의 대표적인 존재인 C. I. 버너드는 인간론, 협동시스템론, 조직론, 관리론이라는 체계를 취했다.

이것을 4층 체계, 또는 3층 체계(인간론은 前提이며, 後三者가 실제적인 내용이 된다고 보아서)라고도 한다. 인간론에서는 제약을 가지면서도 자유로운 의사결정을 통해 합리성을 추구하는 존재로서 인간을 취급한다. 이러한 인간이 제약을 극복하려 할 때, 협동시스템이 형성되는데, 그것은 일반적으로 말하는 조직체 내지 경영 바로 그것이다.

협동시스템 중 의식적으로 조정된 인간의 활동이나 여러 가지 힘을 조직이라고 하고, 조직을 유효하게 가동시키는 작용이 관리다. 이러한 관련성을 토대로 해서 이론이 전개되고 체계화되고 있으나, 넓은 뜻의 경영은 대상의 일반성 때문에 포괄적·추상적으로 되지 않을 수 없는 숙명을 지니고 있다. 버나드의 이론도 이 숙명을 피할 수는 없었다.

한편, 기업만을 연구대상으로 하는 좁은 뜻의 경영학에서는 적어도 2개의 부분체계가 필요하다. 첫째는, '기업이란 무엇인가?'를 문제 삼는 기업이론이고, 둘째는 '기업은 어떻게 행동하고 있는가(이론학파)?' '또는 어떻게 행동케 해야 하는가(기술론파)?'를 문제 삼는 경영행동론 내지 넓은 뜻의 경영관리론이다.

기업이론에 관해서는 미크로경제학의 기업이론을 그대로 사용하는 것이지만, 경영학의 독자성이 높은 것으로서 제도파경영학의 성과를 응용하면서 기업을 환경적응적 발전시스템으로서 취급하는 기업체제론이 있다. 이러한 기업관에 서면 기업체제론과 관련하여, 기업환경론, 사회적 책임론, 경영목적론이 필요해진다.

기업의 경영행동은 경영목적 실현의 동적 과정이지만 행동전개를 위해서는 중심주체와 행동의 수단선택원리가 명확해져야만 한다. 경영자론과 경영전략론이 이것인데, 이러한 것들은 넓은 뜻의 경영관리론의 첫머리 부분을 구성한다. 이것을 받아서 각종 관리론이 전개된다. 재무관리, 노무관리와 같은 요소적 관리론, 구매관리·생산관리·판매관리와 같은 과정적 관리론 등 각종 기준에 따른 체계가 구성된다.[6]

3. 연변기업의 경제활동과 전망

경제학 용어, 경제학의 단기이론(短期理論)에서 보면 기업은 기존의 생산시설의 가동률(稼動率)을 변경시킬 수는 있지만, 그 생산시설 자체를 변경하기란 쉽지가 않다. 단기에 있어서 기업이 사용하는 생산요소 가운데 공장·기계·최고경영자 등과 같이 반드시 고정되어 있는 생산요소를 '고정요소'라고 하며, 조업률(操業率)에 따라서 변화하는 생산요소, 즉 노동·원료 등은 '가변요소'라고 한다. 경제학에서는 생산이란 가변요소와 고정요소가 결합되어 이루어지는데 이러한 전제하에서 수익불비례(收益不比例)법칙, 단기(短期) 및 장기비용분석(長期費用分析)이 파생된 이론이기도 하다.[7]

Ⅳ. 진흥인쇄소의 경영과 발전전략

1. 품질보증을 위한 전략

한국의 경우는 고객의 욕구충족과 생존을 위해서 세계일류상품 생산을 필수로 보고 국제인증인 ISO와 달리 Single PPM 운동을 펼치고 있다. 이는 한국 인증제도요 운동이다. 또한 ISO의 주 적용 대상 업종인 전기, 기계, 자동차, 전자 등 일부 제조업뿐이나 이 제도는 서비스업까지 확대한다. 이 제도는 무결점, 무결함의 완전제품 생산을 목표로 불량률을 관리하는 것이다.

Single PPM이란 결과적으로 고객만족을 추진하고, 품질(Quality)을 제고하고, 비용(Cost)을 절감하며, 사이클 타임(Cycle Time)을 단축하는 것이다. 즉 質費時鼎이다. 이에 따라 고객만족은 향상되고 전략적 성과는 지표로 나타나 「품질⇒고객만족⇒고객행위⇒고객충성도⇒재무지표」의 사이클을 이루게 된다고 한다.

Single PPM 추진 전략은 국제화, 다변화, 제도화다. 이를 위해서 ① 사전 준비, ② 최고경영자의 강력한 의지, ③ 모두의 적극적 참여, ④ 정확한 평가와 공정한 보상, ⑤ 지금까지 하던 일과의 조화, ⑥ 기업문화와 종업원의 성격에 맞아야 한다는 것이다.

Single PPM 품질혁신 체제 구축은 커뮤니케이션(Communication), 교육(Conference), 교류(Connection)의 3C 접근법으로 Single PPM 품질혁신 체제 구축의 방향을 잡을 수 있다. Communication을 통해 Single PPM 품질혁신 운동을 확산시키고, Conference로 Single PPM 전문인력을 양성하며, Connection을 통하여 Single PPM 아카데미의 설립과 운영을 하는 것이다.

Single PPM 품질혁신 체제 구축의 조건으로는 Model, Methodology, Measurement의 3M을 들 수 있다. Model(모델)은 Single PPM 품질혁신 모델 정립이고, Methodology(기법)은 Single PPM 품질혁신의 추진기법 개발이며, Measurement(평가)는 Single PPM 품질혁신의 성과 평가다. Single PPM 품질혁신 10조건을 기업 현실에 맞게 적용해야 이룰 수 있다.

① 사장이 직접 나서라. ② PPM 전문가를 키워라. ③ 전사적으로 추진하라. ④ 목표는 구체적으로 세워라. ⑤ 표준화 없이 품질개선 없다. ⑥ 자동화(정보화)에 과감히 투자하라. ⑦ 교육시간은 철

저히 보장하라. ⑧ 성과보상에 인색하지 마라. ⑨ 모기업과 협력은 기본이다. ⑩ 지속적인 관리가 필요하다.

Single PPM 품질혁신 추진기법 개발은 국경 없는 '하나의 열린 시장'으로 통합되는 오늘날 무한경쟁의 높은 파도를 이겨 내는 기업과 제품의 절대 우위 경쟁력을 갖는 것이다. 품질이 곧 경쟁력이며 품질의 우수성은 불량률에 의해 좌우된다. 100만분의 1까지 불량률을 낮추는 Single PPM 품질혁신은 산업 전반에 걸쳐 이루어져야 할 절박한 사정이 여기 있다고 한다.[8]

한국의 경우는 세계시장을 향한 품질로 승부를 걸기 위해 ISO (국제인증)를 능가하는 Single PPM으로 전 산업의 품질혁신을 국가적 차원에서 전 기업으로 나가고 있다. 이런 입장에서 불량품으로 가격을 낮추고 난립하여 자기 살을 베어 먹고 있는 연변의 실정을 볼 때 안타까움을 금할 수 없다. 이런 의미에서 필자의 기업은 좋은 품질을 원하는 좋은 고객을 상대로 좋은 고객, 좋은 품질을 모토로 경영하려고 한다. 이를 위해 품질혁신 10조건을 성실히 지켜 나가려 한다.

2. 적절한 가격결정 전략

제품가격 결정요인은 공급이다. 제품을 제작하여 팔려는 생각이 곧 '공급(供給)'이다. 수요와 마찬가지로 공급에 영향을 주는 요인들은 수없이 많다. 중요한 것은 제품의 가격이다. 그래서 경쟁사 가격, 제작사의 임금, 재료가, 인터넷접속기술 등 많은 요인들이 복합 작용하여 공급이 결정된다.

그러나 수요가는 제품가에 비해 그 요인들이 아주 작다. 다른 것들은 일정하다고 '가정'하고 오직 가격만 본다면 가격이 높으면 많이 팔려 하고 낮으면 조금만 팔려고 한다. 따라서 제품의 공급량과 가격 관계는 수요와 반대로 양(+)의 관계를 가진다. 또 공급도 수요와 같이 탄력성을 적용할 수 있다. 공급의 변화는 대체재, 생산요소의 가격, 기술수준에 따라 움직인다. 가격의 결정은 수요곡선과 공급곡선 교차점이 바로 가격이다.

구매 의도가 높고 공급을 줄이면 공급은 올라간다. 제품의 구입 여망이 클수록 수요는 늘고 다른 제품이 기술적으로 뒤지면 균형가는 수요와 공급의 알력다툼으로 자연스럽게 적정가격을 결정한다. 이 강력한 가격의 역할을 가리켜 경제학 아버지 애덤 스미스는 '보이지 않는 손'이라 격찬했다.

최고가격제는 제품의 가격이 턱없이 올라 정부 등이 가격조정을 명령할 때 이를 '최고가격제'라 한다. 최고가격제는 균형가격이 있음에도 이보다 높은 가격으로 거래되지 않도록 통제하는 제도로 수요가 공급보다 많을 때 공급자는 선착순으로 자원을 배분한다.

공급자가 최저임금제를 적용하여 임금을 지급하면 균형보다 노동력을 줄인다. 그러면 일자리를 잃고 최저임금 이하에서도 일하려한다. 기업이 가능한 한 유능한 인재를 쓰려 할 때 이들은 최저임금 이하라도 일할 것이다. 당초 사회복지차원에서 설정한 최저임금제는 오히려 반대의 결과를 낳는다.

지금 연변조선족자치주내 기업인의 입장에서 −(마이너스) 요인은 ① 원자재가 먼 곳이라는 점, ② 시장의 규모가 작다는 점, ③

인쇄업소가 난립한다는 점, ④ 인쇄기술이 낙후하다는 점이다. 그러나 +(플러스) 요인은 ① 아직은 인건비가 싸다는 점, ② 다국적 사람들이 많다는 점, ③ 국제선 항로가 취항한다는 점, ④ 새로운 문화, 고급제품을 접해 본 이들이 많다는 점이다.

비록 마이너스 요인들이 있다 해도 원자재를 직접 구입하고, 시장의 규모를 연변 밖으로 대상을 넓혀 나가는 것이다. 예를 들어서 한국 등에서 물건을 주문받아서 제작하는 방법 등이다. 난립한 인쇄소들과의 경쟁을 위해 선진국에서 온 다국적 인들과 교류를 통하여 그들의 높은 수준의 어드바이스(충고)를 받아들이며 그들 눈에 맞는 품질로 제작하는 것이다. 또한 연변 사람들은 외국에 출입한 경험이 많으므로 평생 고객으로 잡기 위한 전략을 세워 보아야 하겠다. 제품의 질, 고객의 질이 곧 제품의 가격으로 나타나리라 보고 저가 고급질의 경쟁력을 확보하려고 한다.

3. 종업원 관리와 서비스 개선 전략

사업의 성공은 시장의 변화추세, 즉 고객성향의 이해 없이는 불가능하다. 고객성향이 곧 공급의 양과 품질, 그리고 서비스 등의 기초구성에 따라 많은 변화가 있기 마련이다. 따라서 고객성향의 변화추세를 읽는 정보가 시장변화 추세를 알 수 있는 핵심이라고 할 수 있다.

현대시장은 정보의 홍수 속에서 공급되는 양을 조절하는 기능이 있다. 무제한으로 이뤄지는 공급의 양, 즉 창업의 발생은 이런 시장의 조절기능 속에 성과와 실패가 갈라지게 된다. 이런 관점에서 미래지향적 사업의 성공은 지금의 입장에서 살펴보면 그 개념부터 다르게 정리해야 될 것이다.

영업에서 고객은 불특정 다수가, 불특정 매출을 해 주는, 불특정 세력이다. 이런 관점이 미래는 정반대의 개념으로 인식되어야 한다. 미래에는 안정된 특정고객 즉 안정고객을 확보하는 전략이 없으면 어떠한 사업도 성공을 기대할 수 없을 것이다.[10]

여기에 주요점은 '경영자가 종업원의 채용과 관리를 어떻게 하느냐?'에 달렸다. 결국 종업원 채용과 관리가 고객 만족을 결정짓는 중요한 요인이 된다. 따라서 경영자는 종업원들의 의욕, 사명감, 책임감을 가지고 제 역할을 다할 수 있도록 철저한 관리를 해야 한다.

1) 종업원은 신중히 채용한다. 급하다고 주먹구구식으로 하였다가 나중에 후회를 하게 된다. 적합하다고 인정되는 객관적 자료를 만들어 둬야 한다. 외모, 태도, 성격 등을 항목별로 체크리스트를 만들어 평가 자료로 활용한다.

2) 업무 및 판매 교육을 지속적으로 한다. 채용이 끝나면 직무를 수행하면서 효과적인 판매활동 교육을 한다. 고객을 대하는 방법, 상품지식과 내용 등을 위주로 집중적인 교육이 이뤄져야 한다.

3) 종업원과 신뢰관계를 구축해야 한다. 종업원을 인격적으로 모독하거나 무시하면 안 된다. 항상 인격적으로 대하고 신뢰할 수 있도록 솔선수범하는 모습을 보여야 한다. 고객이 북적거리고 잘되는 점포에는 주인과 종업원의 구별이 따로 없고 일체적으로 움직이는 것을 쉽게 볼 수 있다.

4) 직무를 잘 수행한 종업원은 인센티브를 지급한다. 같은 종업

원이라도 두 배로 수행하는 이가 있고 그렇지 못한 이도 있다. 이때 잘한 이는 상응의 보상이 필요하다. 성과금이나 휴가제도를 적극 활용함이 좋다. 그래야 의욕을 더 가지게 되고 다른 이도 자극받아 전체적인 효과를 보게 된다.

5) 외모는 단정히, 태도는 공손해야 한다. 청결과 단정은 점주와 종업원이 지킬 가장 기본적 사항이다. 보기가 좋아야 호감이 가고 고객이 좋은 인상을 받으므로 몸가짐에 신경을 써야 한다. 그리고 어떤 고객이든 항상 웃으며 최상의 서비스로 친절히 대할 때 고객만족을 이끌어 매출로 연결된다. www.yesform.com(예스폼) 필자의 기업도 종업원에 대해 위와 같이 시행해 보려 한다. 서비스업은 생산이, 유통에 직접 무관하게 노무나 편의 따위를 제공하는 업종을 이르는 말이다. 서비스업의 생명은 친절과 봉사정신이다. 같은 물건을 팔더라도 고객에게 어떻게 친절을 베푸느냐, 얼마나 편히 모시느냐, 그 만족도에 의해 기업의 이미지도 좌우된다. 인쇄업은 서비스업처럼 신용과 신뢰도 함께 만들어 줘야 한다고 본다.

4. 기업환경 개선을 위한 전략

기업환경을 개선하는 첫째는 기업의 이미지를 높이는 것이다. 이를 위해서 기업의 내용을 대중에게 이해시키고 신뢰감을 높이기 위해서는 기업광고(企業廣告)가 필요하다. 기업광고는 고객의 애고 동기를 자극하고자 하여 ① 기업의 우수성이나 특성을 강조하는 애고기업광고, ② 기업의 사회적 공헌 등을 강조하여 일반 공중의 호의를 얻고자 하는 공중관계 기업광고, ③ 사회적 봉사를 목적으로 하는 공익 내지 공공서비스 기업광고 등 3가지가 있다.

기업의 입장에서 광고는 마케팅 관리의 대상이 되고 있으며, 사회적으로는 오락과 정보를 전달하여 문화 면, 소비생활 면에 강한 영향을 미치므로 이는 보다 윤리적인 관점에서 다루어져야 한다.

기업 환경이란 기업의 마케팅계획과 활동에 영향을 주는 기업 내부와 외부의 환경들이다. 일단 기업 내 자원, 생산능력, 기술적 우위, 종업원들과의 관계, 기업문화, 기업의 목표, 기업이 현재 추진하는 사업 내용 등 거의 모든 기업의 내부적 내용이 포함된다. 예를 들어 마케팅 환경과 마케팅 활동의 연관성을 살펴보면

1) 자본이 탄탄하고 현금동원력이 좋은 경우 보다 공격적이고 대규모의 마케팅 활동이 가능해진다.

2) 유능하고 충분한 인적 자원을 가진 경우는 보다 빨리 효과적으로 마케팅 활동을 포함한 기업 활동이 가능해지며 동시에 상대적 저비용을 통한 고효율의 기업 활동이 가능해진다.

3) 기업이 가진 생산, 관리, 마케팅에서 기술적 우위는 높은 경쟁력을 바탕으로 한 기업 활동을 가능케 하여 마케팅 활동의 높은 효과와 기업의 높은 이익을 실현할 수 있게 한다.

4) 기업의 관리층과 실무자와의 친밀한 관계와 높은 직업정신은 높은 효율과 효과를 가져다준다.

5) 매우 친밀한 공동체적 기업문화는 통일성과 일하기 좋은 기업의 분위기에 큰 도움이 되나 보다 공격적이고 치열한 경쟁을 가로막는 요인이 될 수도 있다. 특히 세일즈 등의 부분에서는

내부적으로도 모든 다른 세일즈맨들이 경쟁자가 되며 그런 경쟁으로 더 높은 판매실적과 이익이 발생하지만 매우 친밀한 기업문화는 이런 경쟁을 가로막는다.

6) 마케팅 활동은 기본적으로 기업의 전사적 목표를 달성하기 위한 하나이기에 기업 형태, 목적이나 특정시기에 추진하는 사업내용과 목표는 기업의 모든 부분에 전체적이고 직접적인 방향을 제시하게 된다. 따라서 마케팅 등의 활동도 이런 전체적 흐름을 직·간접적으로 반영하게 된다.

이런 전반적이고 내부적인 환경요인을 다시 기업의 강점과 약점(Weakness)으로 분석하여 기업과 마케팅 활동 영역, 한계를 파악하고 평가와 발전의 기준으로 삼게 된다. 이것이 흔히 SWOT Analysis 라고 불리는 기업의 환경평가 중 내부 환경의 평가에 해당된다.

두 번째로 기업 외부의 마케팅 환경은 크게 사회/문화적, 정치적, 경제적인 환경으로 구분된다. 사회/문화적 환경이란 기업이 기업 활동(생산, 관리, 유통, 판매 등)을 하는 지역적, 사회적 혹은 문화적 특성에 기인하는 환경이다. 예를 들면 불교 국가인 태국에서 불상을 비키니 수영복에 프린트해서 판매했다 태국정부의 강한 반발을 사는 사건이 발생했다. 이는 특정 상품에 대해 특정 문화를 가진 지역에서 받아들이지 못하는 전형적인 예다. 기업은 기업 활동에 있어서 해당 지역(국가, 특정 인종에 의한 지역, 혹은 특정 정치적 입장이나 종교적 입장을 가진 지역 등)의 문화와 사회적 특성을 반드시 이해하고(전략적으로) 반영해야만 한다.

정치적 환경이란 기업 활동과 법, 정부단체, 혹은 정치적 입장을 가진 단체나 그룹들과 연관돼 있는 부문이다. 예를 들어 최근 붐을 이루고 있는 인터넷전화 관련 사업의 경우 기존 전화/통신회사와의 충돌은 물론 법적인 제약과 통제가 전 세계적으로 가장 큰 이슈다. 이때 관련법규가 어떻게 변하는지에 특정 기업의 존폐가 달려 있기도 하다.

또 특정 국가나 지역 혹은 세계적인 경제 환경도 기업의 계획과 활동에 큰 영향을 주게 된다. 예를 들면 갑작스런 대규모의 유가상승은 승용차의 판매를 둔화시키며 승용차의 판매내용을 소형차 위주로 변화시킬 수 있고 또는 디젤 차량의 판매가 증가할 수도 있다. 이런 전반적인 경제 환경은 수요와 공급의 균형점을 이동시키게 됨으로써 기업의 전반적인 활동과 가격책정에 큰 영향을 주게 된다.

이런 외부적 환경을 시장 기회(Opportunity)와 위협(Threat)으로 분석하고 예측되는 기회와 위협의 가치와 정도 측정, 분석을 토대로 기업은 자원의 효율적 활용을 통해 기회를 최대한 활용하고 위협을 최소화하는 기업과 기업의 각 부분의 계획이 작성돼야 한다.

V. 결론

인쇄의 역사는 실로 오래고 인간의 문화와 역사를 담으려는 인간의 노력의 결정이 인쇄라는 것을 새롭게 알았다. 그러나 인쇄소를 경영하는 입장에서 필자는 아직도 시장경제체제 아래서 경영과 경제, 그리고 기업의 활동에 비효율적인 요소가 너무도 많음을 깨닫게 되었다.

이런 점에서 필자의 기업은 최소의 비용으로 최대의 효과를 창출해 내는 경제원칙에 걸맞지 않았음을 발견하였다. 미국의 유능한 감독인 스필버그처럼 무명의 배우를 유명한 작품으로 히트를 치는 것처럼 작은 자본, 작은 인원, 작은 공간일지라도 좋은 품질로 승부를 거는 최고의 경영인으로 거듭나고 싶다.

또한 본 기업이 위치한 연변자치주는 낙후한 정신문화 활동과 상품의 홍보, 포장 등 상품화의 낙후 역시 인쇄문화의 낙후를 가져왔다고 본다. 이는 아직도 시장경제체제에서 상품이 곧 기업의 얼굴임을 인식하지 못하는 기업의 낙후에서 온 것이라고 볼 수 있다. 출판, 인쇄, 디자인 등의 발달을 촉진하는 우수 상품개발, 우수 디자인 상품에 대한 시상식 등을 유도로 인쇄문화의 발전을 이끌어 나가는 비전을 심어야 하겠다.

본 논문은 이러한 상황을 돌파하기 위하여 품질보증과 적절한 가격결정, 종업원 관리와 서비스 개선, 기업 환경 개선을 위한 전략으로 세우는 좋은 계기가 되었다. 이로써 필자의 기업인 진흥 인쇄소가 제2의 도약기를 맞을 수 있기를 간절히 바라고 있다.

Ⅵ. 참고자료

1) http://www.contest.co.kr/97/hanna1/html/doc/compare/cd.htm/http://
   210.180.135.2/puam
2) http://www.contest.co.kr/97/hannal/html/doc/compare/cd.htm/http://
   210.180.135.2/puam
3) 「백과사전」, 인쇄와 인쇄학 씨링인쇄, 울산: 2002.
4) http://100.daum.net/DIC/detail?id = 1162360&sname
5) http://kin.naver.com/open100/entry.php?docid = 175327
6) http://100.daum.net/DIC/detail
7) http://100.daum.net/DIC/detail?id = 1005410&sname
8) 2004년, [연변동북아녹색경제문화발전심포지엄] 주제발표 책자
9) http://www.korcham.net/subsite/kcnsppm/info/Kcnppm_notion_info1.
   htm
10) http://www.emonitors.co.kr

제목 : 물리치료 범주와 안마, 스포츠마사지의 전망에 대한 고찰

제출자 : 과기대최고경영자과정 차정애

◆ 목 차 ◆

Ⅰ. 서론

1. 고찰의 동기와 목적

지난 일 년간 과학기술대 CEO 과정을 공부하면서 필자는 자신이 운영하는 안마원에 대해서 다시 한 번 이론적으로 고찰하고자 하였다. 안마에 대해서는 일반인이 알고 있는 바이며 현재 중국의 각 지역에서 많이 영업하고 있는 실정이다. 필자는 본서 작성 전에 대체의학의 범주에서 물리치료의 종류를 고찰하고자 하였다. 왜냐 하면 안마와 유사하고 무엇이 이질적인가에 대하여 알고 싶었다. 그리고 쉽게 할 수 있는 안마의 실례를 정리해 보고자 하였다. 그리고 최근 불기 시작한 스포츠마사지에 대하여 알아보고 이후 안마원에서 스포츠 안마 영업을 위해서 그 전망을 고찰하고자 한다.

2. 고찰의 방법과 범위

본 연구는 문헌자료로 인터넷 자료를 통하여 그 이론을 고찰해 보았다. 시간이 허락한다면 내가 거주하는 길림성 연길 시내의 안마원에 대하여 조사해 보고픈 희망도 있으나 그렇게 못 하고 문헌 자료에서만 고찰된 점이 아쉬운 심정이다.

대체의학의 범주에 물리치료의 많은 종류가 있으나 이를 다 고찰하기는 어려웠고 안마의 실례와 본인이 이후 관심을 두고 확장해 볼 심정을 두고 있는 스포츠마사지의 수련과정에 대해서만 고찰하고자 한다.

Ⅱ. 물리치료의 종류들

1. 물리치료(physical therapy)

물리치료란 질병이나 손상, 절단 등의 원인으로 장애를 가진 환자들을 운동치료나 각종 물리적인 요소 즉, 전기, 광선, 온열, 한랭, 초음파 등을 이용해서 치료하는 의학의 한 분야이다. 물리치료의 방법은 질병, 질환에 따라 상이한데 환자의 상태에 따른 치료를 해 주는 것이다. 그 치료방법을 소개하면 아래와 같다.

① 전기치료의 재료는 저주파, 극초단파, 단파, 중주파 등의 치료 방법이 있는데 각종 기계들을 이용해서 환자의 신체에 패드를 대어 주고 전기를 흘려주어 통증을 감소시키는 등의 치료 효과를 얻는 것이다.

② 초음파를 이용해서 인체의 심부에서 오는 통증을 감소시킬 수 있는 초음파치료도 있다.

③ 운동치료도 있는데 간단히 소개하자면 신체적인 손상이나 불능, 장애들을 회복시키기 위해서 운동시키는 것이다. 관절운동 범위를 완전하게 하기 위해서 운동시키기도 하고, 근력을 증진시키기 위해서 실시한다. 기능적으로 불완전한 부분들을 정상에 유사하게 만들기 위해 운동시키는 것이 최종목적이라고 할 수 있다.

흔히들 물리치료라고 하면, 온열증기 찜질, 전기치료를 해 주는 것만 상상하는데 환자에 따라, 예로 중추신경계 환자들의 경우(편마비나 척수손상환자)에는 운동치료가 더욱 효과적인 치료가 되기도 한다.[1]

2. 지압(指押)

지압(指壓療法)은 말 그대로 '손으로 지압하는 치료법'이다. 지압은 경락과 경혈을 지압하여 건강을 되돌리는 것인데 그냥 지압으로는 불능하다. 지압은 압 반응, 압 반사라고 하는 압의 효과를 기대하는 물리적 요법으로, 침구에서는 경혈점만을 중점적으로 기구를 사용하여 시술하는 데 반하여 지압은 원칙적으로 전신요법이기 때문에 경락 전체를 손(手)으로 시술하고 증상에 따라서 부분 지압을 하게 된다.

지압의 특징은 다른 수기(手技, 按摩, 마사지 等)는 동적(動的) 즉 다량으로 동작하는 데 반하여 지압은 정적(静的)인 것이 특징으로서 손(手技) 지압으로 내장과 근육 등 인체의 조직에 깊숙이 침투하도록 지속압(持續壓)을 가하여 우리 신체가 가지고 있는 자연치유 능력을 이끌어 내어 치료효과를 상승시키는 것이다.

상대의 체질이나 체력 등에 맞추어서 지압의 각도, 지압력의 강약, 지압력의 시간이나 횟수의 조절 등으로 각종 증상에 맞추어 그 효과의 극대화를 기할 수 있는 특징이 있다.[2]

3. 요가

요가란 말은 印度/산스크리트로서 결합한다는 어원(語源)인 유즈 (yuj)에서 시작되었으며, 마음을 긴장시켜 어떤 특정한 목적에 상응 (相應) 또는 합일(合一)한다는 의미를 갖는다. 일반적으로 호흡법을 동반한 스트레칭 동작을 통해 신체를 자연 상태로 회복하는 것은 물론 '일곱 차크라'라고 불리는 인체의 에너지(力) 집합점에 기를 모아 깨달음(＝神人合一)의 경지를 이르는 것을 목적으로 하고 있다.

그러나 최근에는 이러한 종교적 색채를 배제하고 건강을 찾고 유지하기 위한(精神的, 肉體的) 체조의 개념으로 많이 시행되고 있다. 호흡법을 동반한 스트레칭 동작으로 기공과 유사한 점이 많다.[3]

4. 스포츠마사지

스포츠마사지라는 말이 사용된 것은 19세기 후반에서 20세기 전반으로 1900년 제2회 파리올림픽대회 때 최초로 운동선수를 대상으로 실시하여 그 중요성을 널리 인식하게 되었다.

잭 매겔(Jack meagher)과 패트우톤(Pat Bougton)이 체계적으로 정리, 현대 스포츠마사지의 창시자라 할 수 있다. 마사지(Massage)의 어원은 프랑스어이나 원래 아라비아의 '누르다'와 그리스어의 '주무르다', 히브리어의 도수교정(manipulayion)에서 기인된 것이라고 한다. 3000년 전의 중국 문헌에 최초로 마사지에 대한 기록이 있으며, 200년 전 프랑스에 전달되었다.

그 이후 근대마사지를 발전시킨 사람은 많으나, 그중 스웨덴 사람으로 마사지를 보급시킨 Ling, 19세기 말경 이를 체조법과 함께 학문적으로 발전시킨 Mezger, 20세기 초에 골절치료에 조심스럽고 부드러운 마사지를 적용한 Mennell 등을 들 수 있다.

인간의 신체는 매우 복잡한 구조를 지니고 있다. 각기 기능을 달리하는 여러 기관들은 서로 독립된 역할을 수행하는 듯 보이기도 하지만 실은 매우 밀접한 관계를 유지하고 있다. 따라서 어느 한 부위의 고장은 주변의 다른 기관에도 영향을 미치게 된다. 그러나 다행스럽게도 우리 인체는 자연치유력을 지니고 있어서 어지간한 외부의 자극들에 대해서는 스스로 점검하고, 또 해결해 나감으로써 몸의 상태를 항상 일정하게 유지하는데 이러한 성질을 항상성이라 한다.

우리 몸의 이상은 바로 이러한 항상성이 깨어졌을 때 나타나는 현상이다. 다시 말해 평소보다 많은 운동을 하고 난 뒤, 근육이 뭉친다거나 통증이 유발되는 이유는 근육 내에 수분이나 이산화탄소 등의 피로물질이 평상시보다 많이 축적되어 혈액의 흐름을 방해하게 됨으로써 근육 내의 항상성이 깨어진 때문이다.

스포츠마사지란, 이러한 때 피부를 통해 물리적 자극을 가해 줌으로써 혈액의 흐름을 원활히 하여 순환기능을 회복함으로써 노폐물을 분해하고, 체내 조직으로 영양물질이나 산소의 공급을 왕성하게 해 주는 대사촉진요법의 하나인 것이다.

이러한 스포츠마사지는 주로 피부를 쓰다듬거나, 주무르기, 문지르기, 두드리기, 흔들기 등의 방법으로 행해지는데 이제까지는 스포츠 경기현장에서 선수들의 기량향상과 상해방지를 목적으로만 활

용되어 왔으나, 최근 들어 그 효과가 널리 입증됨에 따라 일반인에게도 폭넓게 시행되고 있다.[4]

5. 안마

안마는 중국의 황하문화권에서 침(鍼)·구(炎)와 함께 발달한 한방의술의 물리요법의 한 과로 '안교도인법(按導引法)'이라 하여 중국·한국(560년경)·일본 등으로 전해졌다. 안교란 피부나 근육을 주물러 그 기능의 항진을 억제하고, 도인은 신체근육을 부드럽게 하며 마디마디를 움직여서 대기를 체내에 도입하는 경락유주법을 말한다.

안마라면 흔히 맹인을 연상하는데, 그것은 안마의 특수한 손기술이 시력을 잃고 오랜 촉각에 의존해 온 생활경험에서 얻은 그들의 적성과 일치하여 '안마와 맹인'이 불가분의 관계에까지 발전 보급된 것으로 보인다. 그리고 흔히 안마와 마사지를 혼동하는데, 마사지는 서양에서 발달한 구심성의 수기이고 안마는 원심성으로 행하는 차이가 있다.

현재 한국에서는 자격증을 가지고 전문적으로 안마시술을 하는 사람을 안마사라 하며, 안마사는 안마·마사지·지압 또는 전기기구의 사용, 기타 자극방법으로 인체에 대한 물리적 시술을 하도록 되어 있다.

안마의 효능은 불면·두통·고혈압, 혈액과 체액의 순환장애, 근육과 관절의 물리적 기능 이상, 각종 신경통과 교감신경의 실조,

그리고 소화기·비뇨기 등의 기능장애 회복에 효과가 있는 것으로 보고되고 있다. 그러나 급성질환으로 열이 높거나 습진·화농창 등의 피부병, 악성종양(암·육종), 중증의 위궤양, 임신했을 때의 복부안마 등은 피해야 한다.

이 중 지압, 스포츠마사지, 안마는 대개의 경우 시술자와 피술자가 있어 시술자가 피술자를 치료하는 형태이고, 요가는 지도자와 수련자가 있어 수련자가 동작을 배우고 자신이 직접 수련을 하는 형태의 차이가 있다.[5]

안마는 병을 예방하고 치료하는 데 쓰일 뿐 아니라 사람들을 건강하게 하며 오래 살 수 있게 하는 좋은 방법의 하나이다. 안마는 침혈들과 신경, 핏줄 등을 자극하여 나빠진 몸의 기능을 조절하며 물질대사를 항진시키고 몸 안에서의 소화와 흡수를 좋게 하고 대사산물의 배설을 빠르게 한다. 특히 안마는 신경을 자극하여 지나치게 흥분되거나 억제된 것을 조절하며 피와 임파가 온몸에 잘 돌아가게 한다. 이 밖에도 안마는 정신적 및 육체적 피로를 잘 풀리게 하여 언제나 맑은 정신과 새로운 힘을 내게 하는 등 여러 가지 작용을 한다.

안마에는 두드리기, 비비기, 문지르기, 누르기 등 여러 가지 방법이 있으나 모든 방법들이 특별한 시설, 장소와 시간에 구애됨이 없이 누구나 다 할 수 있으며 또 안마를 하면 할수록 그 효과가 뚜렷해지므로 오늘날 장수법의 한 가지로 널리 보급되고 있다.[6]

Ⅲ. 안마건강법의 실례

1. 몸의 활력을 높이는 방법

몸의 활력은 사업능력을 높이며 건강장수를 위한 중요한 조건의 하나이다. 그러나 사람들은 40대를 넘어서면 생리적 활력이 떨어지기 시작하며 특히 육체적 노동에 참가하지 못하는 경우에는 더 심하게 나타난다. 활력이 떨어지는 이유는 신경 및 내장을 비롯하여 몸의 전반적 기능이 떨어지는 것과 관련된다. 바로 이러한 데로부터 안마를 체계적으로 하여 몸의 활력을 높여 주는 것은 대단히 의의가 크다.

온몸의 활력을 높이는 데는 명문혈과 족삼리혈에 대한 누르기법과 팔, 다리, 잔등, 배, 어깨 부위에 대한 두드리기를 많이 한다. 명문혈은 온몸의 정력이 낮아진 것을 높여 주며 내장장기들의 기능을 좋게 하는 작용이 있다. 족삼리혈은 소화기, 호흡기는 물론 심장의 기능을 높이며 신경들의 역할을 조절한다. 또한 다리의 힘을 세게 하고 몸이 쇠약해진 것을 추세우는 등 몸의 모든 기관과 계통에 작용하는 혈이다. 또한 온몸 두드리기는 대사기능을 높이며 몸 안에 나쁜 물질을 몸 밖으로 빨리 나가게 한다.

반듯이 엎드린 자세에서 제2와 제3 허리등뼈 사이가 되는 곳(명문혈)을 두 첫째손가락을 겹쳐 놓고 곧추 30초씩 3번 세게 누른다. 또한 양 장골즐의 위 바깥 점을 찾아서 각각 30초씩 3번 세게 누른다.

이상의 누르기가 끝나면 앉은 자세에서 무릎을 90도로 굽혔을 때 무릎마디로부터 3치 내려가서 정강이뼈의 앞기슭으로부터 바깥쪽으로 한 손가락 너비 되는 곳(족삼리혈)을 손가락 끝으로 세게 30초씩 3번 누르면서 비빈다. 한쪽 다리가 끝나면 다른 쪽 다리의 족삼리혈을 누른다.

몸의 활성을 높이기 위한 누르기는 하루 1~2번 잠에서 깨어나거나 잠들기 전에 하면 좋고 그렇지 못할 때에는 일터에서 쉬는 짬에 할 수 있다. 온몸 두드리기는 잠자기 전에 10~20분 정도 하면 피곤도 풀리고 잠도 깊이 잔다.[7]

2. 몸의 노화를 막는 방법

뇌에서의 혈액순환이 잘되지 못하면 피로물질이 뇌에 쌓이게 된다. 이러한 현상이 여러 번 반복되는 과정에 뇌의 노화가 진행된다. 뇌의 노화현상으로 제일 먼저 느껴지게 되는 것은 기억력이 낮아지며 건망증이 나타나는 것이다. 이렇게 되면 하루 전에 한 일을 사업일지에 적으려고 하면 생각이 떠오르지 않는다. 자기가 잘 건사하느라고 한 물건을 찾자고 하면 어디에 건사하였는지 생각이 나지 않는다. 이와 같은 현상은 다 노화의 표현이다.

뇌의 노화를 막는 것은 장수를 위해서도 중요하지만 보다 중요한 것은 사업능력을 높이고 자기에게 맡겨진 과업을 성과적으로 수행하기 위해서이다. 뇌의 노화를 막는 데는 뇌의 기능과 직접적으로 연관되어 있는 혈들을 자극하여 뇌세포들의 활성을 높이며 뇌의 혈액순환이 잘되게 하는 것이다. 이러한 혈들로는 백회혈, 천주혈, 풍지혈 등을 들 수 있다. 백회혈은 뇌의 혈액순환을 좋게 하고 뇌세포의 기능을 높이며 뇌신경의 협력작용을 조절하며 정신을 맑게 하는 대표적인 혈이다. 천주혈과 풍지혈은 뇌수, 뇌막, 척수 등과 연관되어 있을 뿐 아니라 뇌신경들을 부활시키며 여러 가지 뇌신경장애 때 많이 쓰이는 혈이다.

앉은 자세에서 머리의 한복판선상에서 앞 머리카락이 난 경계로부터 5치 올라가 우묵한 곳(백회혈)을 손가락 끝으로 10~15초씩 3번 누른다. 다음 제1과 제2 목등뼈 사이에서 양옆으로 각각 1.3치 되는 곳(천주혈)과 귀 뒤 도드라진 뼈의 뒤와 목덜미에 있는 굵은 근육과 목에 있는 긴 근육 사이에 생긴 우묵한 곳(풍지혈)을 손가락 끝으로 10~15초 동안씩 3~4번 누른다. 이상의 누르기가 끝나면 목 부위를 두 손으로 가볍게 쓰다듬거나 비벼 준다. 이와 같은 안마를 매일 잠자기 전에 하면 뇌의 피로가 풀릴 뿐 아니라 잠도 잘 오고 기억력도 좋아진다.[8]

3. 폐와 심장의 기능을 높이는 방법

젊었을 때는 대수롭지 않던 운동이었는데 나이를 먹으면서 이런 운동을 하면 숨이 찬 것은 폐활량이 적어지기 때문이다. 폐활량이 적어진다는 것은 몸에 필요한 산소를 적게 받게 되어 세포나 조직 등의 재생능력이 떨어진다는 것을 말한다. 이렇게 되면 몸의 저항성이 낮아지며 병균이 몸에 들어와도 그것을 이겨 내는 힘이 약하게 된다.

심장도 나이를 먹으면 기능이 점차 떨어진다. 그 중요한 원인은 심장혈관에 기름이 침착되면서 심장 자체에 필요한 영양을 피를 통하여 제때에 공급하지 못하기 때문이다. 심장기능이 낮아지면 또한 온몸에 피를 제대로 보내지 못하게 되면서 늙음을 앞당기게 된다. 이와 같은 현상을 미리 막기 위해서는 폐와 심장에 대한 안마를 하여 그 기능을 부단히 높여 주어야 한다.

앞가슴과 뒤 잔등에는 폐와 심장과 관계가 있는 혈들이 많이 분포되어 있다. 이 혈들을 자극하는 안마를 하면 폐의 환기량과 심장의 혈액 순환량이 많아지면서 전반적으로 몸의 상태가 좋아진다. 뒤 잔등을 중심으로 한 번에 5분 정도씩 두드리기를 한다. 하루에 2~3번 하면 더 좋다. 가슴에서는 가슴뼈와 갈비뼈가 사귀는 곳을 찾아서 하루에도 여러 번 손가락으로 하나하나 누른다. 이와 함께 가볍게 가슴을 두드린다.

특히 심장기능을 높여 주는 데 효과가 있는 방법은 왼쪽 가슴 심장 부위를 시계바늘이 도는 방향으로 자기의 손바닥을 놓고 문지르기를 자주 하는 것이다. 이 방법들은 혈액순환을 좋게 하며 정신적으로 긴장되었거나 운동부족으로 약해진 폐와 심장의 기능을 정상화한다.[9]

4. 몸의 피로를 푸는 방법

하루 동안의 피로는 정신노동이나 육체노동에 의하여 생긴다. 온

몸의 피로를 푸는 방법에는 여러 가지가 있으나 특히 안마방법은 피로를 푸는 데서 간단할 뿐 아니라 효과가 빨리 나타난다. 온몸의 피로를 풀기 위한 안마는 하루 종일 일하는 가운데서 제일 많이 쓰인 부위에 쌓인 피로(울체한 나쁜 피)를 풀어 주는 것을 중심으로 하면서 몸의 다른 부위도 같이 푸는 것이다.

일반적으로 두드리기를 많이 하는데 팔, 다리, 잔등, 어깨의 순서로 하는 것이 좋다. 주로 잠자기 전에 10～15분씩 한다. 정신노동을 하는 사람인 경우에는 여기에 목덜미의 문지르기와 두드리기를 더하면 한결 머리에 쌓인 피로가 잘 풀린다.

온몸의 피로를 푸는 데서 배에 대한 안마를 빼놓으면 안 된다. 배에 대한 안마는 주로 누르기와 쓰다듬기를 한다. 이렇게 하면 위장 속에 있는 나쁜 가스의 배설을 빠르게 하고 산소의 소비량을 높인다. 특히 배에 대한 안마는 혈액순환을 빠르게 하여 피로물질인 젖산의 농도를 낮추며 피 속의 산과 알칼리의 평형을 유지되게 한다.[10]

Ⅳ. 스포츠마사지의 보급과 전망

1. 스포츠마사지(카이로프락틱/수기요법)의 정의와 목적

카이로프락틱이란 말은 '카이로'는 손을 의미하는 그리스어이며 '프락틱'이란 말은 치료하다는 의미이다. 카이로프락틱은 해부학, 카이로프락틱과학, 철학, 예술, 생명선 압축과 카이로프락틱은 척추진

단법, 교정법, 척추교정과 관련된 신체관련 교정, 환자관리법, 임상을 통한 치료관리, 임상연구 실습, 카이로프락틱의 사회의료교육, 신경정신학, 내과학, 면역학, 운동의학, 생리학, 해부학 등 광범위한 교과를 공부해야 하는 과학적 학문이다.

카이로프락틱은 스포츠경기 중에 발생되는 응급처치, 경기력 향상, 피로예방 등 경기 중에 발생되는 부상 예방을 목적으로 하는 스포츠 기술이다. 한국의 경우 카이로프락틱(스포츠마사지)은 30년 전에 유럽에서 도입되어 현재 전국 119개 대학 체육학과 등에서 학점제로 1년 과정을 교육하고 있으며, 연간 약 2,500여 명의 스포츠마사지 자격증 소지자를 배출하고 있다. 경희대학교에는 석사 과정이 개설되어 있고 스포츠마사지로 박사 학위를 취득한 대학교수가 다수가 있는 것으로 전해진다.

스포츠마사지와 안마사의 다른 점은 스포츠마사지는 대상자의 신체를 직접 눈으로 관찰하여 전신 관절운동 및 스트레칭, 임파순환계와 근육계를 마사지한다. 안마사는 대상자에게 손의 촉감으로 신체 피로를 풀어 주는 기술 면에서 근본적으로 다르다. 카이로프락틱과 스포츠마사지는 세계적으로 보편 공인된 전문 교육과정이다.

스포츠마사지사의 자격 요건은 신체 건강한 일반인으로 취업 분야는 국가대표팀 각종 프로, 아마추어 팀의 의무트레이너, 대기업의 근로자 종합 건강관에서 채용되고 있다. 자유로운 직업선택으로 스포츠센터, 헬스클럽, 또는 개인 창업(스포츠마사지센터) 등 다양하다.

스포츠마사지 자격검정제도는 대학체육학과에서 이론, 실기 학점 취득자는 고려대 중심으로 1년 과정 수료, 시험통과자에게 자격검정을 실시하고 스포츠마사지사 자격을 부여하고 있다. 전국 대학 사회교육원 스포츠마사지 학과 1년 수료자는 이론, 실기 자격 검정 시험을 거쳐 합격된 전문의들이 직접 사인 인정하는 AKCA에서 자격을 담당하고 스포츠마사지사 자격을 부여하고 있으며 노동부 교육 훈련 기관으로 지정받은 학교 또는 단체에서 320시간 교육을 받은 후 이론, 실기 자격 검정 시험을 거쳐 합격된 자는 전 노동부 수료증을 자격 담당하고 스포츠마사지사 자격을 부여하고 있다.[11]

2. 스포츠마사지(카이로프락틱/수기요법)의 과정

카이로프락틱 전문가(미·일식정통 척추운동조정법) 과정은 미국 카이로프락틱과 대체의학을 특성에 맞게 발전시켜 카이로프락틱과 대체의학 동호인에게 다년간 세계로 넓혀 미국을 비롯한 세계 각국의 최신정보를 획득한다. 카이로프락틱 분야가 비의학적 지식과 음성적 교육과정에 있어 많은 사고가 발생되고 있는 현실로 인해 올바른 교육을 통하여 이를 예방하고 전문적이고 과학적인 카이로프락틱을 발전시키고 전문지도자를 양성하여 국민보건증진과 국위선양에 기여함을 목적으로 한다. 학기는 1학기에 카이로프락틱 이론 및 기초실기, 2학기에는 카이로프락틱 이론 및 전문실기를 실시하고 있다.

스포츠마사지사 전문지도자 과정은 급변하는 사회에는 국민 누구나 건강에 지대한 관심을 갖게 되고 건강을 사회운동으로 확산하고 있다. 스포츠와 건강은 밀접한 관련이 있으므로 스포츠마사지와 건강마사지를 개설하고 있다. 마사지는 인체에 미치는 영향이 매우 크다. 미주 존슨즈회사에서 미국 유명한 병원에 의뢰한 어린 아이를 3개월간 마사지를 실시한 결과 성장률 47%로 성장되었으며 에이즈 환자를 1개월간 주 1회 45분간 마사지한 결과 에이즈 세포를 잡아먹는 거식세포가 40% 이상이 상승되었다는 보고가 있다. 스포츠마사지나 건강마사지는 피로회복은 물론 질병예방과 고혈압, 당뇨, 심장병, 각종 신경통, 각종 장기질환에도 그 효과가 과학적으로 임상 증명된 바 있다.

생활건강관리사(운동처방) 과정은 최근 언론사에서 '21세기 유망직종' 혹은 '불황 때 신종사업'으로 소개된 직종 중에서 '건강관련' 직종이 포함되어 이 분야에 관심을 갖고 있는 일반인들의 직업선택에 대한 유용한 정보를 제공해 주고 있다. 인간은 누구나 제2의 삶을 영위하기 위한 직업선택은 그 시행에 있어 그동안 모아 둔 경제력과 시간을 투입해야 하기 때문에 그 선택에 있어 매우 신중하지 아니할 수 없으며, 이에 대한 정보제공 및 교육훈련 역시 대단히 신중해야 한다.

따라서 일반 관심자 및 실직자들이 창업 및 전업에 있어 꼭 필요한 다양한 과정을 개설하여 그들로 하여금 자신에게 맞는 제2의 직업선택의 폭을 넓혀 줌은 물론 장차 21세기 유망직종으로 떠오르고 있는 건강관련 직종을 교육과정으로 개설하여 교육훈련의 융통성을 부여하고, 국가경제 여건과 대량실업 시대의 실직자의 현실을 직시하고, 아울러 국가시책과 본 훈련과정의 취지에 적극 부응할 수 있는 꼭 필요한 직업교육 과정을 아래와 같이 선정, 시행한다. 1학기 개설과목은 발 건강관리, 운동처방관리, 추나요법, 지압

등이며, 2학기 개설과목은 발 건강관리, 운동처방관리, 추나요법, 지압 등의 전문 실기다.[12]

3. 스포츠마사지(카이로프락틱/수기요법)의 전망

스포츠마사지와 같은 건강관리사는 사회체육(각종 운동 서클레포츠)의 활성화 및 일반인의 건강에 대한 높은 관심으로 생활 주변에서 손쉽게 건강관리를 도모해 주므로 필요성이 더욱 증대한다고 본다. 또한 사회적으로 각종 운동 또는 레포츠의 활성화로 인해 발생되는 일반인의 운동 경기 중 가벼운 부상이나 피로를 손쉽게 예방할 수 있으므로 국민 체육 진흥책의 일환과 예방 의학 차원에서도 가치가 있다고 본다.

유럽이나 미국, 일본의 경우 정상적인 일반인들이 마사지사로 활동하고 있으며 한국의 경우는 국민들의 관심이나 이용도도 높아 스포츠마사지사에 대한 수요가 날로 증대하고 있다. 스포츠마사지사는 생활 주변에서 쉽게 찾을 수 있는 건전한 건강 센터의 역할을 하고 있다. 또한 밀폐된 공간을 싫어하고 보다 건전한 마사지를 원하는 이들에게는 그에 따른 고객의 입장을 받아들여 스포츠마사지를 보급할 필요가 있다고 본다.

미국에서 카이로프락틱은 대체의학을 넘어 주류의학으로 자리를 잡고 있으며, 유럽 각국(선진국)을 포함, 아시아에서는 중국, 일본과 북한(수기학)이 대표적으로 세계 속에 뿌리를 내리고 있는 것이 현실이다. 즉 세계적으로 공인되고 있고 수기요법이란 이름으로 학문적으로도 입증받고 있다.

　요통 및 각종 통증의 디스크는 의사들이 치료하는 까다로운 부분 중의 하나로 수술보다는 카이로프락틱(수기요법)을 권하는 것이 현실적 추세이며, 이미 한방에서는 대중화 속에 「추나요법」으로 카이로프락틱을 받아들이고, 전국 대학중심으로 체육계, 보건계, 의료계에서도 대단한 호응을 받고 있다.

　카이로프락틱은 인체의 통증을 꼭 수술이나 약물을 투여치 않고 손이나 마사지를 통해 척추를 바르게 하여 허리통증, 디스크, 목통증, 어깨통증, 두통 등 각종 질병을 치유하는 데 목적이 있다. 운동선수들이 삐거나, 선수의 힘든 통증제거에는 외국에서는 보통 국가대표닥터를 고용하는 것이 보통이며, 100년 전 1895년 미국을 중심으로 4만 5천 명 정도가 전문가로 활동하고, 전 세계적으로는 면허 및 인정제도로 뿌리를 내린 지 오래다.

　스포츠마사지계의 주장을 들어 보면 ① 첨단 의학을 자랑하는 미국에서도 1백 년 역사의 카이로프락틱이 국가 공인제도이며, 4만 5천 명의 전문의를 배출하였다고 한다. ② Palmer 박사에 의해 창안되어 경추치료 등에 쓰이며, ③ 특히 외국선진국에서는 보편화된 수기 자연치료요법으로 인정하고 있다고 한다. ④ 세계적인 디스크 및 척추질병의 자연치료법이며, ⑤ 중국의 추나, 일본의 지압, 인도의 요가, 태국의 마사지 외 여러 나라의 특징적 수기요법은 척추를 중심으로 하여 미국이 주도하여 의학과 과학, 예술, 철학을 중심으로 한 학문으로 자연치료학문은 제3의학을 주도하고 있으며 세계적으로 공인받고 있다. ⑥ 또한 이미 중국과 일본, 태국 등 아시아에서도 보편화된 것이다. 카이로프락틱은 미국, 중국, 캐나다, 영국,

프랑스, 호주, 일본, 홍콩 등 세계적인 유수나라들이 받아들여 면허 제도로도 시행 중이다.[13]

Ⅴ. 결론

물리치료는 이미 주어진 질병이나 손상, 절단 등으로 인하여 장애를 가진 환자들을 대상으로 한다는 점이다. 이에 비하여 안마나 스포츠마사지도 치료적 기능이 있으나 안마나 스포츠마사지는 건강한 이들에게 올지도 모를 질병이나 장애가 오기 전에 미리 예방하는 차원이 더 크다는 점이다.

또한 전자가 운동치료나 여러 가지 물리적인 요소 즉, 전기, 광선, 온열, 한랭, 초음파 등을 이용해서 치료한다면 후자는 여러 가지 도구나 재료를 가지고 하는 게 아니라 손과 몸의 체중을 이용하여 처치한다는 점에서 다르다 하겠다.

안마와 스포츠마사지를 비교해 보면 안마는 스포츠마사지의 조상이라는 점에서 시대적으로 앞서며, 동양에서 시작되었다면 스포츠마사지는 서양에서 발달되어 왔다는 점이다. 안마는 전통적으로 전해 내려오고 있으나 체계적인 연구와 후진을 위한 표준화된 학문의 체계를 갖추지 못한 반면에 스포츠마사지는 이미 대체의학으로서 대학의 한 학과로서 연구, 발전되고 있다는 점에서 앞섰다고 본다.

앞으로 안마가 스포츠마사지에 맞서려면 좀 더 체계적인 연구가 있어야 된다고 본다. 그리고 대학과 같은 곳에서 세계적 품질로서 표준화할 것이 요구된다. 이를 위해서 동양 각국이 연합적인 전승, 연구, 교류, 발표 등이 요구된다.

 필자의 입장에서 볼 때는 앞으로 안마원이 언제까지 계속될 수 있을는지는 모르나 두 방면을 함께 수용하고 경영항목으로서 스포츠마사지도 본 업소의 한 개의 항목으로 설치함이 좋을 것으로 전망해 본다.

VI. 참고자료

1) http://kzone.daum.net/qna/qnaview
2) http://kin.naver.com/browse/db_detail.php
3) http://kzone.daum.net/qna/qnaview
4) http://kin.naver.com/browse/db_detail.php
5) Ibid.
6) Ibid.
7) http://pusan.aiit.or.kr/family/student
8) Ibid.
9) Ibid.
10) Ibid.
11) http://www.sipt.or.kr/massmedia/m44.htm
12) Ibid.
13) Ibid. 갈망식 미용법의 실현과 효과에 대한 고찰

제목 : 갈망식 미용법의 실현과 효과에 대한 고찰

제출자 : 과기대최고경영자과정 박어금

I. 서론

1. 고찰의 동기와 목적

나이가 들어서 그것도 50을 바라보는 나이에 과기대 최고경영자 과정을 공부하게 되었다는 것은 내 일생의 새로운 전기를 마련해 주었다고 본다. 필자는 이번 과정 중에 배우고 익힌 이론을 응용하여 필자가 지난 10여 년간 일해 온 미용법에 대하여 나름대로 정리하고 의미를 부여하고픈 것이 필자의 작은 소망이었다.

필자는 본 논문을 통하여 미용에 대한 역사와 최근 미용에 대한 사람들의 갈망이 어떠한가를 알아보고 이러한 미용에 대한 사람들의 반응에 대하여 필자가 창안한 독특한 방법을 기술하여 본 미용법에 새로운 이름을 붙이고 이에 따른 의미를 찾아보고자 목적한다.

2. 고찰의 방법과 범위

본 고찰의 방법은 일부 도서를 자료로 이용하기는 하였지만 다양한 문헌을 참조하지 못하였다. 그러나 인터넷을 이용하여 이론적으로 많은 부분을 뒷받침하였다. 이번 연구를 통하여 연변조선족자치주 안에서 무엇을 연구한다는 것의 어려움을 실감하게 되었다.

또한 짧은 시간으로 인하여 역사적으로 여러 시대를 망라하지 못한 점이 있으며 미용의 여러 방면에 대하여서도 제시하지 못한 점이 있다. 또한 중국에서의 상황을 잘 파악하지 못하고 한국의 자료들에 많이 의존한 아쉬움이 남아 있다.

Ⅱ. 미용에 대한 인간의 갈망

1. 고대 가야인들의 편두성형과 코 수술

미에 대한 인간의 관심은 아주 오랜 역사를 가지고 있다. 1976년
도 한국의 경상남도 예안리에서는 무려 1600년 전 가야인들의 인
골이 집단 무덤 터에서 발견되었다. 이 인골은 역사를 파악하는 데
있어 더없이 중요한 유물이 되었다. 1600년 전 가야인의 인골에는
아주 독특한 점이 보였다. 가야인의 머리는 정상인에 비해서 이마
부분이 훨씬 뒤로 누워 있고, 정수리 부분이 불쑥 솟아 있다는 점
이다. 한마디로 참 이상한 두개골이다.

정상적인 인골에 비해 이 인골은 얼굴 폭이 넓고, 미간에서 정수
리까지의 길이도 훨씬 짧았다. 분명 이 인골은 같은 시대의 가야인
들과는 다른 모습을 하고 있다는 것이다. 다시 말해서 이 인골은
고대 가야인 중에서도 특별한 경우라는 것이다. 기형은 기형인데
선천적으로 태어날 때부터 그런 게 아니고, 태어나고 나서 외적인
어떤 힘을 가해 가지고 변형된 것이라고 추정하고 있다.

중국에서는 여인들이 작은 발을 갖기 위해 전족을 하는 풍습이
있었다. 그렇다면 가야인들이 머리를 이렇게 하는 것도, 일종의 풍
습이라고 생각해 볼 수 있다. 하지만 머리의 뼈를 이렇게 변형시킨
다는 것은 무척 위험한 일일 것이다. 어쩌면 이런 모습을 만들다가
목숨을 잃는 경우도 있었을 것이다. 중국의 역사서는 가야인에 대
한 아주 흥미로운 사실을 전하고 있다.

"아기가 태어나면 돌로 눌러 머리를 납작하게 했다. 지금도 진한 사람들은 모두 머리가 납작하다." 기록 속의 진한은 3세기 중엽의 진한과 변한, 즉 한반도 경상도지역의 가야인도 여기에 포함되어 있다. 머리를 납작하게 한다고 해서 그 당시엔 이를 편두라고 했는데 역사 기록 속에서만 존재했던 편두의 실체를 예안리의 인골에서 확인하게 된 것이다.

편두의 방법은, 아기가 태어나면 머리 앞뒤로 판자를 대서 끈으로 묶고 십여 차례 반복하면 유연한 아기의 두 개골은 앞뒤로 납작해진다고 한다. 돌의 압력 때문에 그 무게 때문에 눌려지는데 태어나서 일 개월 이내니까 어린애가 잘 움직이지 못하므로 가능하다 추정을 하고 있다.

중국의 역사서인 삼국지 위지동이전에도 가야인이 편두를 만들기 위해 돌로 아기의 머리를 눌렀다고 기록되어 있다. 당시 가야인들에게 편두는 새로운 얼굴을 만드는 일종의 성형술이었던 것이다. 그러나 이런 성형술이 비단 가야에서만 이루어졌던 것이 아니다.

시기는 다르지만 편두의 풍습은 이집트와 가야 그리고 안데스산맥에 위치한 멕시코 지역의 마야에서도 보인다. 지금 예안리에서는 여성인골에만 국한되어 있다. 전체적으로 다 행해진 게 아니고 일부에만 행해졌기 때문에 지금 생각으로는 아마 일종의 무당과 같은 특수신분의 여성들에게만 행해진 게 아닌가 그렇게 생각하고 있다.

코를 높이는 것이 미인의 기준이었는지 또는 어떤 특수한 지위를 상징하는 것인지는 아직 밝혀지지 않았다. 하지만 가야인들이 성형수술을 했다는 것은 분명한 사실로 드러났다. 물론 현대적인 의미의 성형수술은 아니지만 1600년 전에 이런 성형술이 있었다는

것은 참으로 놀라운 일이 아닐 수 없다.[1]

2. 근대 중국인들의 전족관습

중국의 환관과 전족은 고대 중국이 낳은 인간 장난감의 폐습이
었다. 전족의 기원은 통설로는 10세기 때의 시인으로 유명한 이욱
이 궁녀 예낭의 발을 비단으로 싸서 황금의 연꽃 대좌에서 춤을 추
게 한 것이 그 시초라고 전해지고 있다. 전족은 '금련, 서연'이라는
식으로 미칭했고, 조그만 구두(궁혜)를 신은 요염한 모습은 바로 연
꽃 위를 걷는 화사한 아름다움이었다. <중국의 기습>이라는 연구
서에 의하면 전족은 여자가 유아 때 발을 천으로 꽁꽁 감아 조그만
구두를 신겨서 후천적으로 교정하여 기형으로 만들어 버리던 풍습
이다. 성인이 된 후에도 발이 10센티미터 정도의 크기밖에 되지 않
는다. 따라서 걸음을 걷는 것을 보면 아슬아슬할 정도이지만, 우아
한 그 모습은 매우 매력적이었다고 한다.

이 전족의 시술은 잔인무도한 것으로 남자의 거세와 대응되었다.
'시전, 시긴'이라고 하는 시술은 두 번째 발가락부터 나머지 관절
을 발바닥에 붙을 때까지 구부려 천으로 죄어서 묶는다. 절세의 미
인 비연이나 양귀비는 구두의 크기가 10센티미터도 못 되는 전족
을 하고 있었다. 그야말로 손바닥 위에서 춤을 출 수 있을 정도였다.

또 이런 전족에는 3귀의 미라고 해서 '비', '연', '수'가 갖추어져
있는 것이 가장 좋다고 했다. 비는 지방이 있어서 윤기가 흐를 것,

---

1) http://kin.naver.com/open100/entry.php?docid=92947

연은 부드러워서 살집이 좋을 것, 수는 모양이 아름다울 것을 뜻하는 것이다. 이런 전족은 규방에서 여자를 인공적으로 고쳐 만들어서 쾌락을 한층 더 즐기려는 목적에서 나온 것이기도 했다.

여자의 발이 좁고 작다는 것은 고귀하다는 상징이며, 발이 작다는 것은 성기도 멋지다는 특징을 간접적으로 표현하는 것이라고 생각했던 것이다. 또 보행에 보통 이상으로 노력하지 않으면 안 되었기 때문에 허리 부분이 단련되고 강철 같은 힘을 키워 주었다. 규방의 사치 동물로의 도태였다. 또 진상을 명확히 추리한다면 발을 기형화한다는 것은 규방에 가두어 놓고 외출할 수 없게 하고, 바람을 피우지 못하게 한다는 질투심에서 나온 계략이기도 했다. 대개의 여자는 금이 장식된 신을 신지 않으면 외출하지 않았다.

전족은 남자의 시기심이 낳은 열쇠로 잠긴 발이었다. 한나라 성제가 사랑했던 조비연과 같은 '날씬한 형'이고 다른 한 형태는 당나라 현종의 로맨스에서 가장 중요한 자리를 차지하고 있던 양귀비와 같은 '풍만한 형'이다. 이 두 여인을 놓고 말하면 서로 다른 두 가지 형태의 미녀들이지만 그녀들이 갖고 있는 하나의 공통된 특징이라면 그녀들 모두 한 쌍의 고운 작은 발을 갖고 있었다는 것이었다. 듣는 말에 의하면 전족은 조비연부터 시작되었다고 한다.[2]

중국 문화혁명 시 4인방 중 강청의 이름은 이진해였는데 그 아버지 이덕문은 첩 난 씨 사이에서 낳은 딸을 이진해(李進孩)라고 하였는데 그녀가 바로 강청이었는데 이진해는 6세 되던 해에 다른 여자애들처럼 전족을 해야만 했다. 당시 산동 지역에는 여전히 전족이라는 악습이 성행하고 있었기 때문이다. 어린 이진해는 전족한

---

[2] http://kin.naver.com/open100/entry.php?docid=25163

발이 너무도 아파서 밖에서 놀 때는 몰래 전족을 풀어 버리고 집에 올 때 다시 전족을 하였다고 할 만큼 전족은 근간에까지 있은 미인의 한 방편이었다.[3]

3. 최근 외모지상주의에 따른 갈망

외모지상주의란 외모가 개인 간의 우열과 성패를 가름한다고 믿어 외모에 지나치게 집착하는 루키즘(lookism)을 일컫는 용어이다. 미국 ≪뉴욕 타임스≫의 칼럼니스트인 새파이어(William Safire)가 2000년 8월 인종·성별·종교·이념 등에 이어 새롭게 등장한 차별 요소로 지목하면서 부각되기 시작하였다. 외모(용모)가 개인 간의 우열뿐 아니라 인생의 성패까지 좌우한다고 믿어 외모에 지나치게 집착하는 경향 또는 그러한 사회 풍조를 말한다. 곧 외모가 연애·결혼 등과 같은 사생활은 물론, 취업·승진 등 사회생활 전반까지 좌우하기 때문에 외모를 가꾸는 데 많은 시간과 노력을 기울이게 된다는 것이다. 한국에서도 2000년 이후 루키즘이 사회 문제로 등장하였는데 대표적인 예로 얼짱 문화를 볼 수 있다.

이러한 외모지상주의가 나타나게 된 배경은 경제적으로 안정이 되자 사람들은 앞만 보고 달리던 고개를 돌릴 수 있는 여유가 생겼다. 그리고 점차 자기 자신의 관리에 시간을 보내는 사람이 많아졌다. 이렇게 외모지상주의가 나타나게 된 배경은 경제적인 안정으로 인한 여유에서 비롯됐다고 생각한다. 이러한 외모지상주의의 출처

---

3) http://kin.naver.com/open100/entry.php?docid=131906

는 중국 당나라에서 인재를 뽑을 때 4가지 기준에 의해서 뽑는 신언서판에서 비롯됐다고 보고 있다.

한국의 경우 얼짱 신드롬을 만든 것은 대중매체와 기성세대들이다. 대중매체와 기성세대는 이 신드롬을 통해 새로운 외모지상주의를 강화하게 되고 상업적 이익을 부풀리게 되었다. 청소년이자 네티즌들이 자생적으로 얼짱 문화를 시작으로 이를 신드롬으로 확산시킨 것은 대중매체의 상업적 방송에 의해 모방심리가 작용하여 성형시술을 갈망하게 되고 더욱 확산되게 되었다.

최근 한국의 경우 1,264명의 취업예비자들을 대상으로 한 한 성형외과와 인터넷 리크루트 회사의 공동조사에 따르면 98%가 "외모가 취업에 영향을 미친다."고 응답했으며 이들을 뽑는 기업의 인사 담당자 584명 중 94%가 채용 시 "외모를 고려한다."고 밝혔다. 또 실제 종합광고사 제일기획이 여성 200명을 대상으로 조사한 '파란통신 라이브 보고서'에 따르면 대다수 여성들이 외모는 필수라고 생각하는 것으로 조사되었다. 상대방의 피부나 몸매를 통해 생활수준도 짐작할 수 있다고까지 생각하는 것으로 나타났다. 면접 때나 사람을 만날 때 첫인상이 중요하다고 말하는데 성적은 좋지만 외모 때문에 면접에서 떨어졌다며 성형외과로 달려가는 여대생들이 줄을 서 있다.

한국 서울대학교 의과대학 정신과 류인균 교수팀에서 전국 여대생 1,565명을 대상으로 설문조사한 결과 절반이 넘는 52.5%가 성형수술을 했고, 82.1%가 지방흡입 등의 성형을 희망한다고 한다. 성형의 주된 이유가 자신감 얻기 위해서라고 하니 우리사회의 외모지상주의가 얼마나 만연되어 있는지 알 수 있다. 요즘 시대는 아무리 능력이 좋아도 첫인상이 좋지 않으면 면접에서 떨어지는 시대이다.

얼굴이 태어나서부터 잘생기지 않은 사람들은 모두 취직을 못하며 얼굴이 잘나지 않으면 승진도 못 하는 세상, 외모지상주의는 능력 위주의 사회를 외모 위주의 사회로 바꿔 놓았다. 또 외모가 뛰어나다고 해서 일도 잘한다는 보장은 없다. 하지만 최근 젊은이들 사이에서 외모를 가꾸려고 하는 것은 누구를 막론하고 갈망하는 현실이 되었다.[4]

Ⅲ. 갈망식 미용법의 독창적 실현

1. 안면 주름 제거법

현재 안면 주름 제거법에는 여러 가지 방법이 있다. 그 방법들 중에는 필러(Filler)시술법이 있는데 필러란 '채우는 물질'이라는 뜻이다. 과거에는 실리콘이나 파라핀 등을 주사해서 가슴 등을 키우는 방법에도 쓰였다. Filler로 사용되는 물질은 콜라겐, 하이알유로닉산, 진피조직, 근막조직, 폴리아크릴아마이드, PMMA, Hydroxylaphatite 등이 있다. 제품명으로는 레스틸렌, 쥬비덤, 로필란 등이 하이알유로닉 제재이고 진피조직인 사이메트라 등이 있다. 각각의 물질은 사용의 편이성, 지속 기간 등에 차이가 있다고 한다.

---

4) http://kin.naver.com/open100/entry.php?docid=152899

와이어 스칼펠(Wire Scalpel)법은 얼굴주름 중에서 이마의 깊은 가로 주름과 미간 주름, 그리고 입가의 팔자주름의 경우 흉터 없이 주름의 제거가 가능하다는 장점이 있다고 한다.

와이어 스칼펠(Wire Scalpel)은 미세한 톱날을 갖고 있는 금속실과 그 끝에 연결되어 있는 바늘로 구성되어 있으며 안면의 깊은 주름을 제거하는 데 효과적이다.

피부의 깊이까지 피부조직이 가라앉으면서 나타나는 깊은 주름을 치료하는 방법으로 특수 금속실과 바늘로 피부 밑의 주름 흉을 제거하고 이 제거된 부분에 다시 새로운 피부가 생겨나게 하는 방법으로 수술 없이 주름을 치료하는 비절개 주름제거술이라 말할 수 있다.

Magic Face 시술법은 러시아 성형외과 의학박사가 개발한 시술법으로 특수한 바늘과 실만을 이용하여 주름을 당겨 주는 방법이다. 수술은 'Aptos'라는 특수 고안된 실을 이용하여 진행되므로 수술 후 상처는 바늘 자국뿐으로 자국이 남지 않으며 부기가 거의 없고 수술 후 2~3일 내 정상적인 생활이 가능한 새로운 수술법이다.

이 실은 심장수술 등에 쓰이는 첨단재료를 사용해 특수 제작된 것으로 매직 실이라 한다. 이 실이 삽입되는 곳은 피부가 아니라 주름의 근원이 되는 피부 심부층에 삽입이 되기 때문에 일시적으로 피부만을 당겨 주어 주름이 펴진 듯한 효과를 주는 것과는 다르다.[5]

갈망 미용원의 주름제거법은 이와는 전혀 달리 수술하지 않고 밀방의 크림을 이용한 미용술이다. 그 과정을 살펴보면 크림상태의 밀방(이후 밀방크림이라 칭하겠다.)으로 주름을 말끔히 제거하는 미

---

5) http://www.withmi.co.kr 美 피부과의원

용술이다. 그 특징은 통증이 미세하고 자국이나 부작용이 전혀 없다는 점이다. 이 방법은 위에 소개한 일반적 방법과 전혀 다르다. 갈망미용법에 대하여 그 과정을 일부 소개하면 다음과 같다.

먼저 ① 얼굴을 깨끗이 씻은 후, ② 밀방크림을 주름 부위에 바르고, ③ 밀방크림이 피부에 흡수되도록 몇 차례 바른다. 그리고 ④ 24시간 후 씻어 낸다. ⑤ 약 12~18일 정도면 얼굴에 모든 주름이 말끔히 제거된다. ⑥ 일단 주름이 제거된 후에는 5~10년간은 다시 주름이 생기지 않는다.

주름제거 후 피부는 주름제거 전에 거칠고 모공이 크며 윤택하지 않던 피부가 윤택이 나며 모공은 수축되고 검은 점들도 흔적 없이 자취를 감춘다. 그래서 60대는 50대로 50대는 40대로 10년 넘게 젊어지고 자연 그대로 보존해 주어 네추럴한(자연스러운) 미인이 된다.

역사 이래로 주름제거 미용술이 많이 있지만 갈망미용원의 주름제거술이야말로 아직까지 소개된 바 없는 독창적 미용법임을 자인한다.

2. 안면 여드름(곰보) 흔적 제거법

여드름 고민은 사춘기 소년, 소녀들 얼굴에 청춘의 심벌(상징)이라고 하지만 성인에 이르기까지 '깨끗하게 밀어 버리고' 싶을 만큼 심각한 것이다. 더구나 여름은 여드름 고민이 심화된다. 더운 여름에는 피지분비가 활발해져 여드름이 더 심해진다. 또 땀을 많이 흘리면 노폐물이 많이 형성되어 모공을 막아 세균감염을 일으키고 여드름이 생성되기 쉽다.

여드름이 매우 복잡한 과정을 거쳐 생겨나는 만큼 치료도 한 가지 약만 쓰기보다는 각 과정에서 잘 듣는 약을 몇 가지 함께 쓰되 △ 피지를 줄이고, △ 각질을 제거하며, △ 여드름 균을 죽이고, △ 염증 반응을 줄이는 것이 좋다. 여드름을 완화시키고 흉터를 줄이기 위해서는 충분한 수면 등을 통한 신체 휴식을 적절히 취해야 한다. 또 손으로 여드름을 자꾸 만지면 손에 묻은 균들이 들어갈 뿐만 아니라 여드름이 안에서 터져 염증이 더 심해지기 쉬우므로 가만히 놔두어야 한다. 여드름을 절대 짜지 말아야 한다.

여드름을 짜고 난 후에는 곰보 같은 흔적을 남겨놓기 일쑤다. 이 때 부모들은 공작에 바쁘다고 등한시하다가 치료를 늦추게 된다. 이렇게 제때에 치료를 하지 못하다가 나이가 들어서 좀 피곤하게 되거나 생리를 할 때면 하나, 둘씩 두드러기가 생기고 오래두면 농이 생기면서 피부에 울퉁불퉁한 여드름으로 변한다.[6]

이때에 얼굴 피부가 아프고 가려워서 손으로 마구 긁어 놓기 일쑤다. 그렇게 되면 농이 터지고 딱지가 앉는데 조급해서 딱지가 형성되기도 전에 긁어 버리면 곰보 흔적을 남기게 된다. 흔히 성형미용원에서는 기계로 시술하지만 갈망미용법에서 흔적제거법은 이와는 전혀 다르다.

갈망미용법의 흔적제거법에서는 ① 피부를 깨끗이 씻는다. ② 여드름 흔적에 자극을 준다. ③ 밀방크림을 바른다. - 연속 한 시간 정도 바른다. ④ 약이 스며들면 곧 씻어 낸다. ⑤ 이튿날 똑같은

---

6) http://www.withmi.co.kr/bbs/news 美피부과의원

방법으로 반시간 정도 바른 후 씻어 낸다. ⑥ 18~20일 동안 얼굴에 물을 대지 않으면 낫게 된다.

여드름 흔적이 깊고 옅음에 따라서 2~3차 과정을 거치면 울퉁불퉁한 흔적이 말끔히 제거되고 맑고 평평한 피부를 되찾게 된다.

3. 기미와 주근깨 제거법

기미의 원인은 자외선, 난소, 종양, 간 질환, 내분기계 질환, 임신, 스트레스, 위장 장애, 변비, 경구 피임약 복용 등으로 여겨지고 있다. 이처럼 장황하게 열거된다는 것은 원인을 잘 알 수 없다는 뜻이기도 하다. 그만큼 기미가 생기는 원인은 다양하고 광범위해서 현대의학으로도 정확한 원인을 밝혀내지 못하고 있다.

그러나 분명한 것은 30~40대 초반 여성들에게 흔한 질환으로, 사춘기 이전의 소녀나 폐경기가 지난 여성들에게는 거의 발생되지 않는다. 이는 기미의 발생시기가 한창 원숙한 아름다움을 뽐낼 수 있는 시기이다. 때문에 더욱 큰 고민거리가 된다. 이처럼 기미는 흔한 질환이나 요즘은 기미 때문에 고민에 빠진 남성들도 점차 늘어나고 있다.

기미는 불규칙한 모양의 연한 갈색, 암갈색 반점이 얼굴 좌우에 대칭을 이루어 나타나며, 주변 피부와 구분이 두드러진다. 특히 햇볕에 노출되는 부위인 이마, 뺨, 광대뼈, 등에 발생하며 햇볕에 노출될수록 그 색이 더 짙어지는 까닭에 햇볕은 기미의 가장 큰 적이다. 특히 임산부는 기미가 생기기 쉬운데, 출산 후 대부분 좋아지나 일단 생긴 기미는 자연 치유가 쉽지 않다. 경구 피임약을 끊으면 점점 좋아지나 5년 이상 남는 경우도 있다. 간혹 간이 나빠져서 기미가 생길 수도 있으나, 기미가 생겼다고 해서 모두 간이 나쁜 것은 아니다. 피부영양 공급을 활발하게 해서 신진대사가 좋아지면 기미를 예방할 수 있으며, 기미가 있다 하더라도 옅어진다.[7]

또한 수면부족, 과로도 기미의 원인이 되는데 수면은 기미뿐만 아니라 피부 전체에도 영향을 미치므로 충분히 수면을 취해야 좋다. 기미에 있어서 특히 나쁜 것은 자외선이다. 자외선은 멜라닌 세포를 자극하여 멜라닌 색소를 많이 만들어 내기 때문이다. 또한 담배를 피우면 니코틴 성분이 모세혈관을 수축시켜 피부세포에 혈액 공급이 나빠져 피부가 검어지며 기미가 생길 수 있다. 담배를 피우는 여성의 경우, 잔주름과 노화가 비흡연 여성보다 훨씬 많고 빠르다는 보고서들이 속속 발표되고 있다.

주근깨는 직경 5㎜ 이하의 갈색 또는 암갈색 반점들이 깨알처럼 얼굴에 나타나는 증상으로 주로 햇볕에 노출되는 광대뼈, 코, 뺨, 이마 부위에 생긴다. 머리가 붉거나 금발인 백인에게 많고, 흑인이나 황인종들에게는 상대적으로 많지 않으며 선천성, 유전성 질환이 아닐까 생각된다.

주근깨는 표피층 얕은 곳에 위치하고 있어 치료 효과가 비교적 높다. 치료법으로는 화학적 박피 요법, 전기 소작법, 냉동 치료법, 레이저 치료법 등이 있는데, 요즘에는 화학약품에 의한 박피 요법과 레이저 치료법이 많이 이용되고 있다. 주근깨 치료 후 햇볕에 노출되면 피부가 약간 거무스름해지는 색소 침착이 생길 수 있으

---

7) http://www.doctorlaser.co.kr 신학철 피부과

나 시간이 지나면 저절로 없어진다. 그러나 주근깨는 선천적으로 타고나므로 시술 후 재발할 수 있음을 알아야 한다.[8]

갈망식미용법으로 주근깨 등을 제거할 때는 우선 ① 분무기로 김을 쏘이면서, ② 얼굴 마사지를 해 준다. ③ 손바닥으로 얼굴을 비빈 후, ④ 밀방크림을 바른다. ⑤ 바른 부위에 밀방크림이 마르면 연속 몇 차례 더 발라 준다. ⑥ 24시간이 지난 뒤 깨끗한 물로 씻어 낸다.

위와 같이 미용술을 마친 뒤 10~12일이 지나면 주근깨가 말끔하게 제거되고 재발하지 않는다. 주근깨를 제거하고 나면 얼굴에 잔주름이 없어지고 모공이 수축되는 부가가치가 있으며 시간적으로 경제적으로 짧고 저렴하다.

4. 노인반점(검버섯, 흑자)의 제거법

흑자는 40~50대 부근, 저승꽃이라고도 부르는 검버섯은 60대 이후에 많이 생기지만 나이에 맞지 않게 20대에 흑자가 생긴다든지, 40대에 검버섯이 생기면 당사자의 입장에서는 아주 당황스러울 수밖에 없을 것이다. 이런 나이에 맞지 않는 변화를 경험하는 사람들의 경우는 대개 집안에 가족력이 있어서 일찍 피부에 변화가 생기는 경우가 제일 많은 편이고, 그 외에는 주로 바깥 활동이 많은 직업종사자들에서 볼 수 있다.

과거에 일부 멋스런 여성들이 사용했던 것과는 달리 이제 자외

---

8) http://www.doctorlaser.co.kr 신학철 피부과

선차단제는 남녀노소를 불문하고 자신에 맞는 제품을 선택해서 사용하는 것이 익숙해지고 있다. 나이 50 중반이 되면 얼굴표면 눈자위에서부터 검은 반점이 보이기 시작한다. 노인반점은 병이 아니기 때문에 걱정할 것은 없지만 조금이라도 젊어지려는 것이 인간의 보편적인 마음이고 보면 제거하는 게 좋다. 현재까지 검버섯을 제거하는 법은 병원에서 레이저 수술을 하는 경우도 있지만 본 미용원에서는 갈망식 미용법을 통하여 아주 저렴한 가격으로 깨끗이 제거할 수 있다.

노인반점 등의 제거법은 ① 먼저 얼굴을 깨끗한 물로 씻는다. ② 밀방크림을 바른다. ③ 5~8분 후에 크림을 씻어 낸다. ④ 15~18일이면 말끔하게 제거된다. 나이와 관계없이 깨끗한 피부로 밝은 이미지를 주는 것은 보는 사람에게도 즐거움이다. 노인반점과 같은 색소질환은 햇빛 노출에 의하여 또다시 발생할 수도 있으므로 치료 후에도 자외선차단제(선크림)를 꾸준히 발라서 또 다른 검버섯이 나타나는 것을 예방해야 한다.

Ⅳ. 갈망식 미용법의 효과적 반응

1. 미용법을 통한 심적 상처 치유효과

외모지상주의인 '루키즘(lookism)'이란 말은 뉴욕타임스의 칼럼니스트 윌리엄 새파이어가 인종, 성, 종교, 이념 등에 이은 새로운 차별 기제로서 '외모'를 지목해 사용한 용어다. 이처럼 용모가 개인 간 우열과 인생의 성패를 가르는 잣대로 부각되고 있다는 말이다.

그러나 정작 루키즘, 또는 외모차별주의가 극단화하고 있는 곳은 우리 사회다. 잘난 외모는 경외의 대상이 되고, 못난 외모는 공공 연히 비하의 대상이 된다. 이런 풍조에서 '살아남기 위한' 외모 가 꾸기에 남녀노소도 따로 없다. 사회 전체가 더 이상 '개성'과 '인 격'을 논하는 것이 무의미한 집단 '몸 히스테리' 상태에 빠져들고 있다.

외모차별주의라는 또 다른 얼굴을 지니고 있다. 여기에 대중매체 가 치열한 경쟁을 우선으로 여기는 현실에 가세해 아직 가치관이 정립되지 않은 청소년을 내몰게 된다. 다시 말해 외모가 인종과 종 교, 성만큼이나 차별의 이유로 자리 잡은 것이다. 이로 인해 청소 년들은 겉모습만 보고 잘난 사람과 못난 사람을 차별하는 비정상 적인 현상이 일어나게 된다.

최고 명문대 출신의 의사 L 씨(30·여), 모 결혼정보회사를 통해 20여 차례나 선을 봤지만 한 번도 '애프터 신청'을 받지 못했다. 작은 키와 통통한 체형 때문에 조건만 본 남성들로부터 계속 제의 가 들어오지만 더 이상 자존심을 구기고 싶지 않다고 했다.

역시 명문대 경영학과를 졸업한 K 씨(27)는 학창시절 친구들에 게는 '전설'이었다. 만점 가까운 학점과 토익점수, 현지 연수를 통 한 유창한 회화실력 등, 하지만 그는 모든 유수기업의 면접에서 모 조리 탈락했다. 왜소한 체격과 어수룩한 인상 때문임을 아는 K 씨 는 뒤늦게 공무원 시험 준비를 시작했다. 없어져야 할 '용모단정' 이란 구인조건이 오히려 남성 구직자에게까지 확대되고 있는 셈이다.

결혼상담소의 A 씨는 "성격은 알아서 맞출 테니 외모만 맞춰 달라는 게 회원들의 요구"라며 "외모가 떨어지면 직업, 학벌이 아무리 좋아도 눈높이를 낮춰야 한다."고 전했다. 심지어 이제 외모는 계층구분 표식으로까지 인식된다. 성형시술을 받고, 정기적으로 피부관리를 하고, 헬스클럽에서 몸매를 가꾸는 일은 웬만큼 재력이 있어야 가능한 일. 결혼정보회사 ㈜선우의 전선애 팀장은 "'명문가 팀' 고객의 용모가 일반회원들에 비해 빼어나다."며 "자신에 대해 아낌없이 투자한다는 얘기"라고 했다.9)

그러나 이처럼 외모로 인해 차별받고, 따돌림을 받는 데서 '살아남기 위한' 외모 가꾸기, '몸 히스테리' 상태에서 외모가 인종과 종교, 성만큼이나 차별의 이유로 자리 잡은 이때에 이러한 차별로 인해 많은 청소년들이 마음에 큰 상처를 입고, 자신이 가진 외모로 인하여 심한 갈등을 겪게 되므로 가치관 성립의 중요한 시기에 청소년들은 아노미 혼란을 겪고 사회에 나가서도 방황하는 악순환에서 갈망식 미용시술법을 통한 시술은 이러한 이들에게 마음의 상처를 치유하는 데 좋은 효과를 주고 있다고 본다.10)

그 실례로 맥스웰멀쯔라는 유명한 성형외과 박사가 '새로운 미래를 소유한 새로운 얼굴'이라는 책에서 밝히는 바에 따르면 얼굴 수술을 받은 사람들이 새로운 생애의 문이 열렸다는 개인의 경험담을 수록한 책인데 한 사람의 얼굴에 변화가 생겼을 때 놀랍게도 성격의 변화가 함께 동반되었다고 진술하고 있다.11)

---

9) http://www.xism.com

10) http://kin.naver.com

11) David A Seamand Healing for Damagedemotions 송헌복, 상한 감정의 치유, 도서출판 두란노: 서울 1986 p.76 - 86.

2. 미용법을 통한 사회적 자신감 회복

탐 마샬에 의하면 존경받는 사람의 가치측정의 근거가 있다고 하고 그 입장을 아래 표와 같이 적용하고 있다. 아래 표에서 보면

가치측정	어떻게 가치를 얻는가?	존경스럽게 여긴다.
본능적인 (내재적인)	주어진 것 얻는 것이 아님	개인의 영원한 가치
성품	얻는 것이지 주어진 것이 아님	개인의 어떠함 어떤 사람이 되느냐?
행함	얻는 것 주어진 것이 아님	개인이 어떠한 일을 했는가(성취했는가)?

인간의 육체적 가치는 내재적인 것으로 볼 수도 있을 것이다. 그러나 성형, 또는 미용술을 통하여 새로이 얻을 수도 있게 되었다. 그러나 그 사람을 존경하는 것은 '그 사람이 어떠한 사람이 되느냐? 또는 어떠한 일을 했느냐?'에 따른 것이라고 한다. 그러나 사람들은 육신적인 모습에서 그 가치를 이루고자 하는 생각을 누구든 가지고 있다. 또 이러한 입장에서 성형은 새로운 인간의 가치를 창출하므로 깨어진 인간관계를 회복하는 계기를 마련해 준다고 본다.12)

일반적으로 성형수술 후 반응은 2가지로 분류된다. 성형수술에 성공하여 만족하여 자신감을 갖고 살아가는 부류와 부작용으로 인해 평생을 고통스럽게 살아야 하는 부류로 나누어 볼 수 있다. 미용술을 원하는 대부분의 고객은 모두 첫 번째의 경우처럼 기대를

---

12) Tom Narshall Right Reltionships, 채두병 역, 깨어진 관계의 회복, 도서출판 예전단: 서울 1995 p.73 - 81.

걸고 큰 결심을 한 뒤 수술대에 오르지만 100% 성공을 할 순 없다. 모든 일에 100%의 가능성은 없으리라고 보는 게 일반적 견해일 수 있다.

어떤 경우는 쌍꺼풀 수술의 실패를 비관하여 자살한 여학생의 경우도 흔하게 일어나고 있다. 외모 콤플렉스를 극복하고 예뻐지기 위해 받은 수술이 잘못되어 자기 스스로 목숨을 끊는 것과 달리, 수술대 위에서 의사의 잘못으로 환자의 목숨을 앗아가거나 평생을 불구로 살아야 하는 경우도 매스컴을 통해 많이 방영되고 있다.

시대가 많이 달라졌다. 예전 조선 시대에는 부모님이 주신 신체를 함부로 하지 못하는 것이 부모에 대한 효라고 했지만 지금은 자신의 의지와 욕심에 따라, 그리고 돈만 있다면 아름다운 신체와 외모를 얻을 수 있다. 실제로 길거리를 가다 보면 인형같이 예쁘장한 여자들은 많지만 멋진 남자들은 예쁜 여자만큼 흔하지 않다. 여성들이 화장을 하고 액세서리로 많이 꾸미는 편이지만 성형이 여성들에게 더욱 보편화되어 있다는 것도 큰 이유가 될 수 있는 것 같다.

인터넷으로 외모 콤플렉스라는 단어를 검색을 하였더니 의사전달 효과 역시 몸짓, 표정, 시선에 55% 의존하며, 목소리 톤은 38%, 정녕 중요한 발표내용은 7%만 의존한다. 이런 비논리적이고 비균형적이며, 비상식적인 외모 위주의 변질된 세상에서 평범한 사람들이 살아간다는 것은 쉽지 않다.

그러나 미용술에 성공한 사례들은 주로 TV스크린에 나오는 연예들이다. 이를 기화로 외모 콤플렉스로 인해 성격 장애가 생기고 정상적인 사회생활을 하기 곤란했던 사람들이 성형술로 인해 자신감을 갖고 지금까지의 삶과 다른 삶을 살아가고 있다. 성공적인 미용술은 이처럼 사회적으로 대인관계를 개선하고 이로써 자신감을 얻고 직장생활, 결혼생활에 성공적 삶을 살아가고 있다.

필자는 연길시에서 10년간 미용술을 해 오고 있다. 이제 필자에게 미용을 받은 사람은 수를 헤아리기가 어렵다. 그러나 아직까지는 치명적 실수가 단 한 번도 없었다. 만약 필자가 갈망식 미용술을 실현하는 중에 실수가 있었다면 더 이상 이 일을 계속할 수 없을 것이다. 아직도 이 일을 계속할 수 있다는 것은 단 한 번의 실수도 없었기 때문이라고 말할 수 있을 것이다.[13]

V. 결론

철학자 파스칼은 말하기를 "인간은 생각하는 갈대"라 하였다. "나는 생각한다, 그러므로 나는 존재한다."는 철학적 인간상을 말한다. 또한 "인간은 사회적인 동물이다. 인간은 권력욕구의 동물이다. 인간은 성적동물이다."라고도 한다. 이런 정의들은 인간의 철학적, 심리학적, 생리학적, 사회적 차원을 말하고 있는 것들이다.[14]

이런 의미에서 필자는 미용학적 차원에서 인간을 말하라면 "인간은 미를 갈망하는 동물이다."고 하겠다. 그리고 "여성의 그 갈망은 남성의 갈구에 대한 응답으로 인간의 기본적 본능에 대한 표현"이라고 말하고 싶다. 필자는 이러한 철학적 사고로 갈망미용원을

---

13) www.hotdiet.co.kr,myhome.naver.com 중앙성모외과 hp, 윤경태성형외과 hp.
14) 정용섭 철학개론, 한들출판사: 서울 2001, p.207-210.

개설하고 여성들의 미의 갈망(욕구)에 응답하기 위한 실제적 연구를 거듭한 결과 필자만의 독특한 미용법을 창안하게 되었고 이 미용법을 감히 '갈망식 미용법'이라고 명한 것이다.

앞으로도 필자는 '갈망식 미용법'에 대한 더 깊은 생각과 실제적 연구를 통하여 미를 갈망하는 여성들과 인간의 육체적 미로 인하여 고민하고 아파하면서 방황하는 이들에게 미용을 해 줌으로써 그늘진 이들에게 새로운 가치를 창출해 주고 삶의 의미를 더해 줌으로써 이 사회를 더욱 밝혀 나가고자 하는 데 그 의미를 찾고자 하는 마음으로 본서를 고찰하는 바이다.

지난 1년간 최고경영자 과정을 통하여 많은 것을 배우고 생각하게 해 주고 연구하는 자세를 갖게 하여 준 연변과학기술대학에 감사를 드리며 본서를 쓸 수 있도록 지도하여 준 문교수님께도 감사를 드리는 바이다.

Ⅵ. 참고자료

* 단행본
1. 정용섭, 철학개론, 한들출판사: 서울 2001.
2. David A Seamand Healing for Damagedemotions, 송헌복 역, 상한 감정의 치유, 도서출판 두란노: 서울 1986.
3. Gerald Cprey Theory and pract;ce pf counseling and psychotherapy, 한기태, 상담과 심리요법의 이론과 실제, 성광문화사: 서울 2001.
4. Tom Narshall Right Reltionships, 채두병 역, 깨어진 관계의 회복, 도서출판 예전단: 서울 1995.

5. Rich Van Pelt Intensive care nelping teenagers in crisis, 오성춘 · 오규
훈 역, 사춘기 청소년들의 위기상담, 한국장로출판사: 서울 1995.

B. 인터넷 사이트

http://kin.naver.com/open100/entry.php?docid = 25163
http://kin.naver.com/open100/entry.php?docid = 131906
http://kin.naver.com/open100/entry.php?docid = 92947
http://www.xism.com/zne200108/2001080901.htm
www.xism.com/zne200108/2001080901.htm
www.hotdiet.co.kr,myhome.naver.com 중앙성모외과 hp,
www.hotdiet.co.kr,myhome.naver.com 윤경태성형외과 hp,
http://www.withmi.co.kr 美피부과의원
http://www.doctorlaser.co.kr 신학철 피부과

Ⅰ. 卒業論文

제목 : 글로벌 시대 기업의 발전적 경영관리안

제출자 : 과기대최고경영자과정 신영숙

Ⅰ. 서론

1. 연구의 동기와 목적

필자의 2004년은 정말 기억할 만한 해이다. 지난 1년간 과학기술대 CEO 과정을 연수하면서 필자는 자신이 운영하는 기업에 대해서 다시 한 번 이론적으로 연구해 보고자 하였다.

지난 1년 CEO 과정을 연수하는 중에 새 시대의 특성을 파악해 보고자 하였다. 그리고 시대에 맞는 기업 경영과 마케팅 전략과 종업원의 관리는 어떻게 해야 할지, 그리고 경영자로서의 나는 어떻게 처신해야 할지에 대하여 생각해 보았다. 이런 뜻에서 필자는 '글로벌 시대 기업의 발전적 경영관리안'에 관심을 두고 연구해 보고자 하였다.

우리는 지금 글로벌 시대에 살고 있고 연변은 지리적으로 좋은 금삼각지에 위치해 있다. 앞으로 남북한 철도가 개통되고 러시아와의 관계를 도모한다면 연변을 중심으로 한 글로벌 기업들을 바라보게 될 것이다. 본 논문은 이런 시대적 상황에 부합하여 자치주 내의 기업들에 조금이나마 도움이 되기를 바라는 것도 필자의 작은 소망이다.

2. 연구의 범위와 방법

본 연구의 범위는 역사적인 고증이나, 연구 없이 현재 기업 환경

입장을 살펴보고 앞으로 오는 세대를 준비하고자 하는 미래에 관심을 두고 그 범위를 잡기로 하였다.

연구 방법은 인터넷 자료를 중심으로 기업의 현재 상황을 고찰하고자 하였다. 본 연구를 준비하면서 도서의 결핍을 많이 느꼈으나 다행히 인터넷 자료를 통해서 필요부분을 채울 수 있어서 다행으로 여긴다.

지난 1년간 저희를 가르쳐 주신 여러 강사님들께 감사드리며 많은 시간을 드려서 논문을 지도해 주신 문 교수님께도 깊은 감사를 드리는 바이다.

Ⅱ. 21세기 글로벌 시대관리

1. 글로벌(Global, 汎世界的去來)의 의미

글로벌이란 말의 뜻은 범세계적 거래라는 말로서 외환에 대한 통제완화 내지 자유화에 따른 국제간의 유동성 흐름의 원활화와 1980년대 중반 이후 전자 통신기술 및 컴퓨터의 발달로 시간, 장소, 유가증권의 발행지를 불문하고 하루 24시간 내내 세계 어느 시장을 대상으로 해서라도 거래를 할 수 있는 시스템을 말한다.

이러한 범세계적 거래가 대두된 것은 각국 시장의 자유화, 국제화의 급속한 진행과 아울러 기관투자가의 발달과 상대적으로 축소되어 가는 미국시장의 비중에 대응하려는 증권회사들의 적극적인 업무개발에서 비롯되었다. 이러한 상황 하에서 여유자금을 운용해야 할 투자자의 입장에서는 위험의 지역적 분산 및 가장 높은 수익을 찾아서 전 세계시장을 대상으로 투자처를 찾게 되며, 자금을 조달하는 입장에서도 세계 어느 시장에서든 낮은 비용과 가장 유리한 조건으로 자금을 조달하려고 할 것이다.

지구촌 거래를 가능케 하는 환경적인 요소를 열거해 보면 ① 시장정보가 실시간(real time)으로 전 세계에 전달이 가능해진 점, ② 정보가 범세계적으로 정형화되어 투자하고자 하는 대상기업이나 증권분석이 보다 용이해진 점, 그리고 ③ 세계시장과 정보망이 연결되어 국제간의 증권 거래 및 결제를 용이하게 해 주는 점 등이다.[1]

우리는 지금 바야흐로 글로벌경영(global management) 시대에 살고 있다. 즉, 세계적인 시야와 활동범위로 생산·조달의 거점을 이동시켜 시장수익원의 분산과 국제분업의 조직화를 꾀하는 경영방식이다. 다른 말로는 이를 글로벌리즘이라고도 한다. 예컨대 전기제품을 만들어 낼 경우 관세·운임·품질 등의 국제적 변화를 참작하고 가장 품질이 좋고 가격이 싼 부품을 입지적으로 가장 유리한 생산거점에 모아서 생산하여 각지의 시장에 판매하는 방식이다.

최근 글로벌 기업들은 기업의 구매활동 범위를 범세계적 시야로 확대한다. 그래서 외부에서 조달하는 비용의 절감을 시도하는 구매전략을 일컬어서 글로벌 소싱(global sourcing)이라고 한다.

예를 들어서 어떤 곳에서 건설관리 사업을 함에 있어서 포스트 리엔지니어링(post reengineering) 활동의 일환으로서 매우 유망한 비용절감의 수단이다. 글로벌 소싱을 한다는 것이다. 해외 건설공사를 우선 수주한 한 업체가 그 공사의 전 공정을 혼자 도맡아 하지 않고, 각 공정별로 다른 업체에 하도급을 주어 공사를 추진하는 방식도 그 한 예이다. 이러한 시공 방법은 현장관리를 위하여 투입되는 인건비와 차량을 비롯한 장비투입경비 등이 감소될 뿐만 아니라, 부가가치도 높여 주는 건설관리사업(CM) 분야의 일종으로서 여러 기업들에서 많이 채용하고 있는 것이 현실이다.[2]

이처럼 세계는 지금 어느 국가를 묻지 않는다. 어느 곳이든지 비용 절감을 위해서는 나라를 가리지 않는다. 글로벌 시대는 국가를 따지기 전에 비용을 따지고, 시간을 따지고, 기술을 따지고, 품질을 따진다. 여기에는 금융상품, 물류상품, 기술상품을 따지지 않는다.

예를 들어서 일본 관광객들이 일본에서보다도 한국에서 휴가를 보내는 것이라든지, 한국 사람이 중국을 찾기보다도 동남아를 찾는 것은 동남아의 항공료나, 골프장 사용료나, 음식 값이나, 서비스의 질이 중국보다 좋기 때문이다. 이처럼 우리는 글로벌 시대에 요구와 의식을 잘 파악할 필요가 있다고 본다. 글로벌 시대의 요구는 많으나 제일 중요한 것은 고객(또는 기업)의 요구를 맞추는 것이다.

소비자들은 글로벌 브랜드에서 무엇을 기대하는가? 정치적인 이유로 인해 그 가치가 훼손되지는 않을까? 이러한 질문은 비단 글로벌 브랜드의 본거지인 미국뿐만 아니라 다른 나라도 상당한 의미를 가질 수 있다고 본다. 2002년 미국 하버드 경영연구소 시장조사 기업인 Research International USA와 공동으로 서로 다른 국가의 소비자들이 '글로벌 브랜드'에 어떠한 가치를 두는지를 발견하기 위해 2단계의 대대적인 연구프로젝트를 수행했다.

처음은 41개국 소비자들의 '글로벌 브랜드'를 인식시키는 핵심적 특성들을 확인하기 위한 질적인 연구가 행해졌다. 다음은 이들 브랜드의 상대적 중요성을 측정하고자 12개국의 1,800여 명의 소비자들을 상대로 직접 인터뷰 조사를 하였다. 전 세계의 소비자들은 글로벌 브랜드를 규정하는 세 가지 특징을 기준으로 상품을 구매하고 평가한다는 것을 상세 하게 보여 주었다.[3]

2. 글로벌의 품질신호 Quality Signal

소비자들은 국경을 넘나드는 기업 간의 맹렬한 경쟁시대에 살고 있고, 그리고 그 경쟁의 승리자(victor)에게 아낌없는 찬사를 보낸다. 포커스 그룹의 한 러시아 참여자가 "브랜드 제품을 사는 사람이 많을수록 품질은 더 좋아집니다."라고 말한다. 이에 대해서는 스페인 소비자도 동의한다. "나는 글로벌 브랜드 상품을 좋아합니다. 타사 제품보다 더 좋은 품질, 더 나은 개런티를 제공하기 때문이죠."

이러한 자각은 종종 각종 프리미엄을 제공하는 '글로벌 브랜드'에 대한 설명에 논리적인 도움이 된다. 소비자들은 ① "글로벌 브랜드는 '값비싼' 대가로 획득한 것이지만, 그에 비해 제품 가격은 합리적이라 할 만합니다."

소비자들은 ② 글로벌 기업들이 신제품 개발을 위해 부단히 노력하고, 라이벌 기업보다 더 빠른 속도로 기술개발을 위해 노력한다고 믿는다. 따라서 ③ 글로벌 브랜드란 '매우 역동적이고, 새로운 것'으로 인식되기도 한다. ④ 글로벌 브랜드는 매우 박진감이 넘친다. 그들은 늘 신제품을 따라잡기 위해 노력한다. 이에 반해 로컬 브랜드는 현실에 안주한다.

이것은 중요한 변화이다. 최근까지의 소비자들의 품질에 대한 가치와 기술적인 솜씨에 대한 인식은 '제품의 원산지가 어디인가'라는 국가와 밀접한 관계에서 출발하였다. 일본의 전자제품, 이탈리아의 디자인과 같이, 'Made in USA'라는 프리미엄은 소비자들의 중요한 선택사항이었다. 그러나 기업 간 글로벌경쟁시장은 '품질'이라는 1차적 선택을 능가하지 못함을 암시한다.

국가 원산지와 브랜드의 친밀도의 상관관계를 분석하면, "원산지가 어디인가"라는 질문은 여전히 유효하나, 단지 1/3 수준만이 글로벌 브랜드를 나타내는 강력한 힘이 된다. 전 세계의 소비자들은 글로벌 브랜드와 관련하여 1차적으로 제품의 품질을 우선하는 것이다.[4]

3. 글로벌 브랜드의 신화 Global Myth

소비자들은 글로벌 브랜드를 하나의 문화 이상으로 간주한다. 즉, 글로벌 브랜드란 전 세계인들이 심적으로 공유하는 '가상의 문화'를 창조하고 있다. 따라서 글로벌 기업들은 가장 높은 품질의 제품을 위해서뿐만 아닌 글로벌의 매력이 나타내는 문화적 이상을 추구하기 위해 끊임없이 경쟁한다.

① "글로벌 브랜드는 각국의 사람들을 세계적 시민으로 만드는 듯한 착각을 줍니다." ② "글로벌 브랜드는 '국가'의 경계를 넘는 '세계'의 일부로 우리에게 세계인이라는 소속감을 줍니다." ③ "로컬 브랜드는 우리의 현 모습에 불과합니다. 그러나 글로벌 브랜드는 우리가 열망하는 이상을 보여 주죠."

제2차 세계대전 이후, 맥도날도 햄버거, 리바이스의 T셔츠, 잭 다니엘스의 위스키는 세계적인 아메리칸 신화이다. 그러나 그것은 미국의 생활방식과는 관계가 없는 이상의 상징이다. 맥도날도 햄버거, 리바이스의 T셔츠, 잭 다니엘스의 위스키 등은 전 세계인의 마음에 심어 둔 아메리칸 신화의 상징이지만, 그것은 미국인의 생활방식과는 관계가 없는 문화의 상징이기 때문이다.[5]

4. 글로벌 기업의 사회적 책임 Social Responsibility

사람들은 거대기업들은 긍정적이든 부정적이든 사회에 절대적인 영향을 휘두른다는 것을 알고 있다. 사람들은 기업이 그들이 파는 상품들과 기업을 행하는 방식 등과 관련하여 추가로 사회적인 문제 등에 관심 가지기를 기대한다. 소비자들은 기업들이 공공의 건강, 근로자의 권리, 그리고 환경문제 등의 의무를 잘 수행하고 있는지에 대해 감시한다.

이와 관련하여 과거의 불명예스러운 사례들, 80년대 아프리카에서의 에어웨이브-네스틀社의 죽음을 감수한 시장화 전략, 84년 유니온 카바이드社의 인도보팔사건, 89년 알레스카에서의 엑선발데즈號의 기름유출사건, 95년 영국의 석유재벌 Shell社의 오일유출로 인해 나이지리아 국민 수천 명의 목숨을 앗아 갔던 아픈 기억을 사람들은 기업의 사회적 문제에 대해 특별한 의문을 요구하기에 충분한 것이었다.

① "나는 아직 Shell 社의 오일사기 행각을 용서하지 못합니다."

② "맥도널드는 이윤의 일부를 지역사회에 돌려준다고 하지만, 그 것은 그들의 의무입니다. 그들은 돈을 많이 벌고 있고, 그들은 이 익을 사회에 돌려주어야 합니다."

기업의 사회적 의무라는 가치평가는 결코 평등하지 않은 것이 사실이다. 소비자들은 로컬 기업에게는 결코 엄격한 잣대를 요구하 지 않는다. 그러나 BI, Shell과 같은 거대기업에게는 '글로벌' 수준 의 엄격한 잣대를 요구한다.

마찬가지로 사람들은 로컬 기업의 노동력 착취를 못 본 체할 수 있겠지만 나이키, 폴로와 같은 거대기업에는 결코 참지 않는다. 이 같은 기대는 유럽의 선진 국가는 물론 중국, 인도와 같은 개발도상 국에도 적용된다.[6]

Ⅲ. 감성 중심의 마케팅관리

1. 감성마케팅(emotional marketing)의 의미

'시장의 마케팅 변화를 리드하는 기업은 성공하고, 그렇지 못한 기업은 도태된다.'는 것은 현대 마케팅 관점에서 주지의 사실이다. 그러나 더욱 중요한 것은 사회가 진화하면서 마케팅의 변화 속도 도 점점 더 빨라지고 있다는 것이다. 현재 그 변화의 중심이 '감성 마케팅'인데, 이러한 현상은 막강한 구매파워를 가진 20~30대가 이성적 구매보다 자신만의 감정에 충실한 소비를 하고 있다는 면에서 그 중요성이 더 부각될 전망이다.

감성 마케팅이란 기업의 상품과 활동을 소비자의 감성욕구에 맞춰 최적화하는 기법이다. 즉 물질적 자극에서 더 나가 소비자 마음을 상대로 하는 감각정보를 통해 소비자의 감성에 부응하는 것이다. 이를 위해 오감(시각, 청각, 미각, 후각, 촉각)에 기초한 정보를 받아들인다는 점을 핵심으로 소비자들의 감성적 측면을 강조한 21세기형 마케팅이다.

따라서 감성적 마케팅 핵심은, 기업은 기술력 바탕의 상품을 만들어 소비자의 감성에 호소하는 마케팅을 전개하는 것이고, 고객은 그 상품 혹은 브랜드에 대해 자기만의 가치를 느끼고 Brand Loyalty(브랜드 로열티/상품의 값)를 계속 높여 나가는 것이다. 감성 마케팅 시대에 고객이 구매 이유는 제품 그 자체를 사는 것만이 아닌 아름다워지고 싶은 꿈, 경험, 즐거움, 자부심, 인간적 인정 등을 사는 것이다.[7]

2. 감성마케팅의 동기, 시기 및 그 취지

'데그립고베'의 CEO인 마크 고베는 "스타벅스는 단지 커피만 파는 곳이 아니라 사람들이 커피를 마시면서 즐겁고 친밀한 분위기를 느낄 수 있는 감성적인 경험이다."고 말한다. 최근 10년간 가장 성공적 기업으로 뽑힌 '스타벅스'는 상품 경쟁력과 새로운 경험을 제공하는 감성마케팅의 대표적 사례다. 커피의 맛을 위해 고객은 스타벅스를 찾기도 하지만 사람들은 커피 맛보다 다른 곳에서 느낄 수 없는 '스타벅스만의 문화'가 존재하기 때문이다.

스타벅스 커피의 CEO 하워드 슐츠는 스페셜 커피의 시장 가능성이 무궁무진할 것으로 전망했다. 당시 소비의 주도계층으로 부상하는 베이비 붐 세대의 등장은 슐츠에게 이러한 확신을 심어 주기에 충분했다.

그들에겐 건강, 가족, 가벼운 사교모임의 욕구가 강하게 자리 잡았고, 그 같은 욕구를 스타벅스가 충분히 실현시켜 줄 것으로 믿었다. 따라서 그의 사업전략은 "어느 누구도 강력한 리더로서 자리 잡고 있지 못한 스페셜 커피 시장에서 전국적 지명도, 충성도를 지닌 1위로 자리매김하는 것"이었다.

그는 스타벅스가 제공하는 스페셜 커피와 바리스타의 서비스, 매장에서 느낄 수 있는 분위기와 낭만이 있으면 사람들을 끌어들일 수 있을 것으로 확신했다. 사업 초기 슐츠가 스타벅스에서 실현하고자 했던 비전은 스타벅스를 단순한 소비재로서의 커피가 아닌, 특별한 질과 서비스, 그리고 만남의 공간을 제공하는 브랜드화된 커피 서비스였다. 슐츠의 이러한 전략은 적중했다.

1987년 6개의 매장, 100명의 종업원으로 시작한 스타벅스는 이후 10년 만에 25,000명의 종업원과 1,300개 이상의 매장을 가진 전국적 기업으로 성장한다. 현재 북미 전역, 아시아, 유럽 등에 진출하여 세계적인 기업으로 도약하였다. 오늘날 스타벅스는 과거 커피 이상의 정서적 일체감을 주는 문화적 상징이다. 어떤 지역에서는 스타벅스가 마치 현관 앞뜰의 연장인 것처럼 사교모임을 편안하게 가질 수 있는 제3의 장소가 되었다.

"우리는 결코 브랜드를 구축할 의도는 없었다. 초창기 우리는 커피를 판매하고 매장을 개점하랴, 종업원 교육하랴, 너무 바빠 브랜드 전략에 대해 생각할 수 없었다. 그러나 언제부터인지 하나의 브랜드가 5년도 안 돼 전국적으로 알려진 것은 특이한 일이다. 뒤돌아보건대 나는 어떤 경영학 서적에도 없는 방법으로 브랜드를 만들었다는 것을 깨달았다." 그의 말대로 스타벅스는 대중매체를 통한 광고의 지원이 거의 없었음에도 고객의 감성에 호소하는 방법으로 단시간 내에 세계적인 브랜드를 만든 것이다.[8]

3. 5가지 감각을 자극하는 마케팅

스타벅스 커피는 '소비자의 감각'을 적절히 자극시키는 오감 마케팅 전략을 충실히 구사하고 있다.

포근하고 안락한 매장분위기: 스타벅스 매장은 왠지 포근하고 안락하다는 느낌을 가지게 한다. 갈색 톤의 나무 장식과 인테리어소품들은 은은하고 자연스럽다. 이는 커피 본연의 맛과 향기를 자연스러운 분위기에서 느끼도록 해 준다. 스타벅스 매장이 만들어 낸 분위기는 스타벅스의 가장 큰 성장 동인이다. 스타벅스는 고객들이 단지 커피를 마시는 장소 이상의 어떤 체험을 할 수 있는 곳이다. 이를 위해 스타벅스의 모든 매장은 고객이 보고, 만지고, 듣고, 냄새 맡고, 맛보는 모든 체험효과를 높이기 위해 세심히 디자인됐다.

커피, 그 이상의 커피: 스타벅스 매장에 발을 들여놓으면 대부분의 경우 커피향에 도취하게 된다. 그 향기는 고객들이 도취되도록 풍부하고 깊은 맛이 강하고 암시적이다. 이러한 커피향을 지키기 위해 매장 내 흡연금지와, 인공향의 커피도 일절 판매하지 않는다. 또한 강한 향의 음식물 판매도 않는다.

고객의 감성을 자극하는 섬세한 매장관리: 고객이 스타벅스에서 들을 수 있는 클래식, 재즈, 오페라, 블루스 등의 음악은 소리의 한 요소에 불과하다. 주문한 후 고객은 캐셔가 자신이 주문한 음료 이름을 부르는 것을 듣는다. 그러면 그 소리는 뒤에 있는 바리스타에게 전달된다. 에스프레소 기계의 '쉬~' 하는 소리, 바리스타가 필터 안에 있는 커피가루를 빼기 위하여 톡톡 치는 소리, 우유가 금속 피처 안에서 부글부글하는 끓어오르는 소리, 커피가 갈리는 소리 등등 매장 내에서 날 수 있는 모든 소리는 고객들에게 친밀하고 편안하게 들릴 수 있도록 관리되고 있다.

이 외로 고객들의 손안에 있는 컵이 따뜻하게 느껴지도록, 손이 가는 모든 것에 따뜻한 배려가 숨어 있다. 의자 스타일, 진열대 모서리, 마루결 구조, 청결까지도 스타벅스다움을 느끼도록 배려돼 있다. 매장의 분위기 창출과 관련된 요소들 하나하나는 열띤 토론에 의해 결정된 것이다. 고객의 오감으로 느끼는 모든 요소가 매장 내에서 사전에 철저히 관리되고 있다.[9]

4. 감성마케팅 전개의 향후 계획과 포부

이성마케팅 시대에 있어 구매의 준거는 성분, 기능, 가격, 품질 등이다. 그러나 경쟁이 치열해짐에 따라서 이러한 중요한 요소들이 거의 평준화되었고 소비자들은 제품의 속성에서 커다란 차이를 느끼지 못하게 되었다. 그러자 소비자들은 구매의 기준을 감성에 의존할 수밖에 없게 된 것이다. 어쩌면 기술의 발전이 제품의 평준화를 가져오고, 제품의 평준화가 감성마케팅을 불러왔는지도 모르겠다. 사회의 발전 속도가 워낙 빨라서 언제 또 다른 마케팅 방법이 개발될지는 알 수 없지만, 개성을 중시하는 감성을 중시하는 분위기가 지속되는 동안에는 감성마케팅이 지속될 것으로 보인다.

이젠 더 이상 "스타벅스 커피가 세계에서 가장 맛있는가?"란 질문은 의미가 없다. 고객들에게 중요한 것은 스타벅스를 통해서 자신의 욕구를 어떻게 충족시킬까? 일반적으로 분류되는 체험마케팅 5유형이라 할 감각마케팅, 감성마케팅, 지성마케팅, 행동마케팅, 관계마케팅 중 감성마케팅은 분명, 브랜드 마케팅시대의 주역이라 할 수 있다. 마케팅에 있어 브랜드가 주인공인 이 시대에, 감성은 브랜드의 힘을 극대화시킬 수 있는 아주 중요한 원천이다.

요즈음 사회적으로 대두되는 명품 마케팅이 자리를 잡게 된 가장 큰 이유도 이 감성마케팅에서 찾을 수 있다. 아마 이성적으로 그 제품가격을 따지면서, 그 브랜드의 감성적인 호감을 느끼지 못한다면 비싼 값으로 물건을 구입할 이유가 없을 것이다. 이처럼, 감성마케팅은 예전에 볼 수 없던 새로운 구매 패러다임을 만들어냈고, 브랜드 전략이 가장 중요한 브랜드마케팅 시대에 있어 가장 우선시돼야 할 브랜드 전략 요소임에 틀림없다.[10]

Ⅳ. 경영 중심의 고객관리

1. 경제가치의 원천은 고객의 관계이다

글로벌 시대 요구의 첫째는 고객 중심의 경영이다. 이는 최근 고객에 대한 중요성이 얼마나 큰지를 나타내는 말이다. 어떤 이는 "경제는 고객 경제이다."고 말한다. 우리는 닷컴 기업들의 주가가 그들 고객들의 생애가치와 관련이 있다고 믿는다. 왜 고객들의 생애가치가 그 기업의 주가 판단의 척도가 되고 있는가? 그것은 오늘날 현대 비즈니스 역사상 최초로 수백만 고객들과 상호작용적 관계가 가능해졌기 때문이다.

경제가치의 원천은 상호 작용하는 고객의 관계다. 그러므로 가치 극대화를 위해 기업가는 필요한 고객정보를 얻어야 한다. 관계가 깊어 갈수록, 고객들의 호감도도 증가한다. 이러한 고객 경제가 오늘날 기업의 주가평가와 AOL/타임워너 합병 같은 것을 가능하게 하였다. 사실 시장에서는 AOL이 타임워너보다 높게 평가되고 있었다. 그 이유는 그들이 보다 고객과 친밀하고 상호 작용적인 관계를 가지고 있기 때문이었다.

만약 강하고, 깊고, 상호 작용적인 고객 관계를 구축하는 것이 당신 회사의 미래가치를 결정짓는 중요한 요인이라면, 지금 고객들에 대한 정보를 어떻게 모으고, 사용할지를 중요하게 살펴보아야 할 때다.

2000년 1월 10일, AOL은 타임워너와 합병을 발표했다. 이 거대한 합병에서 가장 주목할 것은 50억 불의 수익을 올리는 AOL이

280억 불의 수익을 올리는 타임워너를 쉽게 샀다는 것이다. 그 이유는 주식시장에서 AOL의 시가총액이 1,640억 달러인 반면, 타임워너는 970억 달러였기 때문이다. 이 합병이 제기됐을 때 AOL은 2,200만의 온라인 고객이 있었고, 타임워너는 2,775만의 회원을 가지고 있었다. 그러나 주식시장은 AOL의 고객은 일인당 7,454달러로 평가했고, 타임워너는 3,450달러로 평가되었다.

왜 AOL 고객들의 가치가 두 배 가까이 되는가? AOL은 그들의 고객과 그들을 유지하는 방법, 그리고 그들의 일생을 관통하는 지속적인 관계를 통하여 돈을 더 많이 버는 방법을 알고 있었다. AOL은 일주일에 서너 번씩 고객들에게 반응을 보였으나, 타임워너는 그들의 상품 공급 후 청구서 보내는 것이 전부인 수동적 고객관계를 가지고 있었다.

많은 닷컴기업의 평가는 고객들의 생애가치에 기반을 두고 있다. 물론 AOL/타임워너의 사례는 인터넷 경제의 거대한 변화에서 작은 일례일 뿐이다. 다른 좋은 예는 Amazon의 주가에서 찾을 수 있는데, Amazon의 주가가 최고로 높은 이유는 CEO인 Jeff Bezos가 고객을 획득하고, 유지하며, 그들 각자와 깊고, 넓은 관계를 가지는데 초점을 맞추고 있기 때문이다.[11]

2. 고객관계는 비즈니스가치에 직접 비례한다

당신의 고객이 누구인가를 아는 것은 그들이 반응하고, 일생 동안 지속되는 가치 있는 관계를 만들어 주며, e - 비즈니스 전쟁에서 승리하는 열쇠가 된다.

그 첫 단계로 당신의 최종고객이 누구인지 알아내는 것이다. 그들을 알아내고 고객의 이름과 e - mail 주소로 맞이하라. 다음 단계는 당신이 필요한 고객의 배달주소지와 청구주소지, 전화번호 등 다른 신상 정보들을 파악하라. 그들은 신뢰를 통하여 자신의 정보와 그 가치들을 공급하고, 또한 교환하려 할 것이다. 당신은 또한 최종고객들을 전체적으로 바라보는 복합적인 시각을 가져야 한다. 예를 들어 Fidelity는 그들 고객에게 고용보험을 판매할 때, 그들 사업에서 소매 브로커들이 주요한 고객의 한 측면이 된다.

당신은 어떻게 고객들의 정보를 유인할 것인가? 만약 당신이 고객과 사업 관계를 가졌다면, 그들이 누구인지 알아야만 한다. 그들이 당신의 상품이나 서비스를 구매한다면, 누구인지 알아서 더 좋은 서비스를 해야만 한다. 당신의 초기 목적은 당신이 고객들과 관계를 확실히 하는 것이다. 고객이 의사결정을 하고, 구매하고, 사용하는 사이클에서 가능하면 빨리 이루어져야 한다. 그것은 휴렛팩커드처럼 잉크젯 프린터를 구매하는 모든 사람들의 정보를 웹사이트에서 프린터 드라이버를 다운로드하는 것으로 알아냈다.[12]

3. 경영목적은 주도적인 고객 시나리오다

최종적으로 각각의 고객들이 선호하는 접점들(전화, 이메일, Web, 직접접촉, PDA 등)과 그 내용을 알아야 한다. 또한 고객들이 어떻게 서로 다른 종류에 반응하고, 그들이 특히 선호하는 채널들은 무엇인지 알아야 한다. 다음은 당신이 진실로 알아야 할 것들이다.

① 당신은 얼마나 자주 각각의 고객들에게 반응하는가? ② 그들은 얼마나 자주 당신에게 반응하는가? ③ 그들은 얼마나 자주 당신에게서 구입을 하는가? ④ 그것은 어떤 채널을 통해서 이루어지는가? ⑤ 그들은 얼마나 최근에 구매하거나 반응했는가? ⑥ 그들이 주문하는 평균 가치는? 주문량의 변화는 반복될수록 어떠한가? ⑦ 그들이 구매한 당신의 제품과 서비스는 얼마나 많은 카테고리를 가지고 있는가? ⑧ 고객들은 어떻게 만족하는가? ⑨ 그들은 얼마나 자주 불평하고, 또 그것들은 어떻게 처리되는가? ⑩ 이 결과가 더 높은 충성도를 가진 고객이 되게 하는가 아니면 싫어하는 고객이 되게 하는가? ⑪ 그들은 결제와 서비스에 문제를 가지고 있는가? ⑫ 그들은 친구들, 동료들에게 당신의 비즈니스를 말하는가? ⑬ 당신의 비즈니스가 고객들에게 반응할 때 일반적 목적은 무엇인가? ⑭ 그 반응의 목적은 무엇인가? ⑮ 그들은 조사, 거래, 유흥을 위해서 오는가? 기회는 그들이 당신에게 어떤 것을 얻기 위해서 온다는 것이다. 그들은 무언가를 사거나, 배우거나, 고치거나, 즐기는 것을 필요로 한다. 그들이 원하는 것을 수행하도록 선택할 기회를 주고, 그 정보와 내용을 파악하여 더욱 쉽게 다가오도록 제공하라.

당신의 고객들에 대한 정보 수집의 초점은 무엇인가? 그것은 그들이 좋아하고, 싫어하는 것은 무엇이고, 그들이 이루고자 하는 것, 그들을 대상으로 하는 광고는 무엇인지를 수집하는 것이 아니다. 당신이 고객들과 친밀한 관계를 가지려는 목적은 그들과 일생 동안의 관계를 갖자는 것이다. 당신은 그들과 수초가 아닌 수년 동안 계속되는 관계를 가지는 것을 원할 것이다. 이것이 당신이 어떻게

당신의 e-비즈니스의 가치를 만들어야 하는가 하는 것이다.[13]

일본의 야마하자동차 회장의 말을 상기해 본다. "기업이란 물건을 팔아 고객의 마음을 사는 것이다." 이 말은 경영의 가장 기본을 말해 주는 아주 짧고도 정확한 핵심을 찌르는 진리다. 고객의 마음을 산다면 돈은 자연히 고객을 따라 오기 마련인 것이다.

Ⅴ. 종업원 중심의 노무관리

1. 종업원이 가져야 할 기업의식

종업원의 기업의식을 기업귀속의식 또는 모랄서베이(morale survey)라 한다. 근로자는 기업의식을 가지는 동시에 조합의식을 가지고 있다고 하여 근로자의 이중충성이 거론되기도 한다. 기업의식은 사회적 지위, 역사적 사명, 정치적 임무 등에 대한 자각(계급의식)이나, 노동조합이 단결하는 자각(조합의식)과는 기본적으로 대립한다.

기업의식을 높이기 위하여 기업 내 교육제도, 인간관계 개선 등 갖가지 근대적 방법이 기업 위기의 심화와 더불어 노무관리 속에 채용되어 오늘날 노무관리의 분야에서 큰 자리를 차지하고 있다. 최근의 '생산성 기준원리'의 제창이라든지, 행동과학과 결부된 목표관리·ZD(무결점)서클·QC(품질관리)팀 등의 소집단주의 관리 등에도 기업의식을 조장하려는 경향이 있다.

모랄서베이는 士氣調査, 태도조사라고도 한다. 종업원이 자기의 직무・직장・상사・승진・대우 등에 대하여 어떻게 생각하는지를 측정・조사하는 것이다. 이를 기초로 인사관리・노무관리・복리후생 등 종업원의 근로의욕을 높이고 기업발전 기여에 목적이 있다. 기업이 점차 커감에 따라 경영자와 종업원 사이의 의사소통이 어렵게 되자 모랄서베이는 특히 주목을 받게 되었다.

측정법은 2가지로 대별된다. ① 종업원의 활동과 성과를 기록하고, 그 추세와 갑작스런 변화에 주의하여 근로의욕, 태도를 파악하는 관찰법으로서 불평불만의 횟수와 내용, 결근율과 이직률 및 재해율, 작업의 실패율 등이 그 지표가 된다. ② 태도조사법으로서 면접 또는 설문지에 의하여 종업원의 태도와 의식 상태를 조사하는 방법이다. 면접은 시간과 비용이 소요되므로 일반적으로 설문지에 의한 방법이 채택된다.[14]

종업원의 애사정신 고취 방법 중 자격급이 있다. 종업원이 자격취득에 따른 임금에 차이를 두는 제도로 직무급, 연공급의 절충 형태다. 종업원의 직무수행 능력의 종류, 정도가 구분된 임금이다. 이는 직능급을 확대, 제도화한 것으로 기업 내 자격취득 제도를 마련하고 자격취득 시 그에 해당하는 임금을 명시하여 근로의욕 고취, 기업 내 상대적인 임금액 차이, 임금액 체계를 명시하여 직무향상의욕 자극과 대응관계를 도모한다.

기업의 자격급 제도는 ① 자기발전 욕구충족과 근로의욕을 향상, ② 종업원의 자기개발(自己開發)의 의욕, 경영성과의 고취, ③ 직무승급의 인사관리 경직성 방지, 연공에 따라 자동 승급되는 연공급 지양의 장점이 있다. 그러나 형식적인 자격기준으로 기업경영상의 실질적 능력 소홀, 자격취득 시 실시되는 시험제도가 조직의 분

위기와 인적 질서 저해요인의 단점이 있다.[15)

2. 종업원이 중심 된 노무관리(勞務管理, labor management)

노동력의 종합적, 계획적, 체계적 시책과 인사관리는 동의어로 쓰이나 엄격히 구별된다. 인사관리가 생산과정의 효율적 노동력 이용의 직접적 시책임에 대하여, 노무관리는 생산과정과 노동자의 인격적 작용과 기계화 등이 초래하는 비인간화를 막고 노동의욕 향상을 위한 시책이라 할 수 있다. 따라서 고용, 노동력 배치, 산업훈련, 인사고과, 동기부여, 노사관계, 안전위생, 레크리에이션 관리 등의 업무를 포함한다.

노무관리의 기술적 특징은 ① 과학적 관리, 조사 실시로 근로자의 작업측정, 유휴시간을 없애고 표준작업량, 표준작업인원을 결정하여 일정시간 내의 노동밀도를 높일 수 있다. ② 집단책임제와 작업상 과실, 사고를 없애는 방안을 연구·개발하여 기업의 발전과 생산성 향상을 기도하고 자주성을 발휘시킨다. ③ 근로자의 능력을 존중하고, 능력개발·능력주의로 개개인의 감리(監理)를 강화하며, 이로써 승급·승진을 실시한다. ④ 경영자와 노동자를 대등한 위치에 두므로 분쟁, 쟁의를 미연에 방지한다. ⑤ 근로자와 기업을 대등한 처지로 이해하며, 불만, 요망사항을 필요에 따라서 기업이 받아들인다.

목표관리(目標管理, management by objectives)는 조직 전체, 개인의 목표달성과 인간의 흥미나 욕구를 만족시키는 관리방법이다.

리절트매니지먼트 또는 목표에 의한 관리로 P. F. 드러커, C. L. 슐레가 주창하였다. 이는 기업과 개인목표 합치로 근로의욕 향상, 기업의 목표달성을 이루는 것이다. 이 경우 관리자는 명령하지 않고 종업원의 자주적 결정에 필요한 정보를 제공하고 종업원 상호 간의 조정만을 관리한다.[16]

스킬스인벤토리(skills inventory)는 개개 종업원의 지식, 능력, 등을 조사하고 정확히 파악하여 기업 내 인적 자원을 적절히 배치, 활용하는 인사 관리 방법이다. 기업을 둘러싼 정세변화 대응과 기업존속, 발전을 위해 종업원의 적정배치, 능력개발이 불가결하다. 그러나 조직 확대, 종업원 수의 증가 시 개별적 관리가 어려워지므로 요구되는 지식, 기능은 더욱 전문화된다.

이 방법은 개개인의 지식, 경험, 자격, 특기, 업적 등 인적 정보의 정리, 보관 후 필요시 검색함으로써 인재의 적절한 활용, 육성을 꾀하는 제도다. 컴퓨터 등 첨단기기의 개발 보급으로 활용의 폭이 넓어지고 있다.[17]

3. 종업원이 지켜야 할 품질관리(品質管理, quality control)

俠義는 과학적 제품의 품질유지, 향상을 위한 관리이고, 廣義는 시장성 높은 제품을 경제적으로 생산하기 위한 일련의 체계적인 조치다. 일반적으로는 협의가 통용된다. 초기의 QC는 전 제품의 치수, 중량, 체적, 재료의 화학적 성분 등을 측정하고, 그것을 미리 정해 놓은 품질표준과 비교 후 적부를 판정하는 방법이다. 이 측정은 과학성이 낮고 전품검사로 인한 비용부담이 크다. 이런 결점을 극복하여 1920년대에 벨전화연구소의 W. A. 슈하트 등이 통계학을 큐시(QC)에 응용하였다. 이로써 근대적 QC로서 통계적 품질관리의 성립을 보게 되었는데, 그것이 SQC(statistical quality control)이다.

현재의 품질관리는 품질수준 유지, 향상 도모를 SQC만으로 불충분하므로, 광의로 앞에 밝힌 활동까지도 QC에 포함시키자는 주장이 있다. 그 경우를 SQC에 비교해 종합적 품질관리 또는 TQC(total quality control)라고 한다. QC는 품질표준의 설정, 품질의 검사 및 보정(補整)으로 구성된다.

품질표준의 설정 시 기본요소는 ① 품질의 최종판정자인 소비자의 동향을 투영하는 일이다. 제품이 소비자 요구에 만족하는 성능을 지녔는지 여부에서 품질가치 달성에 소요되는 비용, 즉 품질비용(불량품비용, 평가비용, 예방비용) 면에서 균형이 잡혔는지 보는 문제이다.

② 검사에는 전품검사와 발취검사가 있는데 SQC에서는 관리도를 사용하는 발취검사에 의존한다. 관리도란, 품질에 관한 측정치를 시계열적으로 상한과 하한을 관리한계선으로 나타낸 것이다. 한계 안에 있으면 품질은 정상이다. 보정활동은 품질보고를 바탕으로 하여 불량원인을 찾아내고 이에 대하여 발견과 시정조치를 취하는 것을 말한다.[18]

③ QC에서는 소정의 품질수준 유지, 신뢰받는 제품생산 하자예방, 계획단계에 역점을 둘 것인가, 또는 공정검사 단계에 중점을 둘 것인가, 아니면 애프터서비스의 단계에 주력할 것인가를 경험적으로 인식하는 것이 중요하다.

품질관리 목표는 제트디(ZD)계획, 운동 – 무결점을 위하여 종업원의 주의, 연구로 결함을 없애고 신뢰도 높은 제품(서비스)을 생산하는 한편, 낮은 코스트, 납기엄수 실현으로 고객 만족도를 높여 종업원을 계속적으로 동기 부여하는 것이다. ZD에서는 종업원이 주역이 된다. ZD의 실시에는 목표설정, 캠페인이 반드시 필요한데, 무엇보다도 종업원의 심리적 준비가 중요하다.

VI. 경영자의 선택과 변신적 자기관리

1. 경영은 선택의 연속이다

기업경영의 성공이나 우리의 삶의 질은 우리가 내리는 결단의 질로 결정된다. 많은 사람들은 결정을 내리는 데 어려움을 겪는다. 그리고 우유부단한 결정으로 인해 좌절을 맛보고 풍성하지 못한 삶을 살아가게 된다. 많은 사람들이 자신의 우유부단함을 문제로 인식조차 하지 못하고 누구나 결정하는 일은 힘든 것이라고 쉽게 생각하고 넘어가곤 한다.

결정을 못 내리는 우유부단한 상황에 처해 있을 때 대부분의 사람들은 그 문제를 해결하는 방법을 모르고 있다. 테오도르 루빈 박사(Dr. Theodore Rubin)의 연구에 따르면, 사람들이 결정을 내릴 때에 전형적으로 나타내는 반응으로 결정같이 보이지만 진정한 결정이라고 할 수 없는 '사이비 결정(pseudo decision)'이 있다고 한다.

그 몇 가지 유형을 살펴보자.

1) 지체(지연): "어떻게 되는지 기다려 보자." 또는 "그것에 대해 조금 더 생각해 보자."라고 결정한다. 꾸물거림은 실행하는 데 있어서 걸림돌이 된다.

2) 이중의식: 이것은 선택에 있어서 모두가 똑같은 가치를 갖거나 어느 것도 완벽하다고 결정 내리기 힘들다고 느낄 때 생겨난다.

3) 충동(자극): 충동적인 결정은 진정한 결정이 아니다. 그것은 공포, 걱정, 죄의식, 또는 지루함을 모면하기 위해 "뭔가를 해야 한다."는 절망적인 노력인 것이다. 충동적인 결정은 재앙을 부르는 나쁜 습관을 갖게 한다.

4) 상호의존: 항상 다른 사람이 나를 위한 결정을 하도록 하는 것이다. 이런 습관은 잘못된 안정감을 위해서 선택의 자유를 포기하는 것이다.

5) 불일치(부조화): 몇몇 사람들은 항상 다른 사람들과 정반대로 하기를 결정함으로써 그들의 불안정한 현실을 숨기려고 한다. 그들은 억지를 부리는 반항자들이다. 그들은 그들의 독립성을 표현한다고 말하지만 실제로는 그렇지 않다. 그들은 단순히 어떤 일에 대해 반동하는 사람들인 것이다. 그들은 남들이 먼저 뭘 하는지 지켜보고 난 다음에야 결정을 내릴 수 있다.

6) 편파적인 수용: 이러한 사람들은 동시에 두 가지 길을 가려고 애를 쓴다. 그들은 "내 선택은 개방적이다."라고 말할 것이다. 그러나 실제로 그것은 기회주의를 나타내는 미숙함이다. 그것은 진정한 결정을 내리기를 피하려는 또 다른 수단에 불과하다.

7) 노스탤지어(동경): 과거에 대해서 "무엇이 있었더라." 하는 생각에 많은 시간을 보내고는 오늘 현실에 필요한 중요한 결정을 내리기를 회피한다.

인생은 '선택 시점'의 연속으로 볼 수 있다. 어떤 선택을 하느냐에 따라서 방향이 결정된다. 이것은 개인뿐만 아니라 국가적으로도 마찬가지다. 리더는 카르페 디엠(Carpe Diem)의 차원을 넘어서서 카르페 비타(Carpe Vita)의 눈으로 선택할 수 있어야 한다. 카르페 디엠은 현재의 시간을 즐기고 현재의 시간을 놓치지 않는 것이다. 이것도 중요하다. 그러나 이것만으로 우리의 선택의 결과를 보장받을 수는 없다. 카르페 비타는 현재의 시간에서 생명을 붙잡는 것을 의미한다. 그러므로 지도자는 해야 할 일을 순간마다 선택하는 일이다. 올바른 선택을 하는 것이 리더의 가장 어려운 일이다.[19]

2. 경영은 합일의 기술이다

동일한 제품을 선전할 때도 동양의 광고들은 주로 집단의 선호를 자극하거나 집단이 받게 될 혜택을 강조하는 경향이 있다. 예로서 "당신 가족의 건강을 지켜 드립니다." 그러나 미국의 광고들은 주로 개인의 선호를 자극하거나 제품 구입으로 인한 개인의 혜택을 강조하는 경향이 있다("당신을 더욱 활력 있게 해 드립니다.").

자동차 광고의 경우 동양에서는 아름다운 자연 속에서 차가 달리고 있는 광경이 위주가 되지만(이때 차는 자연 풍광 속에 묻혀 아주 작게 보일 뿐만 아니라, 전면에 부각되지 않는다.), 미국에서는 차 내부의 안락함, 차의 견고함이나 안정성 등 차 자체에 초점을 맞추어 크게 부각시킨다.

일본의 닛산자동차 회사가 '인피니티'라는 고급세단을 미국에서 광고할 때 일본에서 하듯이 아름다운 자연 풍광을 계속 보여 주고 맨 마지막에 가서야 '인피니티'라는 이름을 내보였다. 그런데 아이러니컬하게도 차는 팔리지 않고, 대신 나무나 바위의 판매고가 급증했다는 웃지 못할 일화가 있다.

미국 미시간대학교 심리학 교수인 리챠드 니스벳의『생각의 지도』는 많은 실증적 증거를 토대로 이러한 문제에 진지하게 접근하고 있는 책이다. 서구인들은 동·서양의 심리차가 없는 것으로 보았으나 1980년대부터 문화가 인간 심성과 행동에 미치는 영향을 분석하는 문화심리학자들에 의해 제반 심성과 행동의 문화 간 차이의 보편성 가정은 허물어지기 시작했다.

니스벳은 공자와 아리스토텔레스를 동·서양 사고의 전형적인 예로 들면서, 고대 중국인들은 사람과 사물들 간의 관계를 중시하여, 전체 맥락 속에서 통합과 조화를 지향하나 고대 그리스에서는 개인의 자율성과 개별적 사물의 본질적 속성을 중시하여 논리적 분석과 양자택일식의 선택을 지향하는 사고양식의 차이가 오늘날까지도 이어진다고 주장한다.

세상사를 인식하는 양식에서도 이러한 동·서양의 차이가 드러난다. 동양인은 전체 맥락을 중시하여 초점 자극뿐만 아니라 배경 자극도 잘 지각하고 기억하지만, 서양인은 초점 자극은 잘 기억하나 그것이 놓여 있는 맥락이나 배경은 잘 기억하지 못한다.

그렇다면, 세계화를 지향하고 있는 현재의 추세에 비추어 볼 때, 이러한 사고양식의 문화차는 앞으로 어떻게 될 것인가? 혹자는 세계화의 진행에 따라 동양적 특징은 소멸하고 모두가 서구화될 것이라 보기도 하고, 또 혹자는 동·서양의 차이가 더욱 심화될 것이라 보기도 한다.

그러나 니스벳은 단순히 동양이 서구화되거나 양자의 차이가 극단화하여 대립하게 되지 않고, 서양적인 것과 동양적인 것이 서로 결합하여 수렴될 것이라고 예측한다. 각각의 사고양식의 약점은 상대방의 장점에 의해 보완될 수 있으므로 이러한 수렴을 통해 서로의 발전이 촉진됨은 물론, 동·서 간의 상호 이해의 폭도 넓어질 수 있을 것이다.[20]

3. 경영은 변신해야 산다

장사는 몇 번씩 변신을 해야 한다. 특히 도시개발로 인해서 상권이 변하는 일이 종종 있기 때문에 과감하게 업종을 바꾸거나 장사하는 장소를 바꾸어야 한다. 장사하는 장소를 바꾸는 것을 입지 선택이라고 한다. 서울 동대문에 밀레오레가 처음 생겼을 때 선풍적인 인기를 끌었었다. 남대문 시장에서 의류를 지방 상인들에게 도·소매하던 상인들은 옛날의 명성을 믿고 그대로 주저앉아 있었다.

그러나 일부 몇몇 상인들은 과감하게 동대문의 밀레오레로 이주했고 선풍적인 인기를 끈 밀레오레에 의해 많은 돈을 벌었다. 그러나 남대문에 그대로 주저앉아 있던 상인들은 많은 고객들을 밀레오레에 빼앗겨 고통을 겪어야 했다. 밀레오레에 진출했던 상인들은 몰려오는 손님들로 인해 돈을 벌고 상가를 분양받아 막대한 돈을 벌었다.

남대문 상인들도 고객들이 동대문으로 몰리자 본격적인 변신을 시도했다. 거리를 단장하고 대대적인 광고에 들어갔다. 동대문과 차별화하기 위해 지방 상인들에 대한 예우도 파격적으로 실시하고 주차장도 넓혔다. 동대문에 팔 수 없는 제품들도 팔아서 고객들을 유인하는 작전을 펼쳤다. 남대문 상권은 2년이 지나서야 다시 활기를 찾기 시작했다.

장사는 적성에 맞아야 돈을 번다. 그러나 장사를 하는 사람들이 모두 적성에 맞아서 장사를 하고 있는 것은 아니다. 대부분의 장사들이 명예퇴직을 하거나 취업을 할 수 없기 때문에 장사를 하고 있다. 적성에 맞지 않으면 의욕이 떨어진다. 그러나 돈을 벌기 위해 장사를 시작했으면서 적성이 맞지 않는다고 넋을 놓고 있으면 망한다. 망하기 위해서 장사를 하는 사람들은 없을 것이다. 이럴 때는 적성을 변화시켜야 한다. 장사가 맞지 않으면 맞도록 자신을 변화시켜야 한다.

미국의 시사주간지가 2005년도에 인생을 풍요롭게 하기 위해서 바꾸어야 할 50가지 방법을 선정한 것처럼 자신이 바꾸어야 할 항목을 10가지쯤 정해 놓고 매일같이 그 기준에 맞는지 맞지 않는지 살펴야 한다. 부자가 되기 위한 첫째 조건은 실행력이다.

음식점을 하는 사람들은 최고의 맛을 내기 위해 끊임없이 연구해야 하고 이를 실행에 옮겨야 한다. 음식 만드는 일에 관심이 없다고 맛도 없는 음식을 계속 팔고 있으면 장사로 돈을 번다는 것은 요원한 일이다.

오랫동안 정부기관에서 근무하는 C 씨는 정년퇴직을 앞두고 박사학위를 가지고 있음에도 불구하고 화원을 개업할 준비를 했다. 그는 평소에도 일요일이면 매번 김포나 서초동의 꽃집을 찾아가 분재와 화초에 대해서 배웠다. 그리고는 정년퇴직을 하자 점포 임대료까지 모두 합해서 5천만 원을 투자하여 화원을 개업했다. 그의 화원은 대박을 터트리는 장사는 아니었으나 정년퇴직하기 전에 근무했던 정부기관의 봉급에 육박하는 수익을 올리고 있다.

그는 박사이면서도 거창한 사업을 하려고 하지 않고 변신을 도모했다. 자신의 전문적인 분야와는 전혀 다른 것이었다. 그러나 그는 일요일마다 화원을 찾아가 스스로를 적응시켜 장사로 돈을 벌게 되었던 것이다.[21]

Ⅶ. 결론

제3의 물결 저자인 엘빈 토플러는 제1의 물결을 농경시대로, 제2의 물결을 산업화시대로 그리고 현시대의 제3의 물결은 정보화시대라 말한 바 있다. 정보화 사회의 특징은 인터넷으로 지구촌 시대를 열고 그 결과 기업적으로는 글로벌이라는 범세계적 기업을 창출해 냈다. 이제 더 이상 국가와 브랜드를 따지는 국경은 없다.

글로벌 시대는 좋은 제품 - 브랜드, 좋은 판매술 - 마케팅만이 살아남는 길이 될 것이다. 우리 CEO들은 바로 이러한 글로벌 시대는 국경 없는 무한경쟁 시대임을 알고 우리의 빗장을 열어젖힌 WTO가 전적으로 실행되는 2006년을 바라보며 이제 눈을 떠야 할 때이다.

지금 이 시대의 특징은 매우 감각적이다. 그래서 오감의 작용에 맞는 제품과 서비스를 할 수 있는 상품관리, 서비스관리를 연구해야 되겠다. 그것이 바로 스타벅스 커피에서 배우는 바이다. 스타벅스의 '소비자의 감각'을 적절히 자극시키는 오감 마케팅 전략을 다시 한 번 터득해야 하겠다.

최근 기업경영의 중심은 상품을 제조하는 제조업자가 아니라 상품을 구매하는 고객이 곧 경영의 중심이라는 발상전환을 해야만 하겠다. 고객을 왕으로 모시는 기업만이 생존하는 시대임을 깨달아야 한다. 고객은 이제 난외가 아니라 기업의 중심이다.

성공하는 리더는 종업원을 가족으로 알고 종업원은 기업을 부모로 알고 봉사하는 애사정신을 도모할 수 있는 관리제도를 새롭게 찾아야 하겠다. 종업원이 기업 중심에서 일할 때 비로소 올바른 제품－서비스를 창출할 수 있다고 본다.

마지막으로 글로벌 시대 기업의 발전적 경영관리의 브레인은 리더인 경영자 자신이다. 리더는 시대적 변화에 따른 정확한 선택, 지혜로운 합일점을 찾아야 한다. 날로 변화하는 시대에 변신하는 리더만이 생존할 것이다. 이것이 배우고 실천하는 글로벌 시대 CEO상이라 믿는 바이다.

Ⅷ. 인용자료 및 각주

1) http://terms.naver.com/item.php

2) http://100.naver.com

3) Ibid

4) Ibid

5) Ibid

6) Ibid

7) http://cafe.daum.net/ceoreport 조두환/ 더 브레인 컴퍼니 기획이사

8) Ibid

9) Ibid

10) Ibid

11) http://cafe.daum.net/iamceo
    2000.09.07한국능률협회 인터넷 비즈니스센터 자료실

12) Ibid

13) Ibid

14) http://100.naver.com/100.php

15) http://100.naver.com/100

16) http://100.naver.com/100.php

17) http://100.naver.com/100.php?id=99142

18) http://100.naver.com/100

19) http://www.daum.net/온누리 리더십 편지

20) http://cafe.daum.net/ibmarket

21) http://cafe.daum.net/iamceo 야주식 美體 健康法의 効果와 前望

Ⅰ. 卒業論文

제목 : 야주식 미체 건강법의 효과와 전망

제출자 : 연변과기대최고경영자과정 마명자

Ⅰ. 序論

1. 硏究動機와 目的

필자는 지난 일 년간 과기대 CEO(최고경영자 과정)를 공부하는 동안 자신의 인생과 사업에 대해 너무도 소중한 배움의 기회를 가지게 되었다고 본다. 그래서 이제부터라도 배운 바대로 훌륭한 CEO

로 살아야겠다는 의지를 새롭게 가지게 되었다. 필자는 지난 10여 년간 의학미용원 사업을 경영해 왔다. 필자는 이 질문에 대하여 이 번 기회를 통하여 이 질문에 응답하는 기회를 갖고자 한다.

이를 위해서 필자는 금번 CEO 과정을 통하여 배운 이론과 지식 들을 이용하여 "어떻게 효율적으로 건강과 아름다움을 지켜 나갈 수 있을까?" 하는 문제에 대하여 찾아보고자 한다. 그러므로 나의 사업에 대한 이론적 정리와 함께 앞으로 필자의 사업을 전망해 보 고자 한다.

2. 硏究方法과 範圍

본 연구방법은 문헌자료와 인터넷자료와 야주식 제품설명서를 이 용하여 이론을 제공받았다. 필자는 본 연구를 통하여 미의 기준이 시대적으로, 민족적으로 문화적으로 다름을 살펴보고자 한다. 그리 고 '야주식' 방법에 따라 어떻게 미체를 조성해 가는지에 대해서 논하고 마지막으로 '야주식' 방법에 따른 미체의 효과는 무엇이며 앞으로 '야주식' 방법에 따른 미체 조성은 어떻게 발전해 나갈지에 대하여 전망해 보고자 한다.

Ⅱ. 美體에 대한 平價基準의 差異

1. 時代別로 본 美의 基準

미의 기준은 시대별로 다르다. 작년(2004년) 말에도 해일이 일어 났던 서태평양의 섬들 중에는 원시시대에도 자주 일어나는 지진으로 인하여 섬에 사는 부족들이 굶주림에 대비하여 지방을 축적하고 다산을 할 수 있는 뚱뚱한 여인 몸매를 이상적으로 보았다고 한다. 한 번 해일이 일어나면 일 년씩은 굶기를 밥 먹듯 해야 한다고 하니 수확기에 접어들 때 해일이 한 번 더 일어나면 이 년을 굶을 수도 있다고 한다. 그러다 보니 남자들의 눈에 아름다운 여인이란 종족을 유지시킬 수 있는 여자, 2년을 굶더라도 살아남을 수 있는 여자, 즉 뚱뚱한 여자를 이 부족의 미인으로 쳤는데 따라서 절구형에 비만한 히프, 풍만한 가슴과 배를 가진 여성을 미인으로 쳤다고 한다.

그런가 하면 그리스(헬라) 시대에는 건강한 인체미를 중시했는데 자연형의 탄력 있는 몸매를 미인이라고 하였는데 사과모양의 가슴, 화장기 없는 창백한 얼굴이 미인으로 인기를 끌었다고 한다.

로마 시대에는 식민지로부터 얻는 물질이 풍부했으므로 여성이 미를 가꾸는 것에 대해 관심이 컸다고 한다. 그러한 시대적 분위기의 영향으로 화려한 유형에 야한 화장이 유행했다고 한다. 그리고 일자 눈썹과 하얀 치아에 날씬하고 털 없는 몸을 가진 여성이 미인으로 칭송받았다고 한다.

중세시대는 성욕구가 억제되었던 가톨릭교회의 암흑기로 그때 역시 시대적 분위기가 강하게 작용했다고 한다. 당시의 미인상은 순결함을 연상시키는 작은 가슴과 히프, 흰 살결, 금발에 넓은 이마를 가진 여성, 즉 성녀처럼 느껴지는 외모를 가진 여성을 최고로 아름다운 미인으로 꼽았다고 한다.

16세기에 이르러 인간에 대한 관심이 커졌던 르네상스 때에는 성숙미를 풍기는 여성이 아름답다는 평가를 받았다고 한다. 그래서인지 원뿔모양으로 솟은 가슴이나 통통한 턱, 풍만한 허벅지를 가진 성숙한 여성이 미인이었다고 한다. 아마도 자유주의와 종교개혁에 따라서 여성들이 자유로운 모습으로 자신을 표현하기 시작했다고 추측된다.

19세기 말에는 말 그대로 염세적이고 회의적인 세기 말의 분위기였다. 그에 따라서 그런 분위기에 걸맞게 여성들도 유령처럼 핏기 없는 피부에 야윈 몸매, 퀭한 눈, 파인 볼을 가졌었고 그런 여성들이 두드러지는 때였다. 이러한 여성들의 유행이 시대의 상황을 잘 반영해 주고 있다.

1950년대까지 20세기 전반만 하더라도 세계대전을 치르면서 전쟁으로 인구가 급격히 감소하게 되었다. 그러므로 제2차 세계대전 직후엔 다산을 해야 하는 생물학적인 욕구가 강해졌다고 한다. 따라서 미인의 유형도 큰 가슴과 굴곡 있는 풍만한 몸매와 뇌쇄적인 표정을 가진 여성들이 미인으로 각광받았다고 한다.

20C후반(1980~1990년대)에 이르러서는 환경문제와 개성이 테마였던 20세기 말에는 자연스런 피부 톤을 드러내는 내추럴(자연)화장, 지적이면서도 섹시(성적)함을 겸비한 여성이 눈길을 끌었다. 그리고 한마디로 개성적인 여성이 아름다운 여인으로 인정받던 때이

기도 하다.

　21세기 새천년의 미인상은 아무래도 변신술에 능하고 당당한 여성이 사랑받을 것으로 전망된다. '미테크 컨설턴트'를 자임하는 김삼 박사는 자유분방함이 21세기 미녀의 기준이 될 것이라고 말한다. 물론 여전히 마른 몸매를 목적으로 부단한 노력을 하는 여성들이 많지만 단지 살을 빼려는 목적만이 아닌 건강을 위해 노력하고 자신감을 가진, 그리고 자신의 콤플렉스도 상품화할 수 있는 뚜렷한 개성을 가진 여성이 미인이라 할 수 있다고 한다.

　그동안 뚜렷한 이목구비와 성적인 매력을 미인의 조건으로 봤지만 이제 시간마다 변화하는 불확실성의 시대에서 정형화된 이미지는 더 이상 받아들여지기 힘들다는 의미로도 해석이 된다.

　시대적 미인의 기준을 보았을 때 나름대로의 차이는 있지만, 역사적으로 회의적인 분위기가 지배했던 19세기 말을 제외하고는 공통적으로 건강미가 넘치는 여인이 미인으로 여겨졌다는 걸 알 수 있다. 그리고 이러한 건강미인 선호는 금세기에도 달라지지 않을 것으로 보인다.[1]

2. 民族別로 본 美의 基準

　미의 기준은 시대별로만 다른 것이 아니고 민족에 따라서도 그 기준이 다르다. 가끔 텔레비전에서 다큐멘터리를 할 때 보면 아프리카의 어느 소수민족들은 미의 기준이 우리와는 너무도 다른 것

---

1) http://kin.naver.com/browse/db_detail.php

을 볼 수 있다. 나무를 둥글게 주걱처럼 만들어서 입술을 찢고 그 속에 그 나무를 넣어 입술을 주걱처럼 튀어나오게 만들고 미인이라 하는데 입술이 불편해서 물도 잘 못 마시지만 얼굴은 항상 밝은데 그 이유는 자신은 미인이기 때문이라는 것이다.

미얀마의 한 부족은 목에 링을 여러 개로 칭칭 감고 목을 새처럼 길게 만들어서 미인이라고 한다. 목에 상처가 나고 녹이 나서 허물이 벗겨져도 어려서부터 그것을 이기고 결국엔 평생을 그 링과 함께 산다. 왜냐하면 그렇게 해야 미인이기 때문이라는 것이다. 어떤 부족들은 여자들의 온몸에 문신을 하기 위해 칼로 상처를 내서 일부러 치료하지 않고 덧나게 만들고 그 흉터가 많을수록 아름다운 여자라고 한다. 오래전 전통사회에서 살아온 조선족들이 아름답다고 생각해 온 얼굴은 쌍꺼풀 없는 작고 가는 눈에, 복스럽고 약간은 퍼진 듯하지만 둥글둥글한 코, 얼굴은 보름달같이 둥글고 희며 뺨은 통통하고, 입술은 앵두처럼 붉고 탐스러워야 하며 버들가지와 같이 가는 허리에 연적 같은 젖무덤, 푸짐한 엉덩이를 가져야 최고의 미인으로 보아 왔다. 곧 건강하고 풍만한 여성이 아름답다 생각하였다.

그 이유는 우리 조선족 사회가 농업을 산업의 근간으로 했다는 것에서 찾을 수 있다. 사람들이 일찍 사망하는 경우가 많았던 옛날에는 인력을 확보하기 위해 다산을 필요로 했다. 또한 식량이 넉넉하지 못했으므로 건강과 풍만함은 미인의 필수 조건이었을 것이다.

"복스럽게 생겼다."는 말은 인정과 덕을 중시했던 선조들이 생각한 아름다운 얼굴을 짐작할 수 있다. 그리고 유교 윤리에 입각한 '현모양처'를 여성이 삶을 통해 이뤄야 하는 아름다움으로 생각했다. 무엇보다도 우리 전통사회에서는 일찍부터 미녀의 첫째 조건으로 꼽았던 기준은 '우아하고 정숙하며 맑은 태도' 바로 그 점이었다고 한다.[2]

3. 文化別로 본 美의 基準

서양의 미의 기준은 얼굴이 갸름하고 광대뼈의 윤곽이 선명하며, 적당한 크기의 코와 눈초리가 살짝 올라간 눈을 미인으로 본다고 한다. 서양인들의 골격 구조와는 약간 다른 미인형이다. 영화배우 소피아 로렌을 보면 동양적인 관점에서는 미인이라고 할 수 없다. 조선족의 기준으로 보면 광대뼈와 턱뼈가 튀어나온 여자는 팔자가 사납고 억세 보이는 인상이라 시집가기에도 과히 좋은 인상이 아니라고 여겼다. 그렇지만 서양에서는 그녀를 미인으로 생각하고 영화나 광고에 출연시키고 세계미인대회에서도 이런 기준으로 미인을 선발하고 있다고 보면 될 것이다.

이처럼 동서양의 문화와 관습으로도 미인의 기준은 달라진다. 서양에서는 눈초리가 처진 사람을 '바보 같다'고 표현하지만, 우리는 오히려 눈초리가 처진 눈을 '착하고 순한 사람'으로 여긴다. 광대뼈에 대한 인식도 살펴보면 사뭇 다르다. 서양에서는 광대뼈가 약간 나온 입체적인 얼굴을 선호하지만 우리 조선족은 광대뼈가 튀어나오면 '팔자가 사납다'는 생각이 지배적이다. 그래서 서양인들은 광대뼈 세우는 수술을 하고, 동양인들은 광대뼈를 깎는 수술을

---

2) http://kin.naver.com/browse/db_detail.php

하는 것이다. 코 성형도 마찬가지로 반대다. 코가 지나치게 크다 보니 서양인들은 코뼈 깎는 수술을 하고 동양인들은 반대로 콧대를 세우는 수술을 한다.

입술 같은 경우는 같은 기준을 가지고 있는 듯하다. 동양에서도 앵두같이 도톰한 입술을 아름답게 생각했으며, 서양에서도 부풀린 듯 섹시한 입술을 아름다운 것으로 여긴다. 소피아 로렌의 입술을 떠올려 봐도 그렇다. 얼마나 도톰하고 섹시한지. 그런데 요즘 한국 사람들의 미적 기준 변화와 서양인이 선호하는 한국미인은 오래전 전통 사회에서의 미적 기준과 다르다. 현재 우리의 미적 기준은 한참 다르다. 크고 쌍꺼풀진 서글서글한 눈에 오뚝한 코, 작은 턱과 작고 갸름한 얼굴형 등 매우 서구적인 것을 지향하게 되었다.

성형은 물론이고, 푸른 눈을 위한 컬러 렌즈나 황금빛의 염색 등 상당히 서구적 미를 표현하는 장식적 노력에 투자하는 젊은이들을 보는 것도 아주 일반적인 경향이다. 얼마 전 프랑스 파리에서 열린 '오트 쿠튀르 컬렉션 패션쇼'에서 한국의 대표모델로 선발된 모델은 서구인 기준에서 본 동양 미인이라 할 수 있다고 한다. 오늘날 우리가 꼽는 서구적 미인형, 또는 한국적 미인형과 달리 얼굴은 그들만이 꼽는 동양 미인형(한국인에겐 결코 미인이라 할 수 없는)이다.

서양인들이 아름답다고 생각하는 한국 얼굴이 이처럼 '에스닉'한 골격인 것을 보면 동서양의 미인 기준은 역시 다르다고 봐야 할 것이다. 한국인들이 눈, 코, 입 생김새를 따지는 데 비해 서양인들은 광대뼈와 턱선, 어깨선 등 인체 골격선과 어울리는 흐름을 본다는 점에서도 다르다. 이처럼 서양인들이 서구적 몸매에 그들 관점의 동양 미인형 패션모델을 선호하는 이유는 아마도 패션업계가 그들

이 갖고 있지 못한 독특한 아름다움을 원하기 때문으로 본다.[3]

Ⅲ. 美體 造成의 當爲性과 方法論 比較

1. 美體 造成의 當爲性

앞 장에서 보았듯이 美體에 대한 人間 平價基準은 時代的, 民族的, 文化的으로 그 基準이 각기 다름을 보았다. 우리가 보기에는 입술을 넓히기 위해서 나무주걱을 만들어 입술을 찢고 튀어나오게 만들므로 목에 여러 개의 링으로 칭칭 감아서 목에 상처가 나고 녹이 나서 허물이 벗겨질 만큼 고통을 당하고 온몸에 문신을 하기 위해 칼로 상처를 내서 그 흉터를 남기므로 아름다워지려는 여인들의 행위는 어쩌면 미개해 보이고, 섬뜩해 보이고, 처량해 보이기도 하지만 아름다움을 위해서라면 무엇이든 감수하려는 그 노고야말로 미를 조성함에 있어서는 나름대로 당연히 받아들여야 할 당위성이 있음을 보게 된다.

인간의 곡선은 미를 상징하기도 하지만 그 곡선이 곧 건강을 상징하는 건강선이기도 하다. 곡선을 파괴하는 비만은 건강상으로 볼 때 고지혈증을 초래하며 고혈압, 신혈관계질병을 유발하게 된다. 혈중 지방증에는 동맥경화를 일으키고 관상동맥에 누적되어 심근경색을 일으키고 머리혈관에 누적되어 뇌혈관이 터지게 되어 결국

---

3) http://kin.naver.com/browse/db_detail.php

중풍에 이르게 된다. 그러므로 인체곡선 유지의 당위성을 보여 주는 것이다.

아름다운 인체 곡선은 개인생활이나 사회활동을 함에 있어서 자신감을 주고 가볍고 원활한 활동을 보장한다. 더구나 혼인을 앞둔 이성 간에는 결혼에 큰 요인이 되기도 한다. 결혼한 여자라 할지라도 아름다운 곡선으로 남편의 몸과 마음을 잡을 수 없다면 문제가 아닐 수 없다. 언제까지나 남편이 영원히 자기만을 사랑해 줄 것이라 생각한다면 오산일 것이다. 이 또한 아름다운 인체곡선을 유지해야 할 당위성의 하나이다.

인체곡선이 파괴되는 원인은 노년에 이르러 얼굴피부가 현저히 아래로 처진다. 특히 체중이 많이 나가는 부분은 흉부와 둔부다. 여자들의 경우는 25세가 넘은 후에는 하루에 2공푼씩 아래로 처진다고 한다. 그 결과 흉부는 아래로 처지며 배가 나오고 둔부는 커져서 실룩거린다. 이러한 모습은 본인에게는 자신을 탓하게 되고 다른 이에게는 놀림을 당하거나 왕따를 당하기도 한다. 그래서 처진 가슴과 나온 배, 커진 둔부를 조치해야 할 당위성은 미관상뿐 아니라 정신건상에도 당위성이 있다고 본다.[4]

인체곡선이 파괴되는 또 다른 원인은 속옷을 잘못 입음으로써 나타나기도 한다. 근본적인 이유는 인체곡선에 있지만 인체곡선에 다소간 문제가 있다 하더라도 속옷을 잘 이용하면 인체곡선을 유지하고 아름다운 외모를 견지해 나갈 수 있다. 그러므로 처진 가슴과 나온 배, 커진 둔부를 컴프러치(감추는 조치)할 또 다른 당위성이 있다고 본다.

---

4) 아주식 제품설명서 p.21

2. '야주식' 方法과 比較論

미체 조성을 위한 방법론에는 여러 가지가 있다. 그러나 그중 가장 중요한 문제는 병이 나면 의사를 찾아야 할 것이고 곡선이 파괴되면 방법을 찾아야 할 것이다. 아래 표에서 약 먹기, 수술, 지방제거, 운동, 식이요법, 야주식 방법을 비교해 보기로 하자.

비교/구분	비 용	효 과	안전성	속 도
약 먹기	?	?	?	?
수 술	높 다	좋 다	?	빠르다
지방제거	높 다	?	?	늦 다
운 동	낮 다	?	?	늦 다
식이요법	낮 다	?	?	?
야 주 식	낮 다	좋 다	좋 다	빠르다

야주식 제품설명서 p.22

위 표에서 보듯이 야주식은 타 방법(약 먹기, 수술, 지방제거, 운동, 식이요법 등)에 비하여 그 비용이 식이요법이나 운동만큼 낮고, 효과 면에서 수술만큼이나 좋으며, 안전성이 타 항목에 비하여 유일하게 좋으며 시간적으로 보더라도 수술만큼이나 빠르다. 야주산품은 본질적으로 내의형태로 나타난 신체미 화장품으로 그 특색은 지방성장 방향을 개변시켜 지방을 이동시키는 기능을 가지고 있어서 신체미인의 목적에 도달하게 된다.

야주식 미체 조성을 위한 이 제품의 효력은 재질의 특이성으로 시중의 기능성 내의와 다르다는 데 있다. 이 제품의 특이성을 몇 가지로 간추리면 다음과 같다.

(1) 탄성섬유로 특수 가공된 섬유표면은 폴리스테르액에 담가 견인성 증가, 수명 연장 및 직접 피부 접촉 시 해롭기에 겉에 90수 면을 씌웠다.

(2) 짜임새는 지방 이동의 주요 원인에 따라 그 짜임을 가로 매 영촌합 52지사, 세로 매 영촌합 50지사로 조직되었다.

(3) 인체 역학적 재단법으로 설계되어 지방성장 방향과 인체 각 부위가 견딜 수 있는 압력에 강, 중, 약 압력을 준다. 직향재 단은 강압, 횡(橫)향재단은 약압, 겨드랑이 아래는 중압으로 하여 지방회류를 방지해 준다.

본 제품은 여성의 아름다움 곡선미를 표현하고 네 겹의 특수가 공 처리 기술로 사용자의 건강에 이롭다. 그 실례로는

(1) 냄새 방지처리: 세균성장을 억제하고 신체건강을 촉진한다.

(2) 보프라기 방지처리: 땀을 흡수하고 공기유통을 좋게 한다.

(3) 정전기 방지처리: 몸에 딱 맞아도 피부에 붙지 않고 의류에 먼지 흡착을 방지한다.

(4) 형광 처리: 형광처리를 잘하여 피부손상, 가려움증을 방지한다.[5]

위에서 보듯이 야주식 방법은 수술하는 방법도, 약을 먹는 방법도, 운동을 하는 것도 아니고 식이요법을 하는 것도 아니고 다만 내의처럼 편안히 입으므로 원하는 바의 아름다운 몸매를 만들 수 있다는 것이 야주식 방법이 타 방법과 큰 차이가 있다.

---

5) 야주식 제품설명서 p.23

3. '야주식' 纖維의 特性

'야주식' 섬유상품의 특성은 고첨단기술과 선진적인 기술로 질 높은 상품이다. 2001년 출시한 브랜드 AMYLINEAR는 과거 성형 계열의 보석섬유와 조형 V자를 결합하여 새로운 편직혁명을 일으켜 건강하고 아늑한 환경을 제공한다. 신속한 활동으로 질주하는 현대 여성들의 체질을 개선하고 정서를 안정시키고 원활한 혈액순환과 신진대사를 촉진할 수 있는 좋은 상품으로 평가받고 있다.

보석섬유의 특징은 탄성섬유를 정광선 용액에 담갔다가 다시 천으로 짜는 것이다. 그래서 전해질과 원적외선 효과의 섬유재질로서 두 가지 효과를 상호 보조하여 인체에 필수적인 생명에너지를 체내에 충전시킨다. 전해질과 원적외선의 이중효과는 세포에 자극을 주며 자극받은 세포는 세포액을 뚫어 영양분을 흡수하고 노폐물을 배출하므로 신진대사와 혈액순환에 도움을 준다. 특히 냉혈증, 노화방지에 좋은 효과가 있다.

보석섬유의 공능은 통혈, 통기, 통변의 양생작용을 한다. 외적인 환경과 음식습성을 촉진하여 유해물질이 체내에 누적되지 않아서 체질 개선에 좋은 효과가 있다. 여기에서 통혈은 혈액순환을 촉진하며 노폐물과 함께 배출되고 영양흡수 촉진과 저항력 강화로 건강을 보존하는 것이다. 통기는 원기가 부족한 사람들로 혈기 있는 얼굴색과 맑은 정신 상태를 유지하게 하며 피로회복과 요통감소에 효과를 준다. 통변은 위장을 운동시켜서 배변과 노폐물 배출에 도움을 주어 피부미용에 좋은 효과를 더해 준다.

보석섬유 가공의 특성은 공기 중에 떠다니는 음이온이다. 신체에 해로운 양이온은 인체에 진입하여 체내에 있는 산성세포를 흡수하여 혈액 중에 있는 노폐물 배출에 영향을 주어 두통이 생기거나 신진대사를 저해시켜 생리기능을 퇴화시키는 등 각종 질병을 유발케 한다. 이에 비하여 음이온은 혈액을 정화하고 혈액 중 알칼리성 약 염기성으로 회복시켜 신진대사, 내분비 기능 촉진, 세포기능, 중추신경과 말초신경의 활성화, 피로 회복, 인체 저항력 증진 등으로 질병 예방의 효과가 크다. 탄성섬유는 편직한 원단을 이런 음이온 용액에 담갔다가 가공한 것이다.[6]

최근에 환경문제를 생각하면 인체에 나쁜 조건이 많다. 더구나 양이온이 과다한 상황에서 음이온이 많은 보석섬유는 인체 건강에 매우 유리한 조건을 가지고 있다고 하겠다.

VI. '야주식' 商品의 販賣와 事後管理

1. 顧客의 몸매와 檢測

'야주식' 형태미 계열의 상품은 가슴 띠, 허리 띠, 기능성 내의, 교정바지 등이 있다. 상품을 팔 때는 고객의 신체를 검측하는데 표준 치수는 신장 연령의 차이에 따라 각각 다르다. 자기 신체의 부족함을 알고 신체의 지방 양을 조절함으로써 다이어트의 목적에 달해야 한다. 미의 표준비례 계산법은 아래와 같다.

---

6) 야주식 제품설명서 p.24

이상체형 / 인체부위	20~30	30~40	40~50
위 가슴둘레	신장×0.515	신장×0.525	신장×0.543
아래 가슴둘레	신장×0.432	신장×0.453	신장×0.468
허리둘레	신장×0.370	신장×0.386	신장×0.401
엉덩이 둘레	신장×0.542	신장×0.553	신장×0.565
다리 둘레	신장×0.293	신장×0.301	신장×0.309

이상체중의 계산법은 [키(cm) - 100]×0.9 = 이상체중으로 보고 5 kg 이내는 모두 표준체중으로 본다. 이상적인 표준몸매는 계산표에 따라서 계산한다. 체중, 가슴둘레, 허리둘레, 엉덩이둘레, 넓적다리둘레가 자신의 연령, 키에 따라 부동한 표준이 있다. 지방의 측정은 다음과 같은데 1.2cm 이하는 너무 야위다, 1.5cm 좌우는 야위다, 2cm 좌우는 보통, 2.5cm 좌우는 살찌다, 3cm 이상은 과체중으로 분류한다.[7]

고객에게 이상적인 상품을 판매하기 위해서는 먼저 정확한 검측이 필요하다. 그러나 이 검측과정에서 고객의 마음을 상하게 하거나 무리하게 다루지 말고 정중하게 맞아야 하며 판매를 위해서는 상냥하고 조심성 있게 권유하는 것이 매우 중요하다. 만약에 고객의 자존심을 상하게 하면 상품에서 눈을 떠나게 되리라 본다.

2. 顧客 要求와 充足

'야주식' 상품을 판매하는 이는 단순한 판매자가 아니다. 상품의 본질은 내의의 형태로 출산된 신체미 화장품이다. 이 상품은 내의

---

7) 야주식 제품설명서 p.28

형태로서 신체를 아름답게 미화시킨다. 그러므로 고객의 몸매를 검
측하고 이에 맞는 상품을 컨설팅해 주는 설계사로서 미체컨설턴트
임을 인식하고 상품을 판매하기 이전에 먼저 고객의 요구가 무엇
인지 고객의 마음을 읽어야 한다. 그것은 고객이 원하는 것이 ①
내의인가? ② 기능성인가? ③ 곡선인가?

미체 설계의 프로그램을 진행시키는 미체컨설턴트는 의사나 약
사와 같다. 야주상품은 약과 마찬가지이다. 의사는 전업의술로써
병세에 따라 약을 지으나 미체컨설턴트는 고객의 곡선에 따라 지
방을 조절하여 고객이 원하는 미의 최종목적에 도달하는 것이다.
아래 표에서 의사와 미체컨설턴트를 비교해 보자.

	의사	미체컨설턴트
1	접 수	
2	문 진	문진
3	추 진	설계
4	처 방	정확한 신체 사이즈 측정
5	설 명(부탁 함)	정확한 사용법
6	약을 먹다	제때에 입다
7	회 진	회 진
8	건강의 회복	신체미인(곡선의 창조)

3. 商品의 販賣와 管理

미체 상품의 중요한 관리원칙은 '1·3·7법칙'이다. 판매 후 첫
날, 셋째 날, 일곱째 날을 가르친다. 만약 고객이 2개를 구입할 시
는 그중 하나는 미체컨설턴트가 고객에게 어깨띠 조절을 해 주어

효과를 보게 한다. 저절로 입으면 효과가 잘 나타나지 않는다.

첫날의 부탁은 고객이 제때에 입어야 하며 1, 2날의 적용기가 필요한 것과 자신의 체형과 곡선미를 위하여 노력하기를 부탁한다. 셋째 날은 전화를 한다. 이때는 긍정적이고 칭찬의 말로 대화를 이끌고 고객의 관심과 신임을 주며 통화시간은 3분을 초과하지 않는다.

일곱째 날은 고객과 반드시 만나서 입은 후의 정황을 이해하고 고객에게 불편한 점이 없나 알아봐야 한다. 또 이 시간에 정확한 판단을 내려 고객의 심사를 파악하여 긍정적인 조치를 해 준다.

이상과 같이 컨설턴트로서 판매를 위해서는 4가지를 잘 인식해야 하리라 본다. ① 정확한 상품에 대해서, ② 미체 전업으로서, ③ 조절의 기교에 대해서, ④ 자신의 품위와 자세에 대해서 인식이 필요하다고 본다.

빠르게 발전하고 변화하고 새 시대의 상품판매에 대한 방안은 새 시대는 농경을 중심으로 한 제1차 산업이 중심인 농경시대나 18세기 이후에 기계발명으로 시작된 제2차 산업시대가 아니라 극도로 발달된 컴퓨터에 의한 정보화시대이다.[8]

필자는 새 시대에 맞는 사업전략 몇 가지를 정리하게 되었다. ① 홈페이지에 의한 제품의 소개와 인터넷판매를 위한 준비, ② 고급 브랜드를 향한 수준 높은 고객 확보, ③ 고객과의 격조 높은 만남의 장소를 위한 차별화된 공간 인테리어, ④ 고객에게 쉽게 판촉할 수 있는 잘 정리된 자료(카탈로그)의 준비, ⑤ 종업원을 잘 리드하고 계속적으로 연구하는 경영자상의 구현이다.

---

8) 네이버 통합 검색 ybkim7

V. 結論

필자는 금번 CEO 연수과정을 통하여 얻은 이론과 지식들을 이용하여 "어떻게 효율적으로 건강과 아름다움을 지켜 나갈 수 있을까?" 하는 문제에 대하여 필자의 경영항목인 '야주식' 미체건강법을 통하여 새롭게 창출해 나갈 수 있다고 보았다. 이는 21세기에 미를 창출하는데, 미체로 인하여 고민하는 고객들에게 최고의 상품임을 전망할 수 있었다.

아울러 필자가 본서를 작성하는 중에 얻은 또 하나의 수확은 "훌륭한 CEO로 산다는 것은 무엇인가?"라는 물음에 답을 찾게 되었다. 훌륭한 CEO로 산다는 것은 첫째로 "자기의 경영에 누구보다도 전문인이어야 한다."는 것이다. 그래서 본서를 작성하는 중에 필자는 경영자로서, 경영상품에 대해서 새로운 인식을 하게 되었다.

둘째로 "자기의 경영에 긍지와 자부심이 필요하다."는 것이다. 필자의 경영은 의사가 건강을 보장한다면 필자는 미체로 인하여 고민하는 고객들에게 아름다운 몸매창조를 보장하는 '미체컨설턴트'라는 긍지와 자부심이다.

셋째로 이번 논문을 작성하면서 느낀 것은 나의 능력에 한계가 있어 너무나 빈약하다는 것이다. 그러기 위해서는 "끊임없이 배우고 연구하는 경영자가 되어야 하겠다."는 각오를 새롭게 하게 되었다.

이번 과기대 CEO 연수과정을 통하여 새로운 지식을 접하게 해주신 교수님들과 본 논문을 지도하여 준 문 교수님께 특별히 감사의 말씀을 전하는 바이다.

Ⅵ. 參考資料

1. 문헌자료

1) 한국마케팅 연구소 새로운 기회 NSE 다비젼파워 용인미디어: 서울. 2001.
2) Howe and Alan Wain Predicting the Future Edited by Leo Cambridge University Press, Cambridge: 1993 김동광 역 미래는 어떻게 오는가? 민음사: 서울 1991.
3) 한번 고객은 영원한 고객
4) 미체건강을 주도하는 야주식 제품설명서

2. 인터넷 자료

1) http://kin.naver.com/browse/db_detail.php
2) http://100.daum.net/DIC/detail
3) http://kin.naver.com/browse/db_detail.php.
4) 네이버 통합 검색 ybkim7
5) http://100.daum.net/DIC/detail

제목 : 바다와 인간의 만남

제출자 : 5기 기관학과 박경송
연변해양대학 해양사 수업

최초의 인간은 신석기시대로부터 바다를 만났다고 알려지고 있다. 인간은 바다와 공존하며 바다가 가져다주는 고기를 먹으며 인간은 바다와 만나게 되었다.

바다와 인간이 만나는 첫 번째 단계는 인간이 바다를 바라보는 단계라고 말할 수 있을 것이다. 예를 들어서 서해 부근에 살고 있는 주민들은 돌을 쌓는 방법으로 즉 바닷물이 줄어들 때까지 기다리며 바다가 고기를 가져다준 것을 잡으며 사는 것이었다.

이렇게 인간은 마치 다시 오실 주님을 기다리며 사는 것과 같다고 본다. 인간이 기다린다는 것은 자기의 방법과 수단에 따르지 않고 그저 전적으로 자연에 의지하는 것같이 보일지는 모르지만 죽방렴이나 석방렴을 만들고 기다리는 그들에게서 우리는 자연과 공존하면서 자연이 인간에게 주는 것들을 바라보는 인간은 아름다운 신앙인과 같다고 본다.

바다와 인간이 만나는 두 번째 단계는 시간의 흐름에 따라 인간은 기다리는 단계에서 배를 만들어 즉, 마주치는 단계에 이르게 되었다. 문어습성을 알게 된 인간은 문어단지를 만들어 바다에 던지어 문어를 잡는 것을 볼 수가 있다. 이렇게 인간은 주님 맞을 준비를 하듯이 즉 지혜로운 다섯 처녀가 등잔 기름을 준비하듯이 더욱 발전해 나가는 것을 알 수가 있다.

신랑을 기다리던 신부(처녀)가 신랑을 만나게 되었을 때 그 기쁨은 아마도 내가 주님을 기다리다가 주님을 만나는 것만큼이나 기쁘고 감격하지 않을까 생각해 본다. 아직껏 나는 바다를 보지 못했다. 바다로 나가서 바다를 만나고 그 바다에 파묻혀 보고 싶다. 그리고 신부가 신랑을 만나 행복을 캐내듯 나도 바다의 행복을 캐보고 싶다.

인간은 점점 바다를 인식함에 따라 정복하는 단계에로 나아가게 된다. 동해에서는 창경바리 방법을, 서해에서는 맨손을 이용하는 방법을, 남해에서는 뗄배를 만들어 고기 잡는 것을 볼 수가 있다. 이것을 바라보며 죄인 된 인간이라 할지라도 하나님이 창조한 바다이기에 그 풍성히 살아 있음을 알 수가 있다. 이렇게 인간은 하나님의 다양한 창조의 법칙을 바라보며 쉬지 않고 땀 흘려 생계를 유지하는 것을 알 수 있다.

신부를 맞은 신랑이 놀면서 신부를 먹일 수 없는 것처럼 인간은 자기에게 주어진 환경을 개척하며 창조의 순리를 따라서 생육하고 번성하고 정복하고 다스려 나가는 역할을 발휘해야 한다고 본다. 그러나 그것은 바다를 짓밟는 것이 아니라 개척하여 그 역할을 감당할 뿐 아니라 바다와 상부상조해 나가야 된다고 본다.

나도 바다를 바라보며 생각해 본다. 바다를 바라보며 사는 어민들과 같이 바다와 같은 넓은 마음을 지니고 기다릴 줄 알 뿐만 아니라 찾고, 만나고, 바다와 더불어 살아갈 것이다.

Ⅱ. 視聽報告書: VIDEO "벤허"

제목 : '벤허'를 통해서 본 로마시대 해상활동

제출자 : 5기 항해학과 김은철
연변해양대학 해양사 수업

서기 26년, 로마제국시대, 유다 벤허 집안은 많은 노예를 거느린 예루살렘의 부호이며 벤허는 예수그리스도와 같은 시대의 유대인이었다. 로마 지배하의 예루살렘에 신임총독 클레이투스가 로마군의 호위를 받으며 도착한다. 사령관 메살라(스테판 보이드)는 어렸을 때 친구인 벤허(찰턴 헤스톤)와 기쁘게 만난다.

신임총독 취임식 날 화려한 행진을 구경하던 누이 티르자의 발밑에서 기와 한 장이 떨어져 나가 공교롭게도 신임총독의 머리에 맞았다. 뜻하지 않은 사건으로 벤허 일가는 총독에게 위해를 가하려 했다는 반역죄로 몰려, 어머니 미리암(마사 스코트)과 누이는 로마군에게 끌려가고 벤허는 노예로 된다. 누이 죄를 대신하여 죄수의 몸으로 잡혀가게 되고 로마군선의 노잡이가 된다. 메살라는 벤허 일가의 억울한 사정을 알고 있었으나 권력에 도취되어 옛 친구의 일가가 몰락되는 것을 보고만 있었다.

기원전 2세기에 로마제국은 아세아와 아주 빈번한 해상무역을 가졌다. 그러나 마케도니아 사람들이 해상에서의 저애로 로마제국에서는 로마군선을 만들기 시작했다. 로마군선은 갤리선으로 대개

노를 많이 설치하기 위하여 선체는 길게, 속력을 얻기 위하여 폭은 좁게, 노역은 효과 있게 하기 위하여 선체를 낮게 꾸미였다. 이것을 로마군선의 특징이라 할 수 있다.

당시 벤허가 끌려간 로마군선은 노잡이가 200명이었고, 교대자가 50명이었다. 군선의 추진력으로는 사형수 혹은 노예 신분으로 노를 잡는 노잡이들의 인력과 풍력이었다. 노잡이에게 있어서 힘과 건강은 홀시할 수 없는 것으로 인정되었다. 왜냐하면 이것은 군선의 생명과 풍력이 없을 때의 추진력 및 적선 진공 시의 가속 추진력에 큰 역할을 감당하고 있기 때문이었다.

갤리선은 그리스, 로마시대에 전성하고 그 뒤 17세기까지 다단 갤리선들이 보급되었는데 그 시조는 페니키아 군선으로 볼 수 있다. 페니키아 군선은 기원전 706년경의 아시리아 부각 그림에 나타나 있듯이 선수 하부에 예리한 충각(ram)을 가지고 있다. 고대해전은 배를 서로 맞붙여 놓고 적선에 기어올라 백병전으로 하든지, 적선의 옆구리를 충각으로 찔러 침몰시키는 두 가지 전술밖에 없었다.

벤허가 탄 로마군선을 보더라도 선수에 뾰족하게 갈구리형처럼 위로 튀어나와 있는 것을 볼 수 있는데 이것이 충각인 것이다. 고대군선은 모두 선수충각을 가지고 있었는데 이것은 페니키아 배로부터 유래되었으며 근세군함을 보더라도 물밑 선수 끝은 뾰족하게 되어 있는데 이는 ram의 형태가 퇴화하여 그대로 남아 있는 것이다.

이 밖에 로마 군선들의 해전술을 본다면 선수 전면에서 충돌하는 방법, 멀리서 불덩어리(폭탄)를 쏘는 방법, 쇠사슬에 묶인 채 지휘자의 명령과 북소리에 의해 노를 저었으며 힘들 때는 도리어 채찍의 단맛을 보았다. 이런 환경에서도 벤허는 절대 절망하지 않고 믿음과 삶의 의지로 어려움을 극복해 나갔다.

어느 날 갑자기 벤허가 타고 있는 군선이 선단의 습격을 받는다. 잠잠하던 바다 위에서 큰 전쟁이 벌어졌다. 다행히도 벤허의 발목 쇠사슬은 사령관의 명령으로 말미암아 풀려져 있어서 적선이 충돌하는 위험 속에서 목숨을 건졌다. 치열한 싸움 속에서 벤허는 사령관 아리우스(잭 호킨스)가 바다에 떨어져 위기에 처하게 된 것을 보고 구해 준다. 싸움은 끝나고 벤허와 사령관은 망망대해에서 로마군선을 만나 목숨을 건지게 되었으며 사령관을 구해준 일이 인연이 되어 벤허를 자유인으로, 자기의 양자로 입적시킨다. 벤허는 해군제독 아리우스의 신임을 받고 어머니와 누이를 만나려고 다시 예루살렘으로 돌아간다.

이 영화에서 우리는 로마시대의 군선의 모양과 군선의 동작과 로마해군의 해전의 상황에 대해서 잘 보아 낼 수 있다. 영화에서 벤허가 망망대해에서 해군제독이며 군선의 사령관이었던 아리우스를 구조하고 다시 로마군선에 의해 구원될 때까지 장면에서 우리는 또한 구조와 해상안전에 대한 지식의 필요함을 찾아볼 수 있다. 이렇듯 선조들의 해상활동의 역사는 오늘날의 해양활동의 발전에 심원한 영향을 끼쳤다는 것을 나타내고 있다.

제목 : 해상왕 장보고의 해양활동

제출자 : 5기 항해학과 김광일
연변해양대학 해양사 수업

 장보고는 통일신라 중엽의 인물로서 청해진과 중국의 산둥 반도를 주 무대로 동아시아 해상권을 휘두른 바다의 왕자였다. 또한 세계사에 자랑할 수 있는 영웅임을 부정할 수 없다. 필자는 장보고의 생애와 理想에 대해 살펴보고 우리가 장보고에게서 배우고 도전받아야 할 점들을 해양사를 배우는 학생으로서 지적하고 싶다.

 장보고는 정확히(A.D. 800~809) 신라의 위대한 모험가요, 청해진을 세계무역의 전진기지로 만든 해상왕이다. 그 인물 전승은 오히려 국내에서 끊긴 불행한 영웅이다. 그의 생애와 당시 신라인들의 중국 대륙에서 활약한 것을 한국에서도 기록하였지만 중국 측기록으로는 정사의 하나인 '신당서' 제220권 "동이전"과 "신라전"에 관련 기사가 실려 있다.

 이는 당나라 시인 두목이 지은 '번천문집' 제6권의 '장보고 정년전'을 그대로 인용한 것이다. 중국에서는 시인 두보에 비견된다 하여 '소두'라고 불리던 두목 시인이 장보고의 전기를 지어 후세에 전할 만큼 장보고는 중국에서 크게 존경받던 위대한 인물이었다. 이렇듯, 그 이름이 동양 세계에 널리 떨치고 동양 삼국 중국, 일본, 한국의 정사에 두루 기록된 국제적 인물은 장보고 말고는 전무후무하다.

당시 세계는 동양세계와 서양세계로 양분되다시피 상호 간에 교통이 불편했고, 서양세계는 해적 바이킹족의 출몰로 전전긍긍했던 사실에 비추어 볼 때 장보고는 세계사에 가장 자랑스럽게 내세울 수 있는 현대적 의미의 '국제해양인'이라 말할 수 있다. 이처럼 우리는 장보고가 얼마나 위대한 인물이고 해양계의 첫 길을 개척한 아주 존경스러운 선배라는 것을 느낄 수가 있고 장보고로 인하여 자부심을 가지게 된다.

한편 신라인들의 중국 대륙 무역기지격인 집단 거류지나 신라방은 산둥성 적산촌과 대운하 요충지인 초주, 연수항, 양주를 비롯하여 연웅항 일대에 뻗쳐 있었고, 나아가 페르시아 상인이 출입하는 양주, 영파, 천주에까지 요소요소에 박혀 있었다. 한반도 청해진에서 이들 지역에 도달하기 위해서는 황해나 남중국해를 항해해야 하는데 지금까지 알려지기로는 최소한 세 개의 고정항로가 있었다. 그 가운데 당시에 가장 많이 애용된 항로가 이른바 '항해 횡단 항로'였다. 이 항로는 백제와 신라가 가장 많이 이용했던 항로이기도 하다.

장보고 시절엔 나, 당, 일 간의 길목인 완도의 청해진을 떠나 한반도의 서남 해안을 따라 거슬러 올라가 충청도의 당진이안 또는 옹진에서 황해를 횡단하는 경우가 가장 많았던 듯하다. 오직 그 당시의 사람들이 남중국 항로와 북중국 항로를 장악하고 황해와 동중국해를 주름잡게 된 배경에는 기본적으로 다도해를 거느리고 있는 지금의 서남해안 일대의 지리적 인문적 숙명성과 연결된다.

이 지역에 일찍 정착한 백제 사람들은 예로부터 바다를 다스리는 지혜와 기술을 체득하고 축적해 왔다. 특히 청해진 앞 바다와 다도해 지방의 암초 밀물, 썰물의 변화, 대륙에 가로막힌 황해의 소용돌이 등 무궁무진한 변화를 일찍부터 터득한 이 지역 사람이 아니고서는 범선에만 의존하던 당시의 뱃길을 감히 자신 있게 운항할 수가 없었다고 말해도 지나치지 않다.

세계 역사상 가장 찬란했던 해양 상업 제국의 무역왕자, 장보고의 혼과 피와 본능이 지금도 계속 우리 몸속에 살아 숨 쉬고 있는 것이다. 바다는 우리에게 과거만 묻는 것이 아니라 현재와 미래를 가리키고 있다. 일찍이 우리 선조들은 산둥 반도를 디딤돌로 삼아 황해와 동지나해를 지배하였다. 한, 중, 일 삼국의 해운과 국제 무역 활동에서 가장 빛나는 업적을 남겼다. 이처럼 영국의 엘리자베스 1세가 말한 것처럼 "바다를 지배하는 자가 세계를 지배한다."는 말은 그때나 지금이나 변함없는 진리인 듯하다.

인간은 지금도 끊임없이 바다와 싸우고 있다는 사실을 우리의 선배인 장보고로부터 보여 주고 있다. 해양사를 배우고 또 연변해양전문대학에 다니는 우리들로서 바다에 대해 관심 있는 것은 당연하지만 바다와 싸우고 또 싸워서 또 정복하고 도전하는 장보고와 같은 역사인물들을 우리의 마음에 간직하고 존중하는 것은 마땅히 해야 할 임무라고 생각한다.

해양사 시간을 통해서 해양인의 꿈이 한층 더 높은 수준으로 바뀌기 시작하고 또한 가치관도 많이 변화되었다. 우리를 위해 수고하시는 문희주 교수님께 진심으로 감사를 드린다. 앞으로도 해양인의 꿈을 꾸며 나도 장보고처럼 멋있는 바다의 선배가 되기에 최선을 다하겠다.

제목 : 현대해운의 발달과 상선

제출자 : 제8조/조장: 박수철(한창걸, 리택송, 김명철)

◆ 목 차 ◆

서 론

해운의 역사는 B.C.1000년경까지 거슬러 올라간다. 그러나 활발한 해상운송은 페니키아인으로 기원전 10세기경이다. 그 후 중요한 해상운송은 국가나 지역의 세력성쇠에 따라서 변천을 거듭하였다. 제2차 세계대전 이후 선복량의 증가는 1960년대 들어서는 전용선의 대형화가 급속히 진행되고 컨테이너선의 개발은 이 시대 진보의 중요한 표징이다.

모든 종류의 선박은 근년에 급진적으로 대형화가 이루어졌다. 배가 커지면 배의 톤당 건조가격이 싸지고 선비, 운항비, 수송비가 모두 싸지므로 그만큼 경제성이 향상되기 때문이다. 또한 근래의 모든 선박은 고속화되어 가고 있다.

본 조에서는 현대 해운의 발달과 그 발달의 실례로서 여객선과 화물선, 특수선에 대하여 알아보고자 한다.

제1장 현대해운의 발달

1. 해운선복의 증가

19세기 후, 20세기 세계의 해운선복은 질적·양적으로 크게 변모했는데 이 같은 급격한 증가는 18세기 후반~19세기 전반에 걸쳐 영국에서 일어난 산업혁명이 각종 산업의 성장, 교역의 증가 등으로 물동량이 늘어났다. 또한 이 기간 선복량은 급격히 증가하고 범선에서 동력선으로, 목선에서 척-강선으로 선박체질 개선도 크게 촉진되었다. 1850~1914년간에는 배의 크기도 급진적으로 커져 갔다.

20세기 초 상선은 내연기관선의 진출로 특징된다. 디젤기관은 독일인 디젤 박사의 발명품으로 1987년에 실용화되고 1902~1903년간에 최초의 선박용 디젤기관이 제작되었다. 중유를 연료로 하는 디젤기관은 원래 열효율이 좋은 원동기로 연료소비량이 연유기기의 50%밖에 들지 않는 큰 장점과 무게가 가볍고 시동이 빠르며 기관부 선원이 반감된다는 등의 이점도 겹쳐서 디젤선은 일약 20세기 해운계의 총아로 등장하게 되었다.

2. 현대 상선의 추세

현대의 상선은 전용화, 대형화, 고속화, 자동화의 방향으로 치닫고 있다. 제2차 세계대전까지는 객선, 일반화물선, 유조선, 광석운반선 등으로 구분된다. 20세기 후반기에 컨테이너선은 일반 잡화를 일정규격의 상자 즉 컨테이너에 넣어 운반하는 화물선으로 1960년대에 시작하여 현재 정기화물 항로에 많이 쓰이고 화물운반선, 냉동화물선, 목재운반선 등 전용선이 아주 많다.

살화화물선은 원료, 쌀, 밀 등 균질 화물을 포장하지 않은 채 그대로 운반하는 화물선으로 원료, 곡류 등 운반에 크게 각광을 받고 있는 선종이다. 현재 철광석의 연간 적출량도 일 억 톤을 초과하여 살화화물선의 중요성은 날로 더해 가고 있다.

탱커선(유조선)은 근래에 원유수송선, 석유제품수송선, 및 각종 화학제품수송선, 천연가스 운반선, 석유가스 운반선도 근래에 등장한 새로운 선종이다. 석유가스 운반선 제1호는 1959년 1월 미국의 루이지애나 주 찰스호로서 액화메탄가스 수송을 위한 재화중량 3,000톤의 메탄파이오니호이다.

유조선, 광석운반선, 살화운반선으로 겸용할 수 있도록 만들어진 배가 겸용선인데 원유와 광석 운반에 겸용되는 것을 광유겸용선이라고 하고 원유와 살화를 겸용하는 경우에 O/B선, 원유, 살화, 광석 등 모두 겸용할 수 있도록 설계된 배를 O/B/O선이라고 한다.

화물선의 고속화는 일반화물선에서보다도 컨테이너선에서 더 현저하게 나타나고 있다. 그 하역속도가 빠르고 정박시간이 아주 짧은 것이 특징이다. 최근에는 과속을 삼가고 20피트, 컨테이너

2,000개 적재 총톤수 5만 톤가량의 대형선에서 20~25노트쯤으로 낙착되어 가고 있다.

제2장 여객선

1. 20세기의 여객선

여객선은 20세기에 들어 대형화, 고속화가 더욱 촉진되고 조선술의 발달, 증기터빈의 등장 등 일련의 기술이 개발되었다. 첫째로 크기의 경쟁은 1932년 프랑스가 처음으로 8만 톤을 넘는 노르망디호를 세상에 내놓자 영국은 1934년에 그보다 천 톤가량 더 큰 퀸메리아호를 건조했다.

정기여객선 중에서 일 년 중 가장 빠른 속력으로 대서양을 건너는 '불루리번상'은 1935년부터 매년 '불루리번상'이 정식으로 수여되기에 이르고 이것을 '대서양 항로의 국제올림픽'이라 부르게 되었다. 20세기부터 '불루리번상'의 행방을 제1차 세계대전이 일어날 때까지 독일의 크론프린츠 빌헬름호, 카이저 빌헬름2호, 독일의 브레멘호, 오이로파호, 이탈리아의 텍스호, 프랑스의 노르망디호, 영국의 퀸메어리호가 차례로 탔다. 제2차 세계대전 후 항공기가 점차로 여객수송에 진출하여 대형호와 여객선은 쓸모가 없어지고 세태도 바뀌어 선편을 이용하는 선객도 줄어들었다.

2. 비운의 여객선

　20세기 초 대서양항로 여객선이 번성하기 시작할 무렵 영국의 두 큰 여객선회사 중의 하나인 화이트 스타라인은 경쟁사인 큐너드 라인 모리타니아호 루시타니아호를 제압하려고 1910년 올림픽호와 1911년 타이타닉호 등 두 척의 호화선을 만들었다. 이들 자매선은 총톤수 4만 6천 톤급의 큰 배로서 삼축추진법을 써서 양옆의 프로펠러는 증기기관으로, 중간프로펠러는 증기기관의 배기를 이용한 터빈으로 구동하는 참신한 설계의 삼축선이었다.

　타이타닉호는 1912년 4월 10일 선객 1,316명과 선원 892명을 싣고 처녀항해의 길에 올랐다. 14일 밤 11시 40분경 뉴파운드랜드의 그랜드 뱅크남방 95마일 해상에 이르렀을 때 타이타닉은 빙산과 충돌했다. 충돌사고를 일으킨 지 두 시간 40분 만인 15일 오전 2시 20분에 완전히 침몰하고 말았다. 승객과 선원 815명의 생명을 삼킨 해운사상 전례 없는 대참사였다. 이 사고는 사회적으로는 물론 조선기술 면에서도 큰 물의를 일으켜 그 후 선박 안전에 관한 여러 가지 조치가 취해졌다. 오늘날까지 계속 열리고 있는 <해상에서의 인명안전에 관한 국제회의>(solas)가 1913년 런던에서 처음으로 열린 것과 북대서양 항로에서 빙산에 대한 국제순시가 생긴 것도 타이타닉호의 침몰이 계기가 된 것이다.

　西行에서는 1907~1909년간 루시타니아가 독점하고 東行에서는 두 자매선이 교대로 기록을 수립했다. 1915년 5월 7일 오후 루시타니아호는 뉴욕으로부터 귀항 도중 아일랜드의 남해안 바다에서 독일 잠수함 U－20으로부터 아무런 경고도 없이 어뢰공격을 받고 침몰하고 말았다. 이 여객선은 20분 만에 가라앉고 1,198명의 희생자를 냈다. 타이타닉의 참변 이후 인명피해 규모에서 타이타닉호에 뒤지지 않는 것이었다.

3. 여왕호

20세기에 유명한 여객선 중 퀸 메어리호, 퀸 엘리자베스 1호, 퀸 엘리자베스호 2호 등으로 모두 전통을 자랑하는 큐너드 화이트 스타사의 소유선이었다. 큐너드 화이트 스타사는 1934년에 합병한 회사로서 지금까지 가장 으뜸가는 정기항로 여객선들을 운영해 오고 있다. 대형여객선의 사양은 1950년대부터 닥쳐오고 있었다. 제2차 세계대전 이후 항공여객기가 진출하여 초대형여객선은 운영이 힘들게 되었다.

1960년경부터 대형여객선은 여름에만 지정된 정기항로에 취항하고 겨울에는 유람객을 모집하여 명승지를 두루 巡航하는 방식으로 운영되었다. 정기 및 순유 여객선이 각광을 받자 모든 여객선이 이에 집중되고 드디어 정기항로와 순유를 겸하는 배가 나타나기 시작했다. 1961년 프랑스가 건조한 6만 톤급의 프랑스호는 바로 전형적인 예이다.

대형여객선의 시대는 서서히 사라져 퀸 메어리호는 1967년 경매로 캘리포니아 주 롱비치 시에 300여만 달러에 팔려서 해양박물관으로 쓰이고 있다. 퀸 엘리자베tm호는 1969년 미국의 더 퀸(the queen)사에 매각되고 플로리다 주에서 해상호텔로 꾸미려 했으나 다시 홍콩의 해운가 당호운 그룹의 inland navigation shipping사에 팔렸다. 퀸 엘리자베스 2호는 1969년 큐너드 화이트 라인사가 만든 6만 톤급 객선이다. 오직 이 배만이 지금까지 홀로 남아 순유선으로 쓰이고 있다.

제3장 화물선

1. 미국의 표준형 상선

미국은 제2차 세계대전 중에 놀라운 조선능력을 과시했다. 1930년경부터 1950년에 걸쳐 전 세계의 조선 양은 연간 100만 톤을 오르내렸는데 미국은 단독으로 연평균 600만 톤, 많은 해에는 1,000만 톤 이상씩을 만들어 냈다. 전쟁에서 상실된 외항선복 3,470톤 중 그 대부분이 연합국 선복이었는데 미국의 신조 상선은 그것을 메우고도 남음이 있었다.

미국의 계획조선과 표준선형은 1936년에 공포된 상선법에 의하여 제정되었다. 이 법에 근거하여 같은 해에 대통령 직속기관인 해사위원회가 탄생하고 민간상선에 대한 자금의 대여, 운항 및 조선 차액의 보조 등의 길이 열렸으며 한편 표준형선의 제정과 국유선 계획조선도 추진되었다.

미국 해사위원회가 제일 먼저 설계한 표준선형은 C1, C2, C3, C4 등 화물선이 있었는데 이는 평화 시에 많이 만들어졌고 수십

개의 임시조선소를 공업의 중심지로 만들고 주변의 기계공업시설을 동원하여 능률적인 방법으로 평균 30일 대량 생산하여 대서양과 태평양에서 군수보급물자를 운반하는 수송선으로 큰 역할을 했다.

제2차 세계대전이 끝났을 때 "제2차 대전의 승리는 리버티선이 가져다준 것"이라는 말이 떠올랐는데 결코 빈말이 아니었다. 1943년부터는 해운활동에 쓸 수 있도록 새로운 전시 표준화물선, VC-2형 선이 설계, 건조되었다. 그 이름도 빅토리 C-2 또는 VC-2라 하고 보통 '빅토리선'이라 불렀다. 이들 미국의 전시 표준형 선들은 세계대전 후 세계의 해운을 부흥시키는 데도 큰 역할을 했기에 가히 20세기의 대표적인 상선이라 한다.

2. 대형 탱커선(V.L.C.C)

유조선은 근년에 그 크기가 급진적으로 대형화되었다. 그 주요한 선종으로는 '라지 탱커', '슈퍼탱커', '자이언트 탱커', '매머드 탱커' 등이었다. 그 후 1956년 8만 톤급 DWT급 '유니버스 리더', 1959년 10만 톤급 '유니버스 아폴로', 1965년 16만 톤의 '베르게센', 1966년 20만 톤 '이데미츠마루', 1968년 30만 톤급 초대형 탱커 등이 나타났다.

30만 톤급 탱커로서 처음 건조된 것은 유니버스급선인 유니버스 아일랜드, 유니버스 쿠웨이트, 유니버스 코리아, 유니버스 포르투갈, 유니버스 저팬, 유니버스 캐나다 등 6척이다. 이 탱커들은 미국의 NBC(national bulk carriers inc)가 일본의 유명한 미쓰비시 중공업의 나가사키 조선소 이시까와지마 하리마 중공업의 요코하마 공장에 주문하여 만든 것이다. 그리고 또 1966년에는 획기적인 33만 톤급 유조선 6척을 주문했는데 그것이 바로 유니버스 코리아 등 초대형 원유수송선 V.L.C.C의 탄생에는 NBC가 설계담당 중역인 한국인(高榮會)의 역할이 컸다. NBC사에서 그 기본계획을 담당한 책임자가 바로 고영희 씨이다.

NBC의 설계는 아주 참신하고 혁신적인 것이다. 종래 유조선의 주요척도는 고정되었지만 유니버스급선은 길이 345M, 폭 53.5M, 길이 32M 등 전혀 뜻밖의 치수비례를 채택하여 33만 톤의 거선을 만들었다. 때문에 오늘날 대형유조선 V.L.C.C의 표준 크기는 30만 톤 내외로 정착되고 그 치수비례는 모두 유니버스호의 것을 따르고 있다. 이렇게 유니버스선은 오늘날 V.L.C.C의 모형이 된 것이다.

3. 컨테이너선

컨테이너수송은 처음에 기차, 화물자동차 등 육상수송방법으로 시작되었다. 1957년에 현재 세계 제일의 컨테이너 기선회사인 시랜드사(Sdr – landservice co.)가 선편을 이용한 컨테이너수송에 성공하였다. 그 후 1966년부터 컨테이너선이 국제항로에 진출하였다.

일반화물에 비해 해상 컨테이너수송은 포장비와 하역비를 절감할 수 있고 화물의 안전과 신속한 운송을 기할 수 있다는 데서 순식간에 전 세계의 여러 항로에 번져 컨테이너선은 해운계의 총아로 각광을 받게 되었다. 화물을 담은 컨테이너는 현재 그 규격이 국제적으로 통일되어 있고 그 치수는 가로 세로 8피트×8피트, 길이 10피트, 20피트, 40피트의 것이 가장 많이 쓰이고 있다.

컨테이너선은 하역이 아주 간편하고 신속해서 일반화물처럼 복잡한 하역장치가 필요 없다. 때문에 컨테이너선은 최근에 급격히 대형화와 고속화의 이득을 충분히 누릴 수 있는 배이다.

제4장 특수선

1. 어선

인류가 어패류를 거두어 식량으로 삼아 온 지는 오래되지만 동력선을 활용하여 어업을 하게 된 것은 20세기 초부터이다. 그것도 1940년대까지는 극히 작은, 보잘것없는 소형선이었다. 그러나 제2차 세계대전 이후 디젤기관이 소형선에도 급속히 보급되고 한편 냉동냉장 기술도 발달하여 어선은 비로소 대형화하여 원양에도 진출하게 되었다. 전 세계의 총어획량은 1977년도에 7,350만 톤에 달하고 세계의 주요한 어업국은 일본, 소련, 중국, 노르웨이, 미국, 인도, 페루, 한국 등이다.

2. 수중익선과 호버크라프트

수중익선은 선체 밑에 항공기처럼 포일형 날개가 달려 있어 선체가 물안개에 잠기지 않고 물 위에 떠올라서 물의 저항을 받지 않고 고속으로 달릴 수 있는 배이다. 그 원리는 비행기 날개가 일으키는 양력으로 항공기 기체가 떠오는 현상과 동일하다. 최초의 상업용 수중익선은 1956년에 건조되었고 이탈리아 본토에 시실리도 간에 취역했다.

호버그레프트도 수중익선처럼 선체가 물 위에 떠올라 앉아 추진되는 배이다. 그러나 선체가 물에서 떠오르는 치맛자락처럼 바람이 빠져나가지 못하도록 스커트를 붙여 그곳에 송풍기로 압축공기를 불어넣어 수면과 선체 사이에 공기쿠션을 형성하여 선체가 물 위에 떠오르도록 하고, 항공기 프로펠러를 선체 위에 달아 항공식 추진을 하든가 아니면 수중에 박용 추진기를 넣어 고속으로 추진하는 것이다.

이 두 가지 추진방법을 구별하기 위해 항공기 프로펠러로 추진하는 경우를 호버크라프트, 박용 추진기를 쓰는 경우를 호버마린이라 하기도 한다. 이 같은 원리에 의하여 수륙양용 호버크라프트도 가능하다. 지금의 호버크라프트는 1953년 영국인 코커렐에 의해 개발되고 그 시작은 srn-1호가 도버해협을 횡단하는 데 성공함으로써 각광을 받기 시작했다. 호버크라프트는 선체가 물의 저항을 거의 받지 않아 일반 선박에서는 생각할 수 없는 고속을 쉽게 낼 수 있다. 70노트~100노트 이상의 속력도 기대할 수 있다. 그러나 호버크라프트는 파도에 약하다는 치명적인 결함을 가지고 있으며 선가가 비싸다는 것이 흠이다. 그러므로 현재 호버크라프트는 지중해처럼 파도가 적은 수역이나 영불해협처럼 거리가 짧은 항로에서 유리하게 사용되고 있다.

이와 같이 호버크라프트는 고속으로 운반능력이 크다는 데서 장래가 촉망되는 새로운 형태의 항공기와 선박의 중간 역할을 할 수 있는 교통수단으로서 장차 그 발전 가능성이 크다. 다만 그것을 육상교통에 쓰는 경우에 기성도로의 노폭을 조절하는 문제와 소음과 먼지를 처리해야 하는 문제 등이 남아 있다.

3. 원자력상선

세계 최초의 원자력은 미국이 1952년에 착공하여 1955년에 완공한 잠수함 노틸러스호이다. 1957년에 착공한 원자력 추진 순양함 롱 비치호가 1961년에 준공되고, 원자력 항공모함 엔터프라이즈호가 1958～2961년에는 계속적으로 군함의 추진동력으로 이용되어 왔다. 한편 원자력은 군용선이 아닌 배나 상선에도 써 보려는 움직임이 활발하게 일어났다. 소련은 원자력 쇄빙선 레닌호를 1956～1959년에 완공하고 미국은 원자력 상선 사바나호를 1958～1962년까지 4년간 만들었으며 동독은 원자력 광석운반선으로 한호르를 1963～1968년에 준공하고, 일본도 1968년부터 특수화물선 무츠호를 만들기 시작했다. 소련의 레닌호는 세계 최초의 비군용 원자력선이고 미국의 사바나호는 세계 최초의 원자력 상선이라 할 수 있다.

사바나호는 상업적 수익의 목적보다 원자력 상선도 안전하게 운

항될 수 있다는 사실을 입증하고, 원자력선에 필요한 선원과 기술 요원을 양성하기 위해서 만들어진 배이다. 사바나호는 원자동력으로 연료보급 없이 3만 해리를 항속할 수 있다. 그러나 상선으로는 성공하지 못했다. 동독의 철광석 운반선 오토 한호는 그래도 어느 정도 계속적으로 운영된 원자력 상선이다.

결론

19세기는 역사에 관심을, 20세기는 미래에 관심을 가진 시대라 한다면 21세기는 해양에 관심을 가진 시대라고 말할 수 있다. 1850 년대 이후 인류해양에 관한 식견이 장족의 진보를 거두었다. 그러나 바다는 단순히 교통로이고 물고기나 소금의 공급원이었던 시대는 이미 지나가고 지금은 해양에너지가 이용되고 있다. 또한 전 세계적인 협력으로 해양탐구가 기대되므로 해양을 보존하는 것도 잊어서는 안 된다.

21세기는 선박의 전용화, 대형화, 고속화와 병행하여 배의 자동화가 적극적으로 진행되고 있다. 자동화장치는 또한 대형과 고속화를 가져왔다. 현재자동화의 범위는 점점 더 확대되어 가고 있다.

해양사 시간을 통하여 해양에 관한 많은 지식을 알게 되었다. 벤허, 신라인들에 대하여, 장보고에 대하여, 타이타닉호 등 많은 비디오 시청자료를 통하여 우리들의 식견을 넓히고 해양에 더욱 큰 관심을 갖게 되었다. 또한 시청보고서, 조별 리포트, 주제별 리포트

등을 통해서 자신이 바다에 대한 관점과 결심도 갖게 되었다.

 이런 시간들을 계획하고 쉽게 이해할 수 있도록 문희주 교수님께서 피나는 노력과 심혈을 기울였음을 알 수 있었다. 또 우리 학교에 전례 없는 독특한 교수방법으로 우리들을 가르쳐 주심에 다시 한 번 깊은 감사를 올리는 바이다.

제목 : 항해계기에 대하여

제출자 : 5기 항해학과 서강
연변해양대학 해양사 수업

◆ 목 차 ◆

Ⅰ. 서론

선박이 항해할 때 육지에서 멀리 떨어진 대양상에서는 자선의 위치를 정확히 결정하여 적절한 침로를 취하는 것이 가장 중요한 문제이며, 충돌이나 좌초의 위험이 많은 연안에서는 자선 주위의 상황이나 수심 등에 특별히 주의를 하여야 할 필요가 있다.

따라서 항상 안전하고 능률적인 항해를 하기 위해서는 장소와 경우에 따라 자산의 위치나 방향은 물론 주위의 상황도 완전히 알아야 할 것이다. 즉 수시로 여러 현상을 정확하게 측정할 필요가 있다. 때문에 필자는 항해계기에 대해서 소개하려 한다. 이 문장이 이후에 바다를 누비며 살 우리 항해과 동기들에게 조금이나마 도움이 되기를 바라는 마음에서 보낸다.

Ⅱ. 깊이를 측정하는 계기

항해 계기는 해상에서 배의 위치 결정과 목적지로 안전하고 신속하게 항행하기 위한 계기다. 항해 계기는 사용목적에 따라 깊이, 방위, 속력, 항정 및 선위를 알기 위한 것, 항해의 안전 확보 및 조선의 보조로 사용하기 위한 것으로 분류할 수 있다. 캠퍼스나 레이더와 같이 선위 결정 및 충돌 위험의 유무판단 등 여러 용도로 사용할 수 있는 것도 있다.

깊이를 측정하는 측심기는 수심 및 저질을 측정하는 계기로서, 입출 항시, 연안 항해 시 또는 수로 측량이 불비한 해역을 항행할 때에 사용한다. 현재 널리 쓰이고 있는 것은 수용측심기, 켈빈식 측심기 및 음향 측심기의 세 종류가 있다.

1. 측연(lead line, hand lead)

추와 측심 삭으로 된 간단한 것으로서 가장 오래된 계기다. 추가 해저에 닿으면 측심 삭의 눈금으로 수심을 재고, 추의 하부에는 오목한 구멍에 비누, 파라핀, 수지 등을 채워서 측심을 하면 거기에 모래, 진흙, 자갈 등이 묻는 것을 보고 저질을 알 수 있다. 아무것도 묻지 않으면 저질은 바위이다.

수심이 얕은 해역은 수용 측연이라 하여 무게가 약 7~14파운드, 측심 삭은 약 45m의 것이, 깊은 해역에서는 무게 약 28파운드, 측심 삭 200m의 것인 심해 측연이 이용된다.

음향 측심의가 발달한 요즈음에도 수용 측연을 잘 사용하고 있으나, 심해 측연을 사용하는 일은 거의 드물다. 줄에는 캄캄한 밤중이라도 깊이를 알 수 있도록 가죽이나 로프로 일정한 간격의 마크가 붙어 있다.

2. 켈빈식 측심의

측연을 기계적으로 사용하도록 한 것으로 추, 측심각, 와이어를 감아올리는 드럼으로 구성된다. 와이어의 길이는 미터로 표시되며 깊이는 와이어의 맨 끝에 연결된 보호관으로 측정한다. 상판은 밀폐되고 하판은 개구된 유리관으로 내부에 중크롬산을 칠했다. 수압으로 해수가 튜브 내로 침입하면 갈색의 중크롬산은이 백색의 염화은으로 변화하고 변색된 부분을 표심 척으로 재어 수심을 알게 한다. 영국의 물리학, 수학자인 켈빈 경이 발명하여 켈빈식 측심의라 한다.

3. 음향 측심의

잠수함 탐지를 위하여 제1차 세계대전 직후에 개발된 계기다. 수심계측에 이용되면서 측연, 켈빈식 측심의와 비교하여 매우 우수하여 측심용으로 급속히 보급되었다.

원리는 간단하여 해저로 초음파를 발사하여 이것이 반사되어 되돌아오는 시간을 계측하여 깊이를 측정한다. 구조는 선저에 음파를 보내는 송파기, 반사음을 수신하여 전기신호로 변화시키는 수파기, 전기신호를 증폭하는 증폭기, 증폭된 신호를 수심으로 표시하여 기록하는 기록기로 구성된다.

이것을 무기로 잠수함의 탐지 및 잠수함의 항행수단으로 이용된 것이 소나(sonar)로서 초음파를 범 모양으로 회전시키며 발사하는 방법에 의하여 수중에 있는 고체의 거리와 방위를 측정한다. 또한 움직이는 물체 중에 고체의 거리와 방위를 측정하며 물체의 반사음의 도플러 효과에 의하여 속력을 알아낼 수도 있다.

최근 해양개발에도 크게 이용되며 소나는 물고기 떼 발견을 위하여 이용되는 것이 어군 탐지기이다. 특히, 스캐닝 소나라 불리는 것은 어군 탐지만이 아니고 암초 등도 탐지되어 레이더와 같이 표시된다.

Ⅲ. 방위를 알기 위한 계기

1. 마그네틱 컴퍼스(magnetic compass)

나침반으로 불리며 자석이 남북을 가리키는 9지가기의 방향과 일치하는 성질을 이용한 것이다. 마그네틱 컴퍼스의 역사는 12세기 말로 이전에는 태양, 별 등에 의해 방위를 측정했다. 육지를 알 수 없을 때는 노아가 방주에서 비둘기를 날려 알았다는 것처럼 새의 방향 감각 등을 이용하여 항해했다. 날씨 구별 없이 밤낮 방위의 측정이 가능한 마그네틱 컴퍼스의 발명은 획기적인 것으로서 항해에 지대한 영향을 주었다.

구조는 방위를 기록한 원형의 컴퍼스 카드에 자석을 부착하여 자유로이 카드가 회전할 수 있도록 중심을 피봇으로 지지한 것이다. 마그네틱 컴퍼스는 선교에 설치하는 기준 컴퍼스, 조타용의 조타 컴퍼스, 구명정 등에 사용하는 보트 컴퍼스 등이 있다. 최근의 대형선에서는 자이로콤파스가 주로 사용된다. 마그네틱 컴퍼스는 최상 선교에 설치하고 조타실에서는 거울로 비쳐 보는 반영식이 많이 이용되고 있다.

2. 자이로 컴퍼스

자차, 편차 등에 오차가 있어 선박이 항상 변화하기 때문에 진방위를 알기 위해서 정확한 수정이 필요할 뿐만 아니라 황천 시는 선체가 경사로 생기는 경선차로 컴퍼스카드가 좌우로 크게 동요되어 침로를 확실히 읽기가 곤란하다. 이 결점을 해소하고 항상 진방위를 알 수 있고 황천 시에도 강력한 지북력에 의해 높은 정도를 유지하며 고위도 지방에서도 사용 가능한 것이 자이로컴퍼스다.

자이로컴퍼스 마스터컴퍼스라 불리며, 마스터컴퍼스의 시도를 전기적으로 빼내어 선내 각 장소에 설치한 리피터컴퍼스를 작동시키는 것이 가능하다. 리피터컴퍼스는 대형선 선교중앙 앞부분, 양현에 방위측정용, 조타석에 조타용, 선장실감시용으로 작은 것 5개나 설치되어 있다.

기타 레이더, 방향탐지기, 침로기록기, 자동조타장치 등에도 마스터컴퍼스에서 방위신호를 보낸다. 자이로컴퍼스의 원리는 자이로스코프의 운동을 지구의 자전과 일치시킴으로써 항상 진짜 북쪽을 가리키도록 한 것이다.

선박을 소정의 침로에 직진시키려면 조타구 컴퍼스를 보고 선박이 침로에서 이탈된 것을 알아야 하고, 키를 좌우로 회전시켜 선박을 원침로에 복귀시켜야 하는데, 이와 같은 조작을 자동적으로 하는 기계 장치가 자이로파일럿이다.

Ⅳ. 속력 또는 항정을 알기 위한 계기

선박 속력이나 항정을 계측하는 기구를 측정의라 한다. 로그라는 말은 통나무의 의미로 옛날에 배의 속력을 계측하는 데 통나무를 바다에 던져 선측을 통과하는 시간을 맥박을 이용하여 수를 헤아린 것에서 유래된 것으로 던진 통나무가 속력 또는 항정을 계측하는 기구의 총칭으로 되었다.

또한 통나무를 투입하여 계측한 속력을 기입하는 노트는 항해일지라 부르게 되었다. 측정의에는 다음과 같은 종류가 있다.

1. 속정용 유목

선상에서 통나무를 던져 선상에 새겨 놓은 2개의 관측선 사이를 통나무가 통과하는 시간을 계측하여 속력을 구하는 방법이다. 아주 원시적 방법이나 신뢰성이 높아서 요즈음도 신조선의 공식시운전 시, 운동성능측정 시 사용된다. 대수속력을 계측하는 계기이다.

2. 수용 측정의

던진 통나무를 회수할 수 없고 야간에는 불편하므로 부채꼴 판에 측정 삭을 연결하여 선미에서 바다에 던지면 일정한 시간에 흘러나간 줄의 길이로 속력을 계측한다. 시간을 계측하는 데 14초의 모래시계를 사용한다. 14초 동안에 흘러나간 측정 삭의 길이가 배의 소격과 일정하므로 각각의 속력에 대응하는 것에 매듭을 만들어 길이를 계측하지 않고도 즉시 속력을 판단한다. 이 매듭을 나타내는 노트라는 말이 속력을 나타내는 단위로 사용된 것이다. 수용 측정의는 대수속력을 계측하는 계기이다.

3. 예상식 측정의

수압에 대하여 회전하는 회전자를 끌어서 그 회전수에 따라 항 정을 알아내는 장치이다. 이 측정의가 나타날 때 특허를 얻었다 하 여 페이턴트 로그라고 부르기도 한다.

4. 동압식 측정의

수류에 의하여 생긴 압력은 유속의 제곱에 비례한다는 것이 알 려지고 있다. 선저에 전방을 향하여 구멍이 뚫려 있는 동압관과 아 래쪽을 향하여 구멍 뚫려 있는 정압관을 설치하여, 동압관으로 유 압과 수심 압력을, 정압관으로 수심 압력을 알아내고, 이의 압력차 를 스프링으로 균형을 이루게 함으로써 지침을 움직여 속력을 알 고 이를 시간으로 적산하여 항정을 알 수 있게 한 것이다.

속력은 전진 방향에만 계측되고, 계측이 가능한 최저 속력은 2노 트이다. 다음에 설명하는 전자 측정의가 개발되면서 생간은 되지 않고 있으나 현재 가장 널리 이용되고 있다. 보통 sallog라고도 하 는데 이것을 이를 제작한 스웨덴의 회사의 머리글자 sal을 인용하 여 부른 것이다.

5. 전자 측정의

자계의 가운데를 도체가 운동하면 속력에 비례한 기전력이 생긴다고 하는 전다 유도의 법칙이 있다. 이 법칙을 이용하여 자계의 방향, 운동의 방향 및 기전력의 방향을 상호 직각 관계로 한 속력 수감부를 선저에서 돌출시켜 선속에 비례한 기전력을 측정하여 속력을 구하는 것이다.

6. 도플러 측정의

선저에서 발사된 초음파가 해저 등에 반사되어 되돌아온 음을 수신하여 배의 속도를 계측하는 기계로서 도플러 소나라고도 불린다. 도플러라는 것도 물리학에서 도플러 효과라고 하는 현상으로서, 빛이나 소리와 같이 파동으로 전파하는 것의 주파수나 파장이 파를 보내는 광원과 관측자 상호 간의 운동에 따라 변화하며 관측되는 현상인 것이다.

위의 측정의는 어느 것이나 대수 속력을 측정하는 것인 데 반하여 도플러 소나는 해저에 반사된 음의 주파수를 계측하는 것으로 대지 속력이 구해진다. 그러나 수심이 깊으면 해저로부터 반사음이 약해지므로 대지 속력의 계측이 가능한 것은 백 수십 미터까지이다. 해저로부터 반사음이 약해지면 온도나 밀도가 다른 물 덩이로부터 반사음이 없어도 속도의 계측이 불가능한 것은 아니다. 대수 또는 대지의 어느 것이 나의 속도의 표시는 자동적으로 표시된다.

또한, 도플러 소나에서는 아주 느린 속도의 계측이 가능하여 최소 계측속도는 0.01m/sec(0.02노트)이다. 초대형선은 중량이 크므로 빠른 속도로 착안하면 선체나 안벽이 손상을 받을 가능성이 있으므로 미속으로 조정할 필요가 있어 5/sec 정도로 착안한다. 이때 선수미의 가로 이동 속도를 정밀하게 계측 가능한 도플러 소나는 초대형선의 조선에 훌륭한 위력을 발휘한다.

초대형선이 착안하는 안벽에서는 SAMI(Doppler Speed of Approach Measurement Indicator: 접안 속도계)라고 불리는 장치를 갖추어 안벽으로부터 접안 속도를 계측하여 배에 전해 주는 방식을 채용하고 있는 것도 있다.

보통 후술하는 인공위성에 의한 해군 항행 위성(NNSS)은 전파의 도플러 효과를 이용한 것이다.

V. 선위를 알기 위한 계기

1. 육분의(sextant)

고도나 2개의 물체의 협각을 측정하는 계기이다. 통상은 태양, 달, 별의 수평선으로부터의 고도를 측정하여 선위를 구하는 천문 항법에 이용되지만, 산의 높이 또는 2대의 수평 면상에 있는 물체의 협각을 계측하여 선박 위치를 구하는 것도 가능하다, 프레임, 거울, 망원경으로 구성되는 간단한 구조이지만 0.1분까지 계측할 수 있는 매우 정도가 좋은 계기로서, 인공위성에 의한 선위계측이 오늘날에도 항해 계기로서의 육분의는 의연히 중요한 위치를 차지하고 있다.

2. 방향 탐지기

전파를 발신하여 방향을 탐지하는 기계로 가장 오래된 것이지만, 선박설비규정에서 설치가 의무화되고 있는 중요한 계기다. 원리는 안테나의 지향성을 이용한 것으로 휴대용 라디오를 감도가 방송국의 방향과 라디오의 방향에 따라 같은 원리로 전파의 도래 방향을 아는 방법이다. 실제로는 루프 안테나를 고정한 채 수신된 전파방향탐지기 내 코일에 끌어들여 회전하는 코일과 조합시켜 방위를 아는 고니오미터라 부르는 장치를 이용하고 있다.

루프 안테나와 수직 안테나를 공용하여 8자형 특성과 하트형 특성을 이용하여 수신기 출력을 음, 또는 영상으로 바꿔 무선표지국의 방향을 측정하는 것이다. 해안선에는 적당 간격의 무선표지국이라 불리는 표지 전파를 발사하는 시설이 있는데 무선표지국들의 방위를 측정하면 선위가 구해진다.

조난선 위치가 확실하지 않은 경우에도 전파를 내보내고 있으면 방향탐지기에 의해 그 방향으로 진행하면 조난선을 발견할 수 있다. 또한 북양어업 등에서 모선에 귀향하는 경자선도 방향 탐지기가 이용되고 있다.

3. 로란(loran)

평면상에서 2개의 정점으로부터의 거리 차가 일정한 점의 궤적은 2정점을 초점으로 하는 쌍곡선이 된다는 원리를 응용한 것으로, 전파의 정속성, 직진성을 이용한 것이다. 곧 2개의 송신국을 1조로 하여 양쪽 국에서 일정한 시간차를 두고 전파를 발사하면 그 펄스파가 선박에 도달하는 시간차를 측정하여 선박의 위치를 구하는 쌍곡선 항법이다.

4. 데카

쌍곡선 항법의 일종으로 제2차 세계대전 중 노르만이 상륙 작전에서 처음으로 사용되어 대성공을 거두었다. 데카의 특징은 정확도가 높고 무경험자도 정확한 선위를 구할 수 있다. 유효 범위는 비교적 좁아 낮에는 약 300마일, 밤에는 약 200마일이다. 데카는 후술하는 오메가와 같이 2개 전파의 위상차를 측정하여 선위를 구하는 것이다. 위상이란 파의 진행, 지연을 나타내는 말로 위상계로 위상차를 측정한다. 데카 수신기는 연근해 항해에서 유효하게 이용되고 있으며 소형선에도 점차 그 수요가 늘어나고 있다.

5. 오메가 항법

쌍곡선항법의 하나로 원리는 데카와 같이 전파의 위상차 측정에 의한다. 이 항법의 특징은 초장파를 이용하여 지구 상 모든 지점을 8개소의 오메가국으로 커버한다. 오메가라는 이름이 붙은 것은 이 이상의 항법시스템은 앞으로 개발될 수 없다고 하는 자신을 갖고 알파벳의 제트에 해당하는 그리스문자의 마지막 문자 오메가를 딴 것이다.

사용 주파수는 초장파의 10.2킬로헤르츠로서 이 파장은 29.468미 터이다. 전파는 지표와 전리층의 D층의 사이를 마치 레이더에 사 용되는 초단파가 도파관 내를 전달하는 것처럼 전달되어 전파 손 실이 적고 비교적 작은 출력으로 지구 전 지역에 도달된다. 레이더 에 사용되는 도파관이라 단면이 긴 네모꼴인 구리로 된 관으로서 초단파를 발생시키는 마그네트론으로부터 마스터의 안테나까지 연 결된 것이다.

국과 국을 연결하는 기선상 레일 폭은 1/2파장으로 14,734m다. 측정 가능한 것은 1cm 레인으로 147m인데 이것이 측정 가능한 최 고거리다. 8개의 송신국 간에 로란이나 데카와 주국과 종국의 관계 는 없고, 각국이 약 10초의 주기로 같은 주파수의 전파를 순차로 정해진 시일 주파수의 전파를 사용한다. 동시에 발사하면 수신 측 은 어느 국서 발사한 전파인지 알 수 없기 때문이다.

서로가 3,000~8,000마일 떨어진 8개국이 1조로 순차로 전파를 발사할 때 정확한 시계가 있어야 한다. 이 때문에 미국해군천문대 의 표준시계를 기준으로 한 세계 협정 시와 동기시켜 전파를 발사한다. 각국은 각각 4대의 세슘원자발진기를 갖추어 500만분의 1초 이내의 정확도를 유지하고 있다. 데카와 같이 연속전차하지 않기에 위상차를 비교 시 앞에 수신한 전파의 위상을 기억시켜 두는 방식을 채택하고 있다.

6. 위성 항법 시스템

GPS의 정상 명칭은 NAVSTAR/GPS인데, NAVIRATION SYSTEN WITH TIME AND RANGING/GLOBAL PSSITIONAL SYSTEM의 머리글자를 딴 것으로, 시간과 거리를 사용한 항법 방식으로 전 세계적 위치결정 방식이라는 뜻에서 유래된 것이다.

NAVSTAR/GPS는 종전의 위성 항법 장치인 NSS의 2가지 약점 즉, 약 107분에 한 번 빈도로 위성이 관측자의 상공을 통과하는 10분 동안밖에 위치를 낼 수 없다는 점과, 도플러 측정에 의거하여 관측자의 이동속도를 비교적 정확히 알아야 한다는 단점을 보완하여 적절한 수신장치를 갖춘 수신자가 해상, 육상 또는 대기원의 어디든 정확도의 3차원의 위치, 속도, 정확한 시간 정보를 범세계적으로 24시간 제공하여 주는 위성항법장치로 현재 사용 중인 전파항해계기 중 가장 최신의 전천후 위치측정시스템이라 할 수 있다. GPS시스템은 크게 우주 부분과 사용자 부분 및 제어 부분의 3가지 부분으로 나눌 수 있다.

우주 부분은 21개의 위성과 3개의 예비위성을 포함하여 55도의 기울기를 가지고 등간격으로 6개의 궤도에 4개씩 배치되어 있다.

지구중심을 기준으로 한 궤도 반경은 26,500㎞ 정도 지구표면서 약 20,183㎞ 중고도다. 위성이 지구를 선회하는 주기는 0.5 항성으로 되어 있다. 이들 위성은 위치측정에 필요한 데이터를 주파수 확산방식으로 변조시켜 2개의 L-밴드주파수의 전파로 보내는데 2차원 측위에는 3개의 위성 3차원 측위에는 4개의 위성에서 이 전파를 수신하여 위치를 산출한다. 이들 우주 부분의 위성은 원자시계가 설치되어서 모든 위성이 아주 정확한 시각정보와 2종류의 정보를 rf신호에 실어서 전송한다. 사용자 부분은 위성으로부터의 시각정보와 궤도정보를 수신하여 수신기의 위치결정 및 시각 비교에 사용되며 선박, 육상, 항공기 또는 미사일이나 우주선 등에 탑재된 모든 수신기가 이에 해당된다.

제어 부분은 1개소의 주제어국과 5개소의 가시국, 지상안테나로 구성되며 주제어국은 각 위성위치 계산 및 궤도예측과 GPS시각의 제어와 위성조정 및 작동상태 등을 감독한다. 이들 제어 부분에서는 GPS위성을 정확하게 추적하여 궤도수정 자료와 위성클럭에 대한 바이어스 요소를 주기적으로 위성에 보낸다. GPS에 의한 측위는 위성에서 발사된 전파의 지연시간을 예측하고 궤도까지 거리에서 현재 위치를 구하는 방법이다.

7. 레이더

RADIO DETECTION AND RANGING의 약어로서 근본 원리는 극초단파의 직전성, 정속성, 반사성, 지향성을 이용한 지향성 회전

안테나인 스캐너를 사용하여 펄스 파를 발사한 후 그 전파가 물류에 의하여 반사되어 되돌아올 때까지 시간을 측정하여 거리를 알고 또한 그때의 스캐너 방향에 의하여 그 물표의 방향도 알 수 있는 항해 계기이다.

물표의 위치를 표시하는 방법에는 각종 방식이 있으나 선박에서 이용되고 있는 것은 PPI인데 이것은 해안의 지형의 해도를 보는 것처럼 표시된다.

레이더는 제2차 세계대전 중에 개발된 것으로, 군용으로서 사격에 이용된 해전의 최초는 1941년 5월 26~27일의 야간에 독일의 전함 비스마르크호가 영국의 구축함을 포격한 것이고, 일본의 경우는 미국이 1942년 11월 11일 밤 사보 섬 근처를 남하 중인 일본 함대에 대한 공격이 최초이다.

대전 후 레이더는 상선의 항해 계기로 사용하게 되어 항해의 안전에 다대한 공헌을 하고 있다. 선위의 측정, 협시계에서의 충돌, 좌초의 방지 등에 지극히 유용하게 이용되어 레이더는 나침판과 함께 선박 운하에 가장 큰 영향을 준 발명이라 할 수 있다. 레이더의 구조는 송수신기, 안테나, 지시기로 되어 있다. 송수신기의 마그네트론에서 발생한 전파는 도파관을 통하여 펄스파를 내보내고 있다. 목표에 부딪친 전파는 반사하여 일부는 안테나로 수신되어 도파관을 역으로 통하여 송신기의 증폭기에서 증폭된 후 지시기의 브라운관에 들어와 목표물을 나타낸다. 지시기에는 형광 물질을 바른 스코프가 있고 자기 선박의 위치를 나타내고 있는 스코프의 중심에서 밖으로 주사선이라 하는 밝은 줄이 뻗쳐 있는데, 이것은 스캐너와 같은 속도, 같은 방향으로 회전하고 있다. 따라서 스캐너가

1회전할 때마다 스코프의 주사선도 1회전하고, 그때마다 선박의 주위에 있는 전파의 반사체인 물표의 영상이 스코프에 나타난다.

통상적으로 1만 톤급의 화물은 17마일 내외로 비칠 때, 언덕과 가은 해안은 반사가 양호하여 멀리 받지만 사막과 같은 평탄한 해안에서는 반사가 약해서 10마일 내외에서도 비치지 않는 수가 있다. 또한, 파도도 영상으로 비치기 때문에 황천 시에는 작은 어선은 파도의 반사 속에 들어가 버려 알아내기가 곤란한 때도 있다.

레이더를 장비한 배가 안개 속에서 충돌하는 수도 있는데, 이것은 레이더에서는 배의 영상이 점으로 비쳐 본선으로부터의 방위와 거리는 알 수 있으나 침로와 속력을 알 수 없는 것이 큰 원인이다. 상대 선박의 방위와 거리를 시간의 경과와 함께 제도하고 있으면 침로와 속력은 알 수 있으나, 이것은 옛날 방법으로서 상대 선박이 급히 침로를 바꾸면 레이더에서는 알 수가 없다.

레이더에 나타난 선박을 전산기로 처리하여 상대의 침로, 속력, 본선과의 충돌 위험의 유무를 계산하여 표시하는 장치를 자동 레이더 플로팅 원조장치라 한다. 이는 일명 충돌 예방 원조 장치라 하는 것으로 레이더로부터의 정보, 자이로콤파스나 로그로부터의 신호를 내장된 고정도의 마이크로컴퓨터로 처리하여 충돌회피에 필요한 정보를 제공하는 장치이다. 그러나 기본이 되는 것은 레이더인 것으로 스콜 속에 들어가 영상을 잘 알 수 없는 선박 등에 대한 효과는 없지만, 인간을 대신하여 영상을 자동적으로 플로팅하여 충돌 위험의 유무까지 판정한다는 점에서 매우 유효한 계기이다.

Ⅵ. 결론

우선 바다를 탐구하고 누빌 수 있도록 이 학교를 보내 주신 하나님께 감사드린다. 또한 항해계기를 연구하고 공부할 수 있는 기회를 주신 문희주 교수님께 감사드린다. 항해사에 계기가 없다면 소경이 항행하는 것 같다. 항해를 위해서는 자선의 위치나 방향은 물론 주의 상황도 알아야 할 것이다. 이 모두 항해계기가 해결해 준다. 이번 공부를 통해 항해계기가 항해에 중요함을 깊이 인식하게 되었다.

미래에 바다를 누비고 세계를 누비며 살아갈 우리 항해사로서 먼저는 항해계기의 중요성을 알고 그 항해계기를 정확히 다룰 수 있는 능력과 지혜를 가져야 한다. 그 밖에 선박에 관련된 다종의 기술 분야는 선박운항에 전업적인 지식과 배를 자유롭게 할 것이다. 우리는 이런 지식과 기능을 몸에 익혀서 배를 자유롭게 다룰 줄 알고 바다를 정복하여 민족과 이 사회에 쓰임이 될 수 있는 자가 되자!

한 학기 동안 문 교수님 정말 수고 많으셨다. 밤늦게까지 저희들의 수업을 위하여 휴식하지도 못하고 맡은바 수업에 많은 심혈과 관심을 투자한 데 대해 진심으로 감사드린다. 교수님 항상 건강하시고 주님의 축복을 많이 받기를 간절히 바란다.

제목 : 추진기의 종류와 발달과정

제출자 : 5기 기관학과 김영무

연변해양대학 해양사 수업

Ⅰ. 서론

문희주 교수님의 해양사 시간을 통하여 필자의 생각이 너무나 제한되어 있었고 의식을 가지지 못한 필자 자신을 발견하게 되었다. 즉 필자에게는 어제와 오늘 그리고 내일을 바라보는 훈련이 부족했었다. 기관학과에서 4년째 학습하면서 필자는 추진기에 관심을 가졌었다. 그러므로 이번 기회에 추진기의 정의와 종류, 추진기의 발달과정에 대해 연구, 조사하여 필자 나름대로의 생각들을 적어 보려 하며 또 스크류 프로펠러로부터 바라보게 된 21세기 'fish propeller'에 대해 필자는 상상을 넓혀 보려 한다.

Ⅱ. 추진기의 정의와 종류에 대하여

사회통념상의 선박이라 함은 물체의 부양성을 이용하여 수상을 항해하는 데 사용되는 일정한 구조물을 말한다. 따라서 제조 중의 선박 및 침몰선 등은 선박이 아니다. 다만 준설선, 해저자원 굴착선, 기중기선, 등대선 등은 사회통념상의 선박이기는 하나 추진력이 없으면 선박법의 선박이 아니다.[1]

그러므로 선박법상의 선박으로서 추진력을 얻는 장치를 추진기라고 정의할 수 있다. 필자가 소학교 시절에 늘 즐겨 놀았었는데 '배 놀이'라고 우리 스스로가 이름 지은 놀이였다. 그때 당시 비 온 뒤에 운동장에 빗물이 고이게 된다. 촌스러운 우리는 그것을 하나의 바다로 가정하게 되었고 우리 손으로 이제 추진력을 가진 작은 배를 만들어 본다. 그 방법은 나무연필을 절반 쪼갠다. 그러면 길쭉한 나무복판에 연필심 자리의 오목한 직선이 생기게 된다. 이제 연필을 깎았을 때의 테이퍼 부눈을 선수라 하고 선미 뒷면은 수면과 수직으로 된다. 선박으로 되려면 부양성을 가진 이 가정 배에 추진력만 주면 된다. 그때 우리는 추진력으로 볼펜 약을 이용하였다. 선미 끝 부분에 볼펜 약을 일정한 양, 일정한 무게로 떨어뜨려 놓는다. 그러면 자연히 그 무게에 의해 선수가 조금 들리고 선미가 약간 물에 잠기게 된다. 그러므로 볼펜 약이 물에 용해되면서 물을 밀며 가정 배는 전진하게 된다. 이러고 볼 때 이 배의 추진기로는 볼펜 약이 되는 것이고 추진력은 볼펜 약이 물에 용해되면서 생기는 힘으로 된다. 그렇다. 이 방법으로는 선체 무게가 가벼운 가정 배에는 가능하지만 실제 큰 선박은 볼펜 약으로는 추진할 수 없는 것이다. 하지만 이러한 아이디어로 우리 지혜로운 선조들은 여러 가지 추진방법으로의 추진기들은 발명했었다. 이제 두 번째 부분으로 추진기의 발달과정에 대해 연구하고자 하여 여기에서 먼저 각 추진방법으로 나눈 추진기에 대해 소개하련다.

1. 풍력추진: 주로 범을 이용하는 풍력으로 추진하는 것을 말함
2. 공중 프로펠러: 프로펠러기의 엔진과 프로펠러를 배에 부착한 것을 말함
3. 공중 제트: 공중프로펠러의 엔진과 프로펠러 대신에 제트기의 엔진을 부착한 것을 말함
4. 외차: 수차와 같은 외차를 양현중앙 또는 선미에 고정하여 배를 추진시킨다.
5. 스크류 프로펠러: 나사면의 일부를 날개 면으로 하는 몇 개의 날개를 가진 프로펠러로 배를 추진시킨다.
6. 보이드 쉬나이더 프로펠러: 선저에 회전하는 수평 원반에 몇 개의 날개를 고정하여 원판과 같이 회전시켜 추력을 얻는 것을 말함[2]

기타 추진방법 중 여러 가지가 있으나 두 번째 부분의 추진기 발달과정에서 필요한 것들을 첨부하고자 한다.

Ⅲ. 추진기의 발달과정

추진기의 발달과정을 알아보려면 역사를 거슬러 올라가 19세기 수천 년 전부터 살펴보아야 할 것 같다. 맨 처음 사람들은 강을 건너기 위해 나무 조각에 엎드려서 개헤엄을 치면서 물 위에서 다니기 시작했다고 문희주 교수님한테서 들은 적이 있다. 그 후에 그들은 또 나무를 찍어 한데 묶어서 뗏목을 만들어 이제 엎드린 자세로부터 뗏목 위에 서서 나뭇가지로 추진하게 되었으며 엎드렸다 섰다. 하다가 이제는 편안히 앉아 노를 젓는 데까지 발달되었다. 그런데 이러한 추진 방법은 인간의 힘으로 하였기에 필경 인간의 힘은 한계가 있는 한 큰 바다로 나가기에는 곤란하여 강, 하천, 호수 등에서 사용되는 것으로 제한을 받았다.

이 뒤를 이어 사람들은 인력보다 큰 힘을 가지고 있는 풍력이라는 자연의 힘을 이용하게 된 것이 범선의 출현이다. 이는 강한 힘으로 바다에 진출할 수 없었다. 여기에서 자연의 두 가지 측면 즉 인간에게 부를 가져다주는 반면 위험도 가져다준다는 사실을 알 수 있다. 그 후 범선을 도태시킨 것이 물갈퀴를 장치한 물레방아 모양의 외륜을 만들어 소나 말로 그것을 움직이게 해 보려는 데서 출현한 외차였다. 이 추진기는 대형 상선에 많이 쓰이게 되었으나 많은 결함을 가지고 있다.

첫째로 둥근 바위에 방사성으로 고정시켜 놓은 물갈퀴는 날개가 물에 들어갈 때 수면을 치고 물에서 빠져나올 때 물을 차 올려서 효율이 좋지 않았다.

둘째로 외륜이 물에 잠기는 심도가 문제이다. 외륜은 그 지름의 5분의 1가량이 물에 잠겨서 작동하는 것이 이상적인데 배의 적하에 따라 물에 잠기는 심도가 달라질 뿐 아니라 파도에 따라서도 물에 잠기는 심도가 순간적으로 달라진다. 그러므로 외륜은 파도가 세면 고르게 작동하지 못하고 배의 적하상태에 따라서도 무리가 가게 된다.

셋째로 외륜은 구조상으로도 파도에 대해 약해서 거센 파도가 치면 손상되기 쉽다.

넷째로 외륜을 군함에 장비하면 선현에 크게 노출되어 적의 포격으로 쉽게 기능을 상실해 버릴 염려가 있고 선체 중앙에 넓은 자리를 차지하여 포의수가 줄어들고 화력이 약화되는 치명적인 결함도 있다.

외륜의 이러한 결함을 해결할 수 없어 여러 가지 다른 방법이 발명되었다. 그중 두각을 나타낸 것은 스크류 프로펠러이다.[3]

Ⅳ. 스크류 프로펠러로부터 본 21세기 추진기

스크류 추진기는 1800년경부터 그 원리적인 것이 연구되고 있었으나 1860년경이 되어 현재의 스크류 추진기의 원형이라 볼 수 있는 것이 만들어지게 되었다.[4]

스크류 추진기는 성능이 좋고 튼튼하여 신뢰성이 있을뿐더러 가격도 싸며 주기의 토오크, 회전수를 최대한까지 사용할 수 있으며 일정 방향으로 회전시킨 채 역추력을 얻을 수 있으며 토오크와 회전수를 임의로 설정할 수 있는 반면에 구조가 복잡하고 보스부가 크게 되며 공동현상을 일으키기 쉬우며 보스의 길이가 길게 되는 결함이 있다.[5]

스크류 추진기의 가장 큰 결함이 공동현상이 쉽게 일어난다는데 있다. 그렇다면 어떻게 공동현상이 일어나지 않는 또는 쉽게 일어나지 않는 추진기를 만들 수는 없는지 필자는 생각을 굴려 본다. 공동현상이 일어나는 두 가지 큰 원인 즉 프로펠러 회전속도가 너무 빠른 것과 파도로 인하여 선박이 기울어지므로 프로펠러가 바닷물 밖에 노출될 때이다.

그렇다면 프로펠러와 축 사이에 발전기와 연결된 power전달 장치를 설치하여 powe가 급증했을 때 과도의 power를 발전기를 돌리는 데 소모하므로 프로펠러의 회전속도를 낮추어 공동현상을 방지할 수는 없을까 생각한다. 또 다른 한 가지 프로펠러에 감측장치를 설치하여 바다물 깊이 일정한 위치에 프로펠러 전체가 자동으로 아래위로 이용할 수 있으므로 파도칠 때 바닷물 밖에 노출하는 것을 방지하는 것이다.

이러한 특징으로 보아 21세기 프로펠러를 'flsh propeller'라고 이름 지었으면 한다. 왜냐하면 물고기는 물속에서만 정상적인 활동을 할 수 있다는 의미에서 'flsh propeller'도 물속에서만 공동현상이 없이 정상이라는 의미에서 말이다.

V. 결론

솔직히 처음에는 해양사 시간을 그다지 좋아하지 않았다. 왜냐하면 전혀 접촉해 보지 못했던 논문을 쓴다는 데 부담을 가졌었다. 그러나 우리는 할 수 있었다. 힘써 뭔가를 써내려고 노력할 때 필자는 어린 시절 즐겁게 놀았던 '뱃놀이'로부터 추진력에 대해 정의를 내릴 수 있었다.

기관학과 과목을 통해 그 종류에 대해 적을 수 있었으며 문희주 교수님 지도하에 추진기 역사에 대해 연구, 조사하게 되었다. 또 필자는 여기에서 자신의 상상력을 제한 없이 펼쳐 볼 수 있었다. 그럼으로써 해양사 과목을 더욱 사랑하게 되었다. 최후로 지도교수 문희주 교수님께 감사를 드린다.

IV. 個別리포트

제목 : 콜럼버스와 신대륙의 발견

제출자 : 5기 기관학과 이경학
연변해양대학 해양사 수업

◆ 목 차 ◆

I. 서론
II. 신대륙 항해의 필요성(시대적 배경)
III. 신대륙 항해의 가능성(조선술, 항
    해술의 발달)

IV. 새 항로와 신대륙의 발견
V. 결론

I. 서론

필자는 본 소고를 통하여 콜럼버스가 찾기 위한 항해의 필요성에 대하여 그 당시 유라시아 대륙의 시대적 배경을 살펴보므로 콜럼버스가 왜 신대륙에 대한 열망과 이를 위한 그 자신과 각 나라들의 관계를 알아보고 또한 신대륙 항해를 가능케 한 것은 무엇인지에 대하여 당시의 조선술, 항해술에 대하여 살펴본 뒤 그의 새 항로와 신대륙 발견의 과정과 그 이후 사정에 대하여 기술코자 한다.

본 소고에서는 콜럼버스 이전의 오랜 해양의 역사와 유럽의 전체적 입장 등을 말하지 않고 콜럼버스가 그의 항로와 관계된 나라

제2편 論文作成의 實際 245

와 사람들에 대해서만 언급하고자 한다. 그리고 결론적으로는 본 항해와 지리적 발견에 따른 입장을 간단히 표명코자 한다.

Ⅱ. 신대륙 항해의 필요성(시대적 배경)

새로운 항로의 탐색과 발견에 필요한 막대한 비용과 그것이 실패하였을 경우의 희생을 감수할 능력은 역시 통일국가를 이룩한 왕권에 구할 수밖에 없었다. 번영을 자랑하던 베네치아나 한자도시들은 구태여 새로운 항로를 찾을 필요가 없었으며, 영국이나 프랑스는 어느 정도 지중해무역이나 북해무역의 혜택을 받고 새로운 항로를 찾아야만 할 절박한 이유나 필요성도 없었다. 포르투갈 및 이와 경쟁적인 입장에 있는 에스파냐는 지중해무역으로부터 소외되어 있었고, 이슬람에 대한 강한 적개심을 가지고 있었으며, 새로운 항로의 발견으로 초래될 경제적 이득에 대한 강렬한 갈망과 필요성이 있었다. 뿐만 아니라 그들은 다 같이 대서양연안에 위치하고 있었다.

이베리아반도에서의 두 왕국의 성립은 바로 끊임없는 이슬람과의 투쟁이었다. 그러므로 그들의 마음과 몸에는 이슬람에 대한 적개심과 이슬람을 타도하고 크리스트교를 전파하려는 염원이 가득차 있었다. 따라서 프레스터 존이 다스리는 망각된 강력한 크리스트교국가가 동부 아프리카나 아시아의 어느 곳엔가 존재한다는 전설은 그들에게 있어 큰 관심의 대상이 아닐 수 없었다.

후추를 비롯한 각종 향료는 지중해를 통한 동방무역의 종교상품이었고 그것이 많은 이익을 가져온다는 것은 이를 독점하다시피하고 있는 이탈리아 도시들의 경제적 번영을 보면 쉽게 알 수 있는일이었다. 만일 동방과 직접 교역할 수 있는 길이 발견된다면 이슬람교도인 아랍상인이나 이탈리아상인이 독점하고 있는 저 막대한 경제적 이득을 대신 차지하고 경제적 번영을 누릴 수 있을 것이 아닌가.

동방에 대한 유럽인의 관심과 호기심은 13세기에 몽고족의 원나라 조정에 오래 머물다가 귀국한 베네치아의 마르코 폴로(Marco Polo, 1254~1324)의 <동방견문록>과 같은 여행기로 더욱더 커졌다. 유럽인에 이어 동방은 향료만이 아니라 중국산 제조물과 각종 보석의 산지이기도 하였다.

마르코의 여행기에는 중국보다 더 동쪽에 지빵고라는 황금의 나라가 있다는 것이 기록되어 있었다. 그러므로 동방과의 직접적인접촉의 길을 발견한다는 것은 매우 매력적이고 경제적 이득이 클뿐 아니라 신앙심을 높이고 국가적인 영광을 가져다주는 것이기도하였다. 때는 마침 르네상스세대로서 팽창의 기운이 감돌고, 새로운 것과 미지의 세계에 대한 호기심은 강력하였으며, 위험과 곤란을 무릅쓰고 이에 도전하려는 모험정신이 유럽에 팽배해 있었다.

15, 16세기에 있어서의 탐험과 해외진출에는 세 가지 분야에서의 기술적인 발전이 절대적인 조건이었다. 즉, 첫째로 지리학과 천문학에 대한 지식의 확대와 그것의 실제적인 항해문제에서의 적용, 둘째로 조선과 항해기술의 발달, 그리고 셋째로 화기 특히 해전에서 이미 이용의 발달이다. 처음의 두 분야의 경우 유럽인들은 고대

시대와 인접한 이슬람세계로부터 필요한 지식을 획득하였으나, 이러한 지식을 실제로 현실에 응용하는 면에 있어서 르네상스기의 유럽인들은 놀라울 만큼 독창적이었다.

13세기 이래 이탈리아와 카탈로니아의 항구에는 전문적인 수로학자들이 있었고 그들에 의하여 해도가 작성되고 있었다. 이러한 해도는 날이 갈수록 보다 더 정확해지고 항해자에게 큰 도움을 주었으나 육지가 보이지 않는 먼 바다에 나갔을 때 선박의 위치를 측정할 길이 없었다. 이런 경우 항해자는 지리학과 천문학 등 모든 지식을 총동원하여 추측 항선으로 항해하는 수밖에 없었다.

Ⅲ. 신대륙 항해의 가능성(조선술, 항해술의 발달)

조선술도 15세기에는 발달하였다. 중세 말에 지중해와 북해방면을 왕래하는 무역선의 주종은 노와 돛을 병용하는 육중한 갈레선이었고, 돛은 큰 사각형의 것이 사용되었다. 15세기에 들어서면서 마스터의 수가 하나로부터 4개까지로 늘고, 항해를 전적으로 돛에 의존하는 범선이 발달하게 되었다. 뿐만 아니라 아랍 선박의 삼각형의 돛이 도입되어 종정의 사각형의 돛을 겸용하는 발이 빠른 경쾌한, 그러면서 원양항해에도 견딜 수 있을 정도로 견고한 카라벨선이 나타났다. 초기의 탐험과 발견에 사용된 선박의 대부분은 바로 카라벨선이 있으며, 16세기에는 사각법과 삼각법의 병용이 대형선박에도 적용되어 원양항해의 대형선박과 카라벨선으로 구성되었다.

1497년 바스코다가마로 하여금 4척의 배로 인도로 항해하게 되었다. 다 가마 디아스의 경험을 살려 무궁지대를 피하여 멀리 육지로부터 떨어진 항해를 하여 희망봉을 우회하고 아프리카 동해안의 항구들에서 필요한 물자를 보급하면서 다음 해 인도의 캘리컷에 도달하였다. 현지와 힌두시 지배자는 별로 호의를 보이지 않고 기득권을 가진 아랍 사람 상인들의 방해도 있었으나 신항로개척의 목표였던 후추와 향료를 입수하여 다음 리스본으로 돌아왔다.

카나리아제도만은 에스파냐와의 오랜 분쟁과 시비 끝에 에스파냐 소유로 낙착되었으나, 그 밖의 주된 섬들, 즉 마데이라, 아조에스 및 베르데(Cape Verde)제도는 포르투갈령으로서 15세기에 식민이 행하여지고, 설탕과 포도주의 산지로서 개발되고 있었다. 이와 같이 대서양 쪽의 섬들이 발견되고 식민이 행하여지는 과정에서 항해자나 모험가의 관심과 호기심도 강해지고, 특히 크리스트 교도가 번영 속에 살고 있다고 정해진 가공의 섬 아틀란티스(Atlantis 또는 Amtlla)를 발견하는 것은 그들의 꿈이었다.

제노아의 선원 출신인 콜럼버스(christopher columbus, 1446~1506)는 그들과는 좀 다른 보다 더 현실적인 생각에서 대서양의 서항을 생각하고 있었다. 그는 많은 책을 읽지는 않았으나, 다이이 추기영의 지리책을 읽고 피렌체의 지리학자인 토스카넬리(Toscanelli)와의 서신교환 등을 통하여 지구가 구형이며, 인도로 가기 위하여 아프리카 남단을 우회하는 것보다 대서양을 서쪽으로 항해하는 것이 훨씬 가깝다는 나름대로의 계산을 하였던 것이다. 이는 콜럼버스만의 잘못은 아니었다. 프톨레마이오스는 그보다 앞서 비교적 정확하게 지구의 둘레를 계산한 에라토스테네스(Erathosthenes)보다 4분의

1 내지 6분의 1 정도 작게 계산하였고, 유럽과 아시아 사이에 광대한 대륙과 바다가 있다는 것을 아무도 몰랐던 것이다. 그리하여 콜럼버스가 대서양을 서항하는 경우 인도는 평균 3노트의 속도로 약 1개월의 항해 거리에 있다고 판단하였다.

Ⅳ. 새 항로와 신대륙의 발견

콜럼버스는 처음 그의 계획을 포르투갈에 제시하였으나, 이미 디아스에 의하여 인도항로 발견의 문턱까지 와 있다고 생각한 포르투갈로서 새로운 모험에 투자할 생각은 없었다. 결국 경쟁적인 입장에 있던 에스파냐의 이사벨라 여왕의 후원을 가까스로 얻게 된 콜럼버스는 1492년 8월 3일 3척의 배를 가지고 팔로스항을 떠났다. 그는 한 달 가까이 걸려 카나리아제도에 도착하고, 거기를 출발한 지 41일 만에 지금의 바하마 제도 중의 어느 섬에 도착하여 이를 산살바도르라고 이름 지었다.

그는 인도의 어느 곳, 적어도 그보다 훨씬 동쪽에 있다는 지빵고 근처에 도착한 것으로 알고 그 일대를 탐험하고 다음 해 귀국하였다. 그는 그 후에도 3회에 걸쳐 항해를 하고, 향료와 함금을 찾았으나 허사였다. 그는 죽을 때까지 인도 근처에 도착한 것으로 믿었으나 재정의 부담만 늘어나는 데 지친 에스파냐 왕실의 후원도 끊어져 모기제도라는 야유를 받으면서 이 위대한 신대륙의 발견자는 실의와 가난 속에 세상을 떠났다.

콜럼버스가 첫 번째 항해에서 돌아온 후 에스파냐의 요청도 있고 또한 포르투갈과의 분쟁의 염려도 있어, 교황 알렉산더2세는 베르데제도의 서방 약 500킬로미터 해상에 상상적인 경계선을 설정하고, 이후 발견되는 육지를 경계선의 서쪽은 에스파니아령, 동쪽은 포르투갈령으로 한다고 정하였다. 포르투갈은 구태여 이에 반대할 필요를 느끼지 않았으나 경계선은 1,300킬로미터가량 더 서쪽으로 이동시킬 것을 요청했고 인도 근처에 도착했다는 콜럼버스의 보고를 믿고 있던 에스파냐도 이에 찬성하였다.

콜럼버스의 항해는 인도로 가는 서방항로의 탐험을 크게 자극하게 되었다. 영국에 살고 있던 베네치아 출신의 존 가보트는 1496년 헨리 7세의 후원을 얻어 지금의 캐나다 동해안에 도달하였고, 피렌체 출신의 아메리고 베스푸치도 여러 번 신대륙으로 건너가 중남미 쪽을 탐험한 끝에, 이곳이 종전의 유럽인에게는 알려지지 않았던 '신세계'일 것이라는 의견을 발표하였다.

그리하여 이 신대륙은 최초의 발견자인 콜럼버스와는 관계없이 베스푸치의 이름을 따서 '아메리카'라고 불리게 되었으며 독일의 지리학자 발트제뮐러는 1507년에 간행된 세계지도 속에 유럽과 아시아 사이에 기다란 육지를 하나 그려 놓고 이를 아메리카라고 기록했다. 그 후에 에스파냐의 식민지가 되어 있던 히스파니올라에 살던 에스파냐의 모험가 발보아는 황금을 찾고자 파나마지해를 횡단하여 처음으로 태평양을 바라보게 되었다.

V. 결론

15세기로부터 16세기에 걸쳐 유럽인들은 '새로운 섬, 새로운 땅, 새로운 바다'를 찾아 나서고 그것들을 실제로 발견하였다. '지리상의 발견'이라고도 하는 이 '대항해 시대'에 행하여진 새로운 항로와 신대륙의 발견은 유럽의 전 세계로의 팽창과 확대의 계기가 되었으며, 그 후의 유럽의 발전은 물론이요, 지구상의 거의 모든 지역을 포함한 세계사의 발전에 지대한 영향을 미치게 되었다.

V. 研究報告書

제목 : 강의개선을 위한 설문조사 분석연구

제출자 : 연변해양대학 해양사 담당교수 文熙周

Ⅰ. 서론

본 교수는 금번 2001학년도 봄 학기에 4학년(항해과, 기관과) 수업을 마치고 강의계획서 설문조사서에 따라서 설문을 받았다. 본 교수가 애초에 설문조사를 가지고 수업한 것이 아니었지만 학생들에게 비쳐질 본 교수의 학습방법이나 학생들의 반응에 대한 피드백을 받음으로써 이후 본 교수의 수업, 또는 타 교수들의 수업에도 참고가 되기를 바라는 마음에서 실시했다.

본 강의 개선을 위한 설문조사지는 한국 [한동대학교]의 것을 인터넷을 통하여 다운받고 시행한 것이며 그 대상은 4학년(항해, 기관)에 한하여 그 과목은 해상사에 한한다. 본 보고서를 통하여 설문지에 따른 학생들의 입장을 분석해 보고 본 교수의 입장을 피력하고자 한다.

Ⅱ. 설문조사를 위한 기본자료 분석

1. 설문지의 출처

본 설문지는 한국 포항시 소재 한동대학교에서 실시하는 설문조사의 내용을 90% 이상 수용하여 설문조사서를 작성하였다. 물론 본교의 입장과 다소 차이가 있다고 생각되지만 연구자의 입장에서는 객관적인 설문내용을 고려하여서 가능한 한 본 설문내용을 수용하여 실시하였다.

2. 설문지 조사방법

본 설문지는 수업 종강일에 실시했으며 설문지 연구를 위하여 미리 언급한 바는 없다. 또한 본교에서는 수업연구를 위해서 설문지를 배포하거나 이에 대한 연구결과는 최초임을 밝혀 둔다.

설문조사를 위해서 약 오 분간 설문지에 대한 이해를 돕기 위해서 설명하였으며 설문지 내용 중에 모르는 외래어 등에 대하여 설명하여 주었다. 이곳(본교) 학생들은 한국에서 보편적으로 사용하는 외래어에 대해서도 생소하므로 이해를 돕기 위해서는 설명이 필요한 형편이다.

3. 설문조사 참가대상

　본 설문에 참가한 학생들은 금번 수업에 참여한 항해과 19명, 기관과 17명이다. 이에 대하여 아래의 표를 참고하기 바란다.

구　분	수업 참가수	설문 참가수	설문 참가율
항해학과	19명	17명	88.2%
기관학과	17명	17명	100%
합　　계	26명	22명	94%

4. 설문조사의 내용(도표)

연변	항목	아주 그러함	그러함	보통	그렇지 않음	아주 그렇지 않음
1	배포된 강의계획서의 내용이 충실하여 학업에 도움이 되었는가?					
2	강사는 성적평가 기준을 제시하였는가?					
3	수업의 출석관리는 엄정하였는가?					
4	강사는 수업시간을 준수하였는가?(휴강시 보강을 하였는가?)					
5	강사는 강의를 매번 성실하게 준비한다고 느꼈는가?					
6	강의실 혹은 실습환경은 수업진행을 위해 잘 준비되었는가?					
7	강사의 설명 혹은 표현은 명료하였는가?					
8	강사는 질문을 장려하고 질문에 성실하게 답하였는가?(대형 강의의 경우 질의응답이 불충분하게 될 경우가 있음을 고려)					

9	과제물의 처리(시점, 피드백 등)는 적절하였는가?					
10	강사는 학습효과의 증진을 위하여 다양한 방법을 사용하였는가?					
11	이 강의내용이 해양대학생으로 국제적인 관점을 연관 지어 역사의식의 변화를 주었는가?					
12	전체적으로 수업이 유익하고 보람이 있었는가?					
13	이 과목을 수강하는 데(내용의 이해, 과제물장서, 시험준비 등)주당 몇 시간을 사용하였는가?					
14	이 과제물을 적절히 이수하는 데(내용의 이해, 과제물장성, 시험 준비 등) 주당 몇 시간을 평균적으로 사용하여야 한다고 보는가?	5시간이상	4시간	3시간	2시간	1시간이하
15	강사 혹은 강의에 대하여 학생의 건의, 제안 또는 소견을 진솔히 기술하여 주시기 바랍니다.					

5. 강의 개선을 위한 설문조사 결과표

강의 개선을 위한 설문조사 결과표는 아래와 같다. 본 조사에 참여한 학생은 32명(항해학과 17명 88.2%, 기관학과 17명 100%)으로서 설문참가인원은 전체적으로 94%이다.

* 강의 개선을 위한 설문조사

연변	항 목	아주 그러함			그러함			보통			그렇지 않음			아주 그렇지 않음		
1	배포된 강의 계획서의 내용이 충실하여 학업에 도움이 되었는가?	2	7	28	9	28	41	8	2	31			0			
2	강사는 성적평가 기준을 제시하였는가?	15	17	100												
3	수업의 출석관리는 엄정하였는가?	15	17	100												
4	강사는 수업시간을 준수하였는가?(휴강 을 보강하였는가?)	1	4	16	4	4	25	10	19	59						
5	강사는 강의를 매번 성실하게 준비한다고 느꼈는가?	5	7	38	2	9	34	7	1	25						
6	강의실 혹은 실습실환경은 수업진행을 위해 잘 준비되었는가?	3	6	28	5	7	38	6	3	28	1	1	6			
7	강사의 설명 혹은 표현은 명료하였는가?	5	8	41	2	6	25	6	3	28	2	0	6			
8	강사는 질문을 장려하고 질문에 성실하게 답하였는가?	6	5	34	1	8	28	5	3	25	3	1	13			
9	과제물의 처리(시점, 피드백 등)는 적절하였는가?	4	6	31	11	11	69									
10	강사는 학습효과의 증진을 위하여 다양한 방법을 사용하였는가?	4	6	31	5	9	44	6	2	25						
11	이 강의 내용이 해양대학생으로 국제적인 관점을 연관지어 역사의식의 변화를 주었는가?	4	6	31	3	8	38	4	3	22	4	0	13			
12	전체적으로 수업이 유익하고 바람이 있었는가?	]2	8	31	4	6	31	5	2	22	3	0	9	1	1	6
	평균(%)	42.4%			30.7%			22%			3.9%			0.5%		

과목명: 해양사(항해·기관학과) 담당교수명: 文熙周

Ⅲ. 설문지에 따른 학생들의 견해분석

1. "배포된 강의계획서의 내용이 충실하여 학업에 도움이 되었는가?"

학칙상 강의계획서를 꼭 배포하기를 원하는 교수는 2001년 봄학기의 경우 4학년 해양사 과목과 경제개론뿐이었다. 물론 배포하기를 원하는 교수님들이 있었을 줄 알지만 교무처에서 모든 교수들의 강의계획서를 각 학생에게 나누어 주기 위해서는 앞뒤 면으로 복사한다 해도 금번 4학년의 경우 15장 내외가 되므로 학교 측에서 무상으로 배포하기에 어려운 입장이다. 앞으로는 각 반별로 게시판에 부착이라도 하는 것이 바람직하다고 본다.

금번에 위 두 과목에 대해서 특별히 강의계획서를 배포하는 것은 아직까지 합당한 교과서가 없거나 교재 편집에 어려움이 있어서 강의계획서를 배포한 것이다. 이번 본 강의 종강 시에 설문조사에서 보면 "다른 교수님들은 이렇게 강의계획서를 짜고 우리들의 수업에 유익하길 바랍니다."는 건의가 있었다. 모든 교수님들의 교무처에 강의계획서를 제출했으나 위와 같은 사정이 있었음을 알았으면 좋겠고 학생들에게 개별적으로 배포가 안 될 경우는 한 반에 한 부씩이라도 배포되도록 해야겠다.

2. "강사는 성적평가 기준을 제시하였는가?"

설문에 대하여 몇몇 학생들은 '그렇다, 보통이다'라고 대답한 학생들이 있었는데 이 점에 대해서는 배포한 강의계획서에 분명히 명시되어 있고 수차례 수업 중에도 계속해서 시험을 치르지 않고 조별리포트, 개인별리포트, 시청보고서와 출결상황에 따라 성적에 반영한다고 수차 말했는데 다른 대답이 있다면 교수에게 거짓 사실을 말하고 있음을 강의계획서를 보고 확인해야 할 것이다.

3. "수업의 출석관리는 엄정하였는가?"

설문에 대하여 간혹 '보통이다'라는 답을 한 사람이 있는데 이는 전혀 그렇지 않다는 것을 4학년 항해학과 기관학과 출석부를 보면 바로 알 수 있을 것이다. 본 교수는 전교생의 출석부를 매월 체크하여 정확하게 1/4선에 이르게 되는 학생을 게시판에 공고하고 있다. 또한 본 교수는 두 시간 수업 중 시작시간과 끝나는 시간에 출석을 불러서 출석을 부른 후에 온 학생은 지각으로 앞 시간에 출석했으나 마치는 시간에 없는 학생에게는 조퇴로 정확하게 필기하고 있음을 상기하기 바란다.

4. "강사는 수업시간을 준수하였는가(휴가 시 보강하였는가)?"

질문에 대하여 혹 의견에 대해서는 16주 수업 중 16주를 결강한 바가 없으며 1회 시간을 앞서 시작한 점과 1시 30분에 시작하는 수업을 3~4회에 걸쳐 1시에 일찍 시작했다는 것과 「비디오 시청」 시간 중에 1시간을 초과하여 오히려 다른 교수님에게 1시간을 빌려 쓴 것을 합쳐 3시간 정도를 초과한 점을 생각하면 다소 지나쳤다는 말을 들은 것 같다.

5. "강사는 강의를 매번 성실하게 준비한다고 느꼈는가?"

이 설문에 대해서 본 교수는 1주일에 평균 10시간 이상을 강의 준비에 사용해야만 했었다. 왜냐하면 서울에서 최대 서점인 교보문고에 2~3차를 방문하여 해양사 관련 자료를 찾았으나 찾을 수 없었고 한국 해양대학 (부산)에서도 한국해운사를 배우기는 하지만 국제해양사는 학과과정에 없었다. 그렇다고 중국 학생들에게 한국 해운사를 가르칠 수 없는 일이고 국제해양사를 준비하는 데 너무나 고통이 많았다.

본 교수는 2년 전부터 각종 사전, 단행본, 두산동아백과CD, 브리테니카세계CD, 인터넷 등을 망라하여서 모두 출력하여 300페이지에 달하는 두 권의 「해양사」 자료집을 만들어서 현재 국제 해양사를 집필 중이다. 그러나 본교에서 기관학과장, 교무처장, 부학장, 질량체계 관리대표와, 내연기관 시간과 해양사 시간을 합하여 10시간의 수업을 진행하면서 교재 집필을 완성치 못하여 어려움이 많았음을 고백하는 바이다.

6. "강의실 혹은 실습환경은 수업진행을 위해 잘 준비되었는가?"

설문에 대해 본 교수는 칠판에서 강의한 경우는 2회(두 시간)에 한다. 그리고 오리엔테이션 1회(두 시간)이고 3회는 해양사 과제를 시대적으로(8시대) 나누어서 8조를 만들고 각기 발표토록 하고 발표 후 한 조당 5~10분간 중심적인 요점을 정리해 주고 설명이 필요한 부분은 5~10분 동안을 활용하였다. 마지막 시간에 설문조사 시간 1회를 합쳐서 7회이고 나머지 7회는 비디오를 이용한 시청각 교육 시간이었다.

그중에 2회는 LAB실을 이용하였고 5회는 3층 전산실에서 프레젠테이션을 이용하여 비디오테이프를 시청하였다. 또한 시청교육 전에 「시청보고서 자료」를 각 학생에게 7회에 걸쳐서 배포하였으며 시청 전에 직접 설명하기도 하지만 때로는 컴퓨터를 이용한 파워포인트로 자료설명을 하기도 했다. 물론 학생들의 반응은 매우 좋았지만 1회의 파워포인트 수업을 위해서는 10여 시간을 투자해야 하므로 어려움이 많았다. 본교에는 본 시설이 1개이지만 전산실 이용시간을 고려하여서 얼마든지 교수님들이 사용이 가능한 첨단 시설이므로 많이 이용하는 것이 좋겠다.

7. "강사의 설명 혹은 표현은 명료하였는가?"

본 설문에 대한 학생들의 설문은 매우 긍정적으로 보인다. 본 설문에 대하여 아주 그러함에 41%, 그러함에 25%로 긍정적 반응에 66%이고 보통이다에 28%인 반면 그렇지 않다라는 부정적 반응은 2명으로 65%인 점으로 이루어 볼 때 긍정적인 면이 많다고 본다.

본 강의는 강사의 직접적인 강의는 단 몇 회에 지나지 않았으며 학생들의 조별 발표를 통하여 발표된 내용을 짤막하게 핵심적인 점을 지적해 주었던 점과 특히 비디오 시청자료 등에 대한 짧은 내용의 설명밖에 없었던 점을 미루어 볼 때 학생들은 길게 설명해 주는 것보다 짧은 설명과 자신들의 눈으로 확인하는 시청각 교육과, 인터넷이나 도서 등을 이용하여 스스로 공부하는 점이 좋았던 것으로 사료된다.

8. "강사는 질문을 장려하고 질문에 성실하게 답하였는가?"

본 설문에 대하여 아주 그러함 34%, 그러함이 28%로 긍정이 62%이고 보통이다 25%, 그렇지 않다는 부정적 답변은 4명으로 13%이다.

본 연구자는 8회에 걸쳐서 비디오 자료를 이용한 바 있는데 매 번 시청 시마다 비디오 시청자료지를 배포하였는데 본 보고서에 첨부된 자료에서 보듯이 매 자료에 10개의 큰 질문과 10개의 질문마다 2~4개 정도의 작은 질문을 제시하고 이에 대하여 답하도록 하였다. 그리고 이를 문장화시켜서 자신의 입장에서 이를 평가하도록 함으로써 학생들 내면에 내재된 생각들을 도출시키자 하였다. 이에 대하여 제출되는 자료들은 99%의 평가와 아울러 문제점을 제시하고 다시 제출토록 1~3회 정도의 수정을 가하였다. 그 결과 제출된 자료들을 본 보고서에 제본케 되었음을 밝힌다.

9. "과제물의 처리(피드백 등)는 적절하였는가?"

설문은 8번 질문에서 언급했듯이 99% 이상의 피드백이 이루어졌다고 본다. 본 연구자는 첫 시간에 과제물 처리에 대하여 충분히 설명했을 뿐 아니라 매 시간 제출된 자료에 대하여 수정 및 첨가 사항들을 지적하고 재수정 탈고를 거쳐서 반드시 한 편 이상의 자료를 본 보고서에 제출토록 독려함으로써 본 보고서의 자료들이 한 권의 책으로 제본된 것이다.

10. "강사는 학습효과의 증진을 위하여 다양한 방법을 사용하였는가?"

본 설문에 대한 학생들의 반응을 보면 아주 그러함 31%, 그러함에 44%로 긍정도는 75%이며 보통이다가 25%이며 부정도는 0이었다.

학생들의 설문에서 보이듯이 본 강의 준비를 위해서 연구자는 랩(시청각)실 이용 3회, 프레젠테이션 이용 4회, 컴퓨터를 이용한 파워포인터 수업 1회 등을 실시한 바 있다. 또한 VTR 시청자료 보고서, 독서보고서 개인별 주제보고서, 조별보고서를 제출케 하였으며 조사, 연구된 보고서는 강단에서 각자 나와서 발표하도록 하였다.

이처럼 본 수업은 강의, 시청각 조사(연구), 발표 등의 4차원 수업으로 이루어졌음을 밝힌다. 앞으로 본교 학생들의 학습효과의 증진을 위하여 새로운 방법, 다양한 방법을 연구하고 실행해 나감으로써 학생들의 수업의욕(연구, 조사, 실험) 등을 고취시키는 데 교수들의 각별한 노력이 요구된다.

11. "이 강의 내용이 해양대학생으로 구체적인 관점을 연관 지어 역사의식의 변화를 주었는가?"

본 설문에 대하여 아주 그러함에 31%, 그러함에 34%로 긍정도는 65%이다. 보통이다는 22%인데 그렇지 않다에 항해과 학생 4명(13%)이 부정적 반응을 보였다.

이 점에 대하여 보통 또는 부정에 답이 있는 까닭은 한국자료 미국자료가 2편인 반면에 중국이나 기타 외국의 자료는 제시할 수 없었음에 본인도 미흡한 점을 느끼는 바이지만 알다시피 중국에서 제작된 해양자료를 구할 수 없는 한계점을 극복하고 한국, 미국 이외의 다양한 자료들을 준비하고 제시하는 데 힘써야 되리라 본다. 그러나 역사의식의 변화를 위해서는 수없이 지적하였는데 역사(TEXT)를 파악하는 것 그리고 그 역사와 오늘 나와의 관계(Context)를 찾을 뿐 아니라 역사의 오류를 분석하고 미래를 전망토록 특별히 강조하였다.

Ⅳ. 학생들의 제안에 대한 교수의 견해

위의 견해는 설문지 13, 14, 15에 대하여 분석한 결과와 학생들의 오해에 대한 해명이 필요한 것 같아서 분석, 해명 및 교수의 견해를 피력하고 앞으로 해양사 수업에 대한 방향을 새롭게 물색하고자 한다.

1. 설문 13에서 "이 과목을 수강하는 데(내용의 이해, 과제물 작성, 시험준비 등) 평균적으로 주당 몇 시간을 이용하는가?"

이 설문은 학생들이 본 수업을 수강하기 위하여 얼마의 시간이 사용되었는지에 대한 설문이다. 이에 대하여 설문은 5시간 이상, 4시간, 3시간, 2시간, 1시간 이하라는 5가지의 응답 중에서 5시간 이상이라고 답한 학생은 전체 32명 중에서 5명으로 16%이었다.

그러나 5명의 응답자 중에서 14번 질문에 주당 몇 시간을 이용해야 한다고 보는가에 대해서는 4시간이 필요하다고 보는 응답자가 2명, 2시간 사용해야 한다고 보는 응답자가 2명, 1시간 사용해야 한다고 보는 응답자가 1명이었다.

그런데 응답자의 강의평가 긍정도는 4시간 이상의 응답자는 85.83, 97.23이었고 2시간 이상의 응답자는 강의평가 긍정도가 70.26, 82.98이었고 이에 비해서 5시간 이상을 수강준비를 했다고 하면서 1시간 이하의 시간을 사용해야 된다는 응답자의 강의평가 긍정도가 65.19밖에 안 된다는 것을 볼 때 강의 준비시간을 많이 사용한 사람일수록 강의평가에도 긍정적인 학생임을 아래 표를 보아 알 수 있다.

구분	5시간이상	4시간이상	3시간이상	2시간이상	1시간	%
항해 학과	1명×5시간 5시간	2명×4시간 8시간	5명×3시간 15시간	7명×2시간 14시간	0	42÷15명 2.8시간 사용
기관 학과	4명×5시간 20시간	4명×4시간 16시간	8명×3시간 24시간	1명×2시간 2시간	0	62÷17명 3.6시간 사용
합계	15.6%	18.7%	40.6%	25%	0	100% 3.2시간

2. 설문 14에서 "이 과목을 적절히 이수하는 데(내용의 이해, 과제물작성, 시험의 준비 등) 주당 몇 시간을 평균적으로 사용하여야 한다고 보는가?"

본 설문은 "이 과목을 수강함에 있어서 주당 몇 시간을 사용해야 하는가?"라는 것을 앞서 13의 설문은 실제는 자기가 사용한 시간이고 14의 설문은 실제로 사용해야 될 시간을 묻는 질문이다. 이에 대하여 아래 표를 보면서 분석해 보자.

구분	5시간이상	4시간이상	3시간이상	2시간이상	1시간	%
항해 학과	0	3명×4시간 12시간	8명×3시간 24시간	3명×2시간 6시간	1명×1시간 1시간	43÷15명 2.8시간 사용
기관 학과	0	6명×4시간 24시간	7명×3시간 21시간	4명×2시간 8시간	0	53÷17명 3.1시간 사용
합계	0	28.1%	46.8%	21.8%	3.1%	2.95시간

몇 시간을 사용했느냐는 설문에 대하여 항해과는 평균 2.8시간을 사용했다고 답하고 사용해야 할 시간도 2.8시간이라고 답한 반면 기관과는 3.1시간을 사용해야 한다고 보는데 실제로는 3.6시간을 사용함으로써 4.5시간을 더 사용한 것을 알 수 있다.

기관학과가 항해학과에 비하여 훨씬 더 학과준비 시간을 사용한 것처럼 실제로 과제물의 제출 숫자나 내용 면에서도 현저한 차이가 있음을 알 수 있는데 이에 대하여 금번 해양사 과목의 과제 제출과 내용에 따른 성적을 비교해 보면 알 수 있을 것이다.

구분	재적수	시청 보고서	개인 보고서	과제점수율
항해학과	19명	13명/68.3%	13명/68.3%	68.3%
기관학과	17명	13명/76.3%	13명/84%	80.3%
합계(100%)	36명	27명/72.3%	25명/76.3%	74%

학생들이 타 과목에 비해서 비면허시험 과목일 뿐 아니라 면허시험의 중압감으로 인해서 다소 과목준비 시간이 적었던 것으로 사료되지만 면허과목으로 중압감을 갖고 있는 이들에게 해양사 과목은 쉼과 여유와 상식뿐 아니라 역사의식을 새롭게 하고자 하는 담당교수의 입장에서는 3시간여의 수업준비 시간은 적당하다고 본다.

3. 15에서 "강사 혹은 강의에 대하여 학생의 건의, 제안 또는 소감을 진솔히 기술하여 주시기 바랍니다."

설문에 기술한 학생은 아래와 같다.

구분	긍정적 제언	중도적 제언	부정적 제언	소계	무응답	계
항해학과	3명	2명	3명	8명	9명	17명
기관학과	4명	2명	0명	6명	9명	15명
합계	7명/21%	4명/12.5%	3명/9.3%	14명/43.7%	18명/56.2%	32명/100%

위에서 보듯이 제안자는 긍정적으로 21%, 중도적으로 12.5%, 무응답이 56.2%인 반면 부정적 제언자는 3명 9.3%이었다.

이 통계를 설문지의 전체적 통계에서 보건대 아주 그렇다 42.4%, 그렇다 30.7%로 73.1%의 전체 긍정도와 보통이다 22%, 그렇지 않다 3.9%와 아주 그렇지 않다 0.5%를 합쳐서 전체 부정도 4.4보다 많았다는 점이다. 그러나 이들의 부정도는 이후에 설명하기로 하겠다.

4. 긍정적 제안에 대하여

1) "문 교수님의 학습방법에 찬성합니다. 다른 교수님들도 이렇게 강의계획서를 짜고 우리들의 수업에 유익하길 바랍니다." (긍정도 92.5% 항해과 학생)

2) "이후에 더 많은 재료와 시청내용을 준비했으면 좋겠습니다." (긍정도 70% 기관과 학생)

3) "해양사뿐만 아니라 다른 과목도 리포트와 논문을 쓰는 것을

강요했으면 좋겠습니다."(긍정도 79% 기관과 학생)

4) "교수님의 아이디어는 두말할 것 없이 훌륭하였습니다. 21세기를 향한 우리들에게 절실히 필요한 수업이 되었습니다."(긍정도 80%기관과 학생)

5) "비디오자료와 인터넷자료를 많이 사용하였으면 좋겠습니다." (긍정도 97% 기관과 학생)

6) "총체적으로 놓고 보면 유리한 시간이었습니다. 해양역사를 다시금 훑음으로써 자신의 정체성을 찾고 해양의식을 가지는 데 많은 도움이 되었습니다. 1학년 때부터 배웠으면 좋았으련만 하는 생각입니다."(긍정도 76% 항해과 학생)

5. 중도적 건의에 대하여

1) 어느 과나 편애하기보다 동등한 대우를……(긍정도 92% 항해과 학생)

2) 기관과 교수지만 항해학과 학생에게도 동일한 관심을 보여 주었으면 함(긍정도 92% 항해학과 학생)

3) 활기 있고 유모아적으로 하시길……(긍정도 89% 항해학과 학생)

4) 앞으로 교제가 더욱 있었으면 좋겠습니다(긍정도 92% 항해학과 학생).

위에서 보면 모두 항해학과 학생들임을 알 수 있는데 조금 재미있는 것은 기관학과 교수이기 때문에 기관학과 학생을 편애한다는 생각을 갖고 있다는 점이다.

항해학과 학생들은 기관개론 시간 이후 두 번째 만남이지만 기관학과 학생들을 한 학기 평균 4시간 이상을 계속적으로 만났으므로 거의 대부분의 학생이름을 아는 반면 항해학과 학생들은 조금 낯선 점도 있었을 줄 안다.

일부러 학생과 학생들을 모두 집으로 초대하여 식사까지 함께하기도 하였는데 편애한다든지 동일한 관심이라든지, 교제가 더욱 있었으면 좋겠다는 것은 기관학과 학생을 기관학과 교수가 챙기는 것에 비해 항해학과 교수님들과 항해학과 학생들과의 관계에 대해서 오히려 궁금한 생각이 든다. 어떻든 사랑받고 싶고, 더 친숙하고 싶어 하는 마음으로 받아들이고 싶다.

6. 부정적 비판에 대하여

12명밖에 안 되는 제자들에게도 모두 인정함을 받지 못하고 그들의 입으로 고소를 당하고 결국 사형을 당한 성인도 있는데 미천한 연구자가 모든 이에게 긍정적인 평가만을 받을 수는 없다고 본다. 아래 비판들에 대하여 살펴보고 이에 대하여 본 교수의 견해를 들어 보자.

  1) "학생수준에 맞게(강의)하는 것"(긍정도 75% 기관과 학생)
  2) "학생들이 알아듣지도 못하는 명사랑 삼가 주시기를 바라고 앞으로 해양사에 대한 흥취를 붙일 수 있는 계기들을 후배들에게 주었으면 합니다."(긍정도 62% 항해학과 학생)

앞에서도 밝힌 바 있듯이 교수의 강의는 오리엔테이션 1회와 2번의 강의를 합하여 3회(21.6%) 정도이다. 그리고 외래어 등에 대하여서는 반드시 설명 후 사용하고 고유명사(인명, 지명) 등은 어쩔 수 없는 줄 안다. 무엇보다는 중요한 것은 강의를 하는 데는 두 가지 방법이 있는데 학생의 수준을 고려해서 낮추어 강의하는 소학교, 중학교 방식이 있고 학생의 수준을 일정수준까지 끌어올리는 고등교육이 있음을 인지시켜야 하겠다.

또한 본교생들은 선박승선을 목적하는 해기계(항해학과, 기관학과)나, 선박승선을 하지 않을지라도 선박과 관련된 해사, 무역업무를 다루는 해사계(전산학과, 무역학과)학생 할 것 없이 중국인을 상대하거나 중국인과 근무하는 것이 아니라 한국인, 또는 세계인을 상대하고 그들과 근무할 본교생들 입에서 알아듣지 못할 명사를 삼가 달라면 중국어로 강의하라는 것인가?

교수가 쓰고 있는 말이라면 당연히 보편적으로 외부 사회에서 쓰는 말일 것이고 모르는 말이 있으면 질문하여 의문을 푸는 것이 당연한 처사라고 보는데 앞으로 이러한 학생들에 대하여 강의 전에 충분히 인지시킬 필요가 있다고 본다.

  3) "앞으로 이런 과목을 보려고 할 때" 먼저 학생들이 원하는지 원하지 않는지 조사해서 확인한 후에 수업을 개시하도록(긍정도 60% 항해학과 학생)

  4) "전업에 연관 없는 수업들이 전업수업에 영향을 주어서 많이 피곤하였습니다."(긍정도 53%)

학생들의 의견도 일리는 있다고 본다. 그러나 이는 학생이 필수

과목과 선택과목을 구별하지 못하고 있고 면허시험이나 치르고 배나 타면 되지 않느냐는 생각이 머릿속을 채우고 있는 것 같다. 본 보고서의 머리말에 밝히듯이 어느 학문이나 모두 그 학문에 따른 역사가 필수로 돼 있을 뿐만 아니라 한국해양대학이나 목표해양대학도 해운사를 필수로 다루고 있다. 이러한 소견이 나온다는 것은 오리엔테이션을 듣지 않았음이라 사료되지만 다시 한 번 강의목표를 주지시켜야 할 필요가 있다고 본다. 본 교수는 목표를 정하고 제시했음에도 그런데 다른 과목들에 대하여서는 더 큰 문제가 있을 것 같다.

V. 결론

설문 12는 본 설문에 대한 결론적인 설문으로서 "전체적으로 수업이 유익하고 보람이 있었는가?"라는 설문에 대하여 응답자들은 아주 그러함에 항해학과 2명, 기관학과 8명(31%), 그러함에 항해학과 4명, 기관학과 0명 9%로 긍정적인 평가는 40%이고 보통이다는 45%이고 아주 그렇지 않음에 항해학과 1명, 기관학과 1명 6% 합하여 부정적 반응은 15%이다.

또한 전체적으로 1~12까지 설문에 대하여 종합적인 평가는 아주 그러함 42.4%, 그러함 30.7% 합하여 73.1%의 긍정도를 보이고 있으며 보통이다는 22% 중도적 입장을 보이며 그렇지 않음에는 3.9% 아주 그렇지 않음에는 0.5%로 합하여 4.4%의 부정적 입장을 보였다.

위 통계를 분석해 본 결과 항해학과와 기관학과의 긍정도는 담당한 교수들의 평가를 비교해 볼 수는 없겠지만 항해학과 학생들에 비하여 기관학과 학생들이 훨씬 더 긍정적인 점과 항해학과 학생들이 제안(Ⅳ.5)에서 보인 바처럼(편애하기보다 동등한 대우, 동일한 관심, 교제가 더욱 있었으면 좋겠다.) 제안자 중 3명의 항해학과 학생들의 요청을 보건대 강의 평가의 긍정도의 작용은 교수와 학생 간의 인간적인 관계가 많이 작용하고 있음을 엿볼 수 있었다.

또 한 가지는 전 과목에 대한 강의 평가가 아니고 해양사 과목이라는 제한점을 두었음에도 불구하고 다른 과목, 또는 다른 교수들에 대한 관계들이 많지는 않지만 다소 영향을 미치고 있다는 것을 설문 응답을 여러모로 살펴볼 때 영향을 미치고 있음을 느낄 수 있었다. 그것은 앞서 학생들이 제안에서 보듯이(Ⅳ - 4) 긍정적인 면도 부정적인 면도 유관함을 보여 준다.

본 보고서가 밝히는 바와 같이 앞으로 다른 과목담당 교강사들도 강의 계획서의 사용, 강의방법의 새로운 시도(VTR, O.H.P 프레젠테이션, 컴퓨터 등)와 다양한 자료 이용, 리포트와 논문에 대한 요구와 지도 등에 각별한 노력이 필요하다고 본다. 이러한 점에서 본 보고서가 본교의 많은 교강사들에게 도전의 계기가 되기를 바라는 바이다.

제목 : 草原을 꿈꾸는 本鄕 나그네

제출자 : 시인, 문학평론가 文熙周

최호기 시인은 이제 고희를 바라보는 나이이다. 나는 그의 시를 보면서 깜짝 놀랐다. "언제 이분이 시를 썼었지?" 그러나 시는 어느 날 갑자기 쓰이는 게 아니다. 마찬가지로 시인 최하위 님도 일찍이 '그의 가슴속에 물이 불어 흙에 뿌려져 싹트기를 바라던 씨앗이었다'고 말했다.

시는 쉽고도 어려운 것이며, 어렵고도 쉬운 것이다. 그러나 시를 모르고도 시를 쓸 수 있는 것은 천부적 달란트가 작용하기 때문이다. 최 시인은 내게 본인의 전적을 말하지는 않았지만 그는 일찍이 학생 때 이미 철학과 문학에 많은 관심을 가지고 나름대로 수련을 해 왔던 것으로 사료된다.

최 시인은 일찍이 십여 세까지 중국 길림성 교하현 부가툰촌에서 자라다가 해방 전에 한국으로 귀국하였다. 그리고 한국에서 보통사람으로 생활하면서 정년을 마친 후 그는 고향 만주 땅을 다시 찾은 것이 이제 10여 년이 넘었다. 그래서 그의 시를 한마디로 표현하라면 '초원을 꿈꾸는 본향 나그네'라고 말하고 싶다.

그의 시에서 보면 알 수 있듯이 '본향', '가고파라', '초원의 빛' 등에서 보듯이 그의 시상의 고향 역시 고향이며, 초원이다. '가고파

라' 등과 같이 본향을 찾는 나그네로서 시인의 마음이 잘 나타나
있다. 그의 시를 보기로 하자.

　　　티도 험도 악도 죄도 모르게스리
　　　곱디곱게 자란다 초원에선 소년소녀
　　　엄마 아빠 숨결에서
　　　빛을 받고 말씀 먹고 자란 아가 아가는
　　　꽃길 험준한 길 넓은 길도 다녔는데
　　　허리 굽고 맥이 빠져 세 발걸음 옮겨 걷네
　　　흙이 뿌리 물고 꽃이랑 풀이랑 향기 피우는
　　　내 고향 초원은 빛이 바랜 양지러라
　　　그날, 끝 날에 나 너도 안기리
　　　초원 한 평 아래 자락 황토 이불 덮고 자내
　　　　　　　　　　　－ 〈본향〉 전문－

　　　초원에 가득 향기 바람 타고 쓰며들라
　　　언성히 쌓아 두른
　　　돌담 안에 초가집은
　　　마음의 집이어라 고향생각 집이어라

　　　해맑은 긴
　　　꽃피워 벌과 나비 부르더니
　　　긴 장마 몰아치던 빗방울들 찔려봐라
　　　밤송이 입 벌렸네 알밤 줍자 추석놀이
　　　　　　　　　　　－ 〈가고파라〉 전문－

　　　초원에 피는 꽃 빛이 있어 피어나네
　　　초록색 정원에는 숨은 꽃이 많더란다
　　　고개 매고 피어난 꽃 수줍어 숨었는가

　　　사람 사는 세상에는 고개든 이 하도 많아
　　　겸손하라 말 못 하고 고개 숙여 숨어 피네

빛이라 말씀한 이 초원에 꽃 피우시네
맑은 물 흘러 초장 생명자라 건지시네
향기 풍겨 스며드니 더더욱 낙원이라

무릎 꿇고 뿌린 씨앗 익은 열매 모아드니
초원의 빛이 여라
초원의 빛이 여라

－〈초원의 빛〉전문－

　시인의 선친 고향은 경상도 영천이다. 그러나 1살 때 선친의 품에 안겨서 제2의 고향인 길림성 교하현 부가툰촌으로 이주하였고 부가툰에서 10여 세까지 자라게 된다. 그러기에 만주는 그의 제2의 고향인 셈이다. 그의 시 본향에서 보는 '소년 소녀'와 '아가 아가'는 그가 아가에서부터 소년이 되기까지 자라던 모습이며, 바로 그 초원이며 고향 땅을 말하고 있는 것이다.

　그의 청장년의 삶은 "꽃길 험준한 길 넓은 길도 다녔는데……"라는 짧은 구절로 극히 함축(含蓄)되어 있다. 그것은 10세 이상의 청소년기 꽃길과, 험준한 길, 넓은 길이라는 잘 나가던 그의 젊은 시절을 表現하여 주고 있다. 그러나 여기에서 이렇게 함축한 데는 그 시절을 더 이상 논하고 싶지 않다는 의미이기도 하다. 그러나 이제는 한 살에서 열 살을 살았던 그 시절, 그 땅, 만주로 다시 돌아와 비록 "허리 굽고 맥이 빠져 세 발걸음 옮겨 걷……"지만 "흙이 뿌리 물고 꽃이랑 풀이랑 향기 피우는/내 고향 초원은 빛"을 찾아온 고희를 바라보는 '고향 나그네'임을 말한다.

　그러나 시인이 바라는 본향, 그 고향의 초원은 눈에 보이는 1차원적인 땅이 아니라 그의 깊은 신앙에서 나타난 사후 세계인 '하늘나라'를 말하고 있다. 그의 시 '초원의 빛'에서 보면 "빛이라 말씀한 이 초원에 꽃 피우시네……"라는 구절에서 보듯이 "나는 세상의 빛……"이라 하신 그분을 지칭(指稱)하고 있는 것에서 알 수 있다.

또한 그의 시 '본향'에서도 "초원에 선 소년소녀/엄마 아빠 숨결에서/빛을 받고 말씀 먹고 자란 아가 아가는……"이라는 구절에서도 '빛 되신 그분'을 일컬으며 "하나님의 말씀을 먹고 자란 아가 아가는……"이라는 구절 역시 신앙심을 읽을 수 있다.

그는 자신을 "허리 굽고 맥이 빠져 세 발걸음 옮겨 걷"는 노인이라고 말하고 있다. "끝 날에 나 너도 안기리/초원 한 평 아래 자락 황토 이불 덮고 자내"라는 어쩔 수 없는 죽음을 바라는 것 같다. 그렇지만 "빛이라 말씀한 이 초원에 꽃 피우시네/맑은 물 흘러 초장 생명자라 건지시네/향기 풍겨 스며드니 더더욱 낙원이라"는 구절에서 보면 "초원에 꽃 피우시네"라는 말에서 초원은 그가 꿈꾸던 낙원으로, 그리고 꽃 피운다는 말은 하늘나라에서 부활의 소망을 담고 있는 것이다.

시인의 신앙은 바로 이런 '고향을 바라고 가고 싶다'는 것이다. 그의 시 '가고파라'에서 "언성히 쌓아 두른 돌담 안에 초가집은/마음의 집이어라"고 하는데 '돌담 안의 초가집'은 시인이 바라는 '마음의 집'이며, 신앙의 집으로서 하늘나라의 상징인 것이다. 그러므로 그곳에서의 "……추석놀이"는 하늘의 잔치(놀이)로 상징된다.

또한 "해맑은 긴 꽃피워 벌과 나비 부르더니/긴 장마 몰아치던 빗방울들 찔려봐라/밤송이 입 벌렸네 알밤 줍자 추석놀이"라는 구절에서 '꽃 피워'는 하늘나라에서 復活할 자신의 모습을, '벌과 나비'는 부활하여 날아다닐 신앙인의 모습으로서 자신을 상징하고 있다. 이렇게 볼 때 그가 찾은 고향은 단순한 이 땅의 1차원적인 고향이 아니라 하늘 본향을 말하며, 그는 그 본향을 바라는 의미 있는 순례자인 것이다.

그러나 시인은 고향의 꿈에만 사는 안방 노인이 아니다. 이미 아날로그 시대는 초월하였지만 그러나 디지털과 컴퓨터에는 낯선 일이지만 그러나 인터넷 카페를 통한 시작 활동은 정말 어려운 일인 것이다. 그러나 시인은 물론 미래의 고향이 있지만 이 땅에서부터 시작되는 하늘나라의 모습을 인터넷을 통하여 보고 있는 것이다. '커피 한 잔 받고서'에서 보기로 하자.

새벽, 12인치 나의 식탁에
회원께서 보내온 커피 한 잔 받았네

살며시 감은 눈언저리에
모랑모랑 향기 날려 풍기네

잡은 잔 따끈따끈 따사로움이
나의 입술에 키스를 하네, 일곱 번이나

내 손에 내린 잔 빈 잔이라 하던가
사랑의 마음이여!
나눔의 잔들이여!

매미 지난 산하에도 오늘만 같아여라
한 잔의 커피 향기로움 같아여라.
　　　　－〈커피 한 잔 받고서〉 전문－

그의 시 '커피 한 잔 받고서'에서 '12인치 식탁'은 12인치 컴퓨터 모니터를 비유하고 있다. 그리고 컴퓨터 카페로부터 보내온 커피 한 잔을 받고 살며시 지나온 날들을 회상하며 눈을 감고 그 향기를 맡으며, 따사로움을 느낄 뿐 아니라 마우스를 통해서 마시는 클릭으로서의 입맞춤으로 사랑의 마음을 나누는 것은 태풍이 지나는 시대 속에서도 느낄 수 있는 정보화 세계의 신비일 것이다. 그것은 마치 아직은 가 보지 않았지만 느낄 수 있는 하늘나라와 같은 모습인 것이다.

최 시인의 시어를 살펴보면 그의 시어는 상당히 토속적이다. 그의 시어에서는 경상도 어투를 종종 찾아볼 수 있다. 그의 詩 '본향'에서 보면 "티도 험도 죄도 모르게스리/곱디곱게 자란다 초원에선 소년소녀"는 그의 마음속에서 그려 오던 유하현 부가툰촌을 말함이다. '험'이란 말은 시인의 버릇에서 비롯된 '흠'이란 말의 경상도 사투리 발음이며, '모르게시리'도 '모르게끔'이며, 가고파라에서도 '쓰며들며'는 '스며들며'이며, '언성히'는 '엉성히'라는 말의 경상도식 표현발음이다. 만주 땅 교하현에 거주하는 동포들은 거의 대개가 경상도가 고향인 사람들이다. 그들의 본향 또한 모두 경상도이기 때문이다. 그의 유년에서부터 지금까지 그는 경상도 땅에서, 또는 경상도 언어지역에서 벗어나 보지 못했다. 그러나 이러한 그의 언어가 오히려 고향의 의미를 더욱 뚝배기 냄새를 내서 좋다.

이런 점에서 볼 때 시인은 분명 '초원을 꿈꾸는 본향 나그네'임이 틀림없다. 그러나 그가 본향을 꿈꾸는 나그네라 함은 그는 나그네임에도 불구하고 단순하게 고향을 그리워해서 그 고향을 찾는 나그네가 아니라 마치 컴퓨터를 통하여 맛보는 커피 맛과 같이 시공을 초월한 순례자(巡礼者)이다. 그의 이러한 늦깎이 시작의 활동은 이제 고희를 바라볼 때쯤 비로소 싹텄을 뿐이지 그는 이미 오래 전에 시인이었던 것이다. 늙지 않고 천 년을 열매 맺는 은행나무와 같이 최 시인도 앞으로도 청청함이 계속되는 시인이 되기를 바라는 바이다.

* 본 작품은 한국 「生活文學」지에 당선된 작품임

참 고 도 서

American Psychological Association *Publication Manual of the American Psychological Association* 1997 revision, Washological Association, D. C: American Association, 1997.

Sears, Donald A, Harbrace *Guide to the Library and the Research Paper,* New York: Harcourt Brace and Co., 1996.

韓國 高麗大學校 文科大學 國語國文學科 教授室編,「文章練習」, 서울: 高麗大學校大學院, 1994.

韓國 연세대학교 논문작성법편찬위원회,「연세대학교대학원論文作成法」, 서울: 연세대학교 출판부, 1991.

吳浩澤,「論文作成法」, 서울: (도서출판)保聖, 1984.

文熙周,「열린수업의 실제」, 서울: 한국학술정보(주), 2009.

延邊科學技術大學,「最高經營者課程 第3期 論文集」, 延邊: 延邊科學技術大學出版部, 2005.

문희주(文熙周) ─────────────────────────────

▌약 력

　韓國 濟州道 出生
　Youngnam Callege and Theological
　Presbyerin Pastoral-Research and Theological
　Presbyerin graduate of Theological
　Gyoungju Munye Callege
　Worked as First Marinengine Kangil-ho
　中國延邊海洋大學 機關學科 教授
　教務處長, 副學長, ISO管理者代表 歷任
　現在, Director China CMA Academy

論文
作成法
理論과 實際

초판인쇄 | 2009년 11월 30일
초판발행 | 2009년 11월 30일

지 은 이 | 문희주
펴 낸 이 | 채종준
펴 낸 곳 | 한국학술정보㈜
주　　소 | 경기도 파주시 교하읍 문발리 파주출판문화정보산업단지 513-5
전　　화 | 031) 908-3181(대표)
팩　　스 | 031) 908-3189
홈페이지 | http://www.kstudy.com
E-mail | 출판사업부　publish@kstudy.com
등　　록 | 제일산-115호(2000. 6. 19)

ISBN　978-89-268-0581-7 93810 (Paper Book)
　　　　978-89-268-0582-4 98810 (e-Book)

내일을여는지식 ▊ 은 시대와 시대의 지식을 이어 갑니다.

이 책은 한국학술정보(주)와 저작자의 지적 재산으로서 무단 전재와 복제를 금합니다.
책에 대한 더 나은 생각, 끊임없는 고민, 독자를 생각하는 마음으로 보다 좋은 책을 만들어갑니다.